A garota AMERICANA

Obras da autora publicadas pela Editora Record

Avalon High
Avalon High – A coroação:
a profecia de Merlin
Cabeça de vento
Sendo Nikki
Na passarela
Como ser popular
Ela foi até o fim
A garota americana
Quase pronta
O garoto da casa ao lado
Garoto encontra garota
A noiva é tamanho 42
Todo garoto tem
Ídolo teen
Pegando fogo!
A rainha da fofoca
A rainha da fofoca em Nova York
A rainha da fofoca: fisgada
Sorte ou azar?
Tamanho 42 não é gorda
Tamanho 44 também não é gorda
Tamanho não importa
Tamanho 42 e pronta para arrasar
Liberte meu coração
Insaciável
Mordida
Sem julgamentos
Sem ofensas

Série Desaparecidos
Quando cai o raio
Codinome Cassandra
Esconderijo perfeito
Santuário

Série O Diário da Princesa
O diário da princesa
Princesa sob os refletores
Princesa apaixonada
Princesa à espera
Princesa de rosa-shocking
Princesa em treinamento
Princesa na balada
Princesa no limite
Princesa Mia
Princesa para sempre
O casamento da princesa
Lições de princesa
O presente da princesa

Série As leis de Allie Finkle
para meninas
Dia da mudança
A garota nova
Melhores amigas para sempre?
Medo de palco
Garotas, glitter e a grande fraude
De volta ao presente

Série A Mediadora
A terra das sombras
O arcano nove
Reunião
A hora mais sombria
Assombrado
Crepúsculo

Série Abandono
Abandono
Inferno
Despertar

MEG CABOT

A garota AMERICANA

Tradução de
ANA BAN

15ª EDIÇÃO

Galera

RIO DE JANEIRO

2024

CIP-Brasil. Catalogação-na-fonte
Sindicato Nacional dos Editores de Livros, RJ.

C116g
15ª ed.

Cabot, Meg, 1967-
   A garota americana / Meg Cabot; tradução Ana Ban.
— 15ª ed. – Rio de Janeiro: Galera Record, 2024.
   352p.

   Tradução de: All american girl
   ISBN 978-85-01-06696-1

   1. Literatura juvenil. 2. Romance norte-americano. I. Ban, Ana. II. Título.

04-2349

CDD – 813
CDU – 821.111(73)-3

Título original norte-americano
ALL AMERICAN GIRL

Copyright © 2002 by Meggin Cabot

Design de capa: Izabel Barreto / Mabuya

Texto revisado segundo o Acordo Ortográfico da Língua Portuguesa de 1990.

Todos os direitos reservados. Proibida a reprodução,
no todo ou em parte, através de quaisquer meios.

Direitos exclusivos de publicação em língua portuguesa para o Brasil
adquiridos pela
EDITORA RECORD LTDA.
Rua Argentina 171 – Rio de Janeiro, RJ – 20921-380 – Tel.: 2585-2000
que se reserva a propriedade literária desta tradução

Impresso no Brasil

ISBN 978-85-01-06696-1

Seja um leitor preferencial Record.
Cadastre-se e receba informações sobre nossos
lançamentos e nossas promoções.

EDITORA AFILIADA

Atendimento e venda direta ao leitor:
sac@record.com.br

A TODOS OS VERDADEIROS HERÓIS AMERICANOS DE
11 DE SETEMBRO DE 2001

★

AGRADECIMENTOS

Muito obrigada a Beth Ader, Jennifer Brown, Barbara Cabot, o integrante da SWAT Matt Cabot, Josh Horwitz, Michele Jaffe, Laura Langlie, Abby McAden, Ericka Markman, Ron Markman, David Walton e Benjamin Egnatz.

Agradecimentos especiais a Tanya, Julia e Charlotte Horwitz, que serviram de inspiração para esta história.

★

Bom, aqui está a lista das dez principais razões por que eu não suporto a minha irmã Lucy:

10. Fico com todas as roupas que não servem mais nela, até os sutiãs.

9. Quando me recuso a usar as roupas velhas dela, principalmente os sutiãs, levo o maior sermão sobre desperdício e preservação do meio ambiente. Olha, eu até me preocupo com a natureza. Mas isso não significa querer usar os sutiãs velhos da minha irmã. Eu disse para a minha mãe que não entendo por que preciso usar sutiã, já que eu, tipo assim, não tenho muita coisa para colocar lá dentro. Então vem a Lucy e diz que, se eu não usar sutiã agora, quando tiver algo para colocar lá dentro vai ficar tudo frouxo, parecido com aquelas mulheres tribais que aparecem no Discovery Channel.

8. Esse é outro motivo por que eu não suporto a Lucy. Porque ela vive fazendo esse tipo de observação. Se quer saber a minha opinião, acho que a gente devia pegar os sutiãs velhos da Lucy e mandar tudo para aquelas mulheres tribais.

7. Os papos dela no telefone são assim: "De jeito nenhum. (...) O que foi que ele disse? (...) E daí, o que é que *ela* disse? (...) De jeito nenhum. (...) Isso é a maior mentira. (...) Eu não. Não mesmo. (...) Quem foi que disse isso? (...) Bom, é mentira. (...) Não, eu não. (...) Eu *não* gosto dele. (...) Tá, tudo bem, vai ver que eu gosto. Ah, preciso desligar, tem outra ligação."

6. Ela é animadora de torcida. Tá bom? *Animadora de torcida.* Fica dançando e sacudindo pompons para um bando de neandertais que correm de um lado para o outro no campo de futebol americano. E, ainda por cima, faz isso quase toda noite. E já que minha mãe e meu pai são fanáticos por aquela história de "a hora do jantar é a hora da família", adivinha só o que todo mundo faz às cinco e meia da tarde? Quem é que pode ter fome em um horário desses?

5. Todos os meus professores falam: "Sabe como é, Samantha, quando eu dava aula para a sua irmã, há dois anos, não tinha de ficar repetindo que ela precisava

    a) pular linha
    b) não fazer contas com os dedos
    c) colocar os substantivos em alemão em letra maiúscula
    d) lembrar de trazer maiô
    e) tirar o fone de ouvido quando o diretor discursa pelo alto-falante
    f) parar de desenhar na calça."

4. Ela tem namorado. E, além disso, não é qualquer namorado, mas um cara que não é esportista, algo de que nunca se ouviu falar na hierarquia da nossa escola: uma animadora de torcida com um namorado que não é do time. Ah, não, por acaso o Jack também é rebelde urbano, igual a mim, com a diferença que ele vem completo:

sobretudo preto militar, coturnos, notas abaixo da média no boletim inteiro e tal. Além disso, ele usa um brinco comprido.

Mas, apesar de não ter aquele tipo de inteligência que se adquire nos livros, o Jack tem muito talento e criatividade artística. Por exemplo, ele sempre pendura os quadros dele, sobre jovens americanos desprivilegiados, na cantina da escola. E ninguém vai lá e picha em cima, como fariam se os desenhos fossem meus.

E não é só. Meu pai e minha mãe o odeiam, porque ele não aproveita o potencial que tem e vive levando suspensão por ser contra o autoritarismo. E ele os chama, na cara dura, de Carol e Richard, e não de Senhor e Senhora Madison.

É absolutamente injusto a Lucy ter um namorado que, além de legal, é insuportável para os nossos pais. Eu rezo a vida inteira para que isso aconteça comigo.

Mas vou dizer que, a esta altura, qualquer tipo de namorado seria aceitável.

3. Apesar de namorar um carinha do tipo rebelde artístico, em vez de um atleta fortão, a Lucy continua sendo uma das garotas mais populares da escola. Ela é convidada para festas e baladas todo fim de semana, são tantos convites que ela não conseguiria aceitar todos, nem que quisesse, e por isso fala umas coisas do tipo: "Ei, Sam, por que você e a Catherine não vão lá, tipo assim, como as minhas emissárias?", mesmo sabendo que, se a Catherine e eu ousássemos colocar o pé em uma festa dessas, seríamos hostilizadas como as pirralhas do primeiro ano que estão se achando e, em seguida, jogadas na rua.

2. Ela se dá bem com nossos pais (sem contar a história do Jack), e sempre foi assim. Ela até consegue se dar bem com a nossa irmã menor, Rebecca, que frequenta uma escola especial para superdotados e é praticamente um *idiot savant*.

Mas a razão número um por que eu não suporto minha irmã Lucy não pode ser outra além de:

1. Ela dedurou os meus desenhos de celebridades.

★ 1 ★

Ela disse que não tinha intenção de me prejudicar. Disse que encontrou os desenhos no meu quarto e os achou tão bons que não pôde fazer outra coisa senão mostrar para a mamãe.

Claro que não passou pela cabeça da Lucy que ela não deveria entrar no meu quarto, para começo de conversa. Quando a acusei de violar meu direito garantido pela Constituição de ter minha privacidade, ela só olhou para mim tipo *Hein?*, apesar de estar tendo aulas sobre política e governo neste semestre.

A desculpa dela foi que estava procurando o curvex.

Até parece. Como se eu fosse lá pegar qualquer coisa emprestada dela. Principalmente alguma coisa que chega bem pertinho dos olhões saltados dela.

Em vez do curvex, que obviamente não estava comigo, a Lucy encontrou o meu estoque secreto de desenhos da semana e mostrou tudo para a mamãe, na hora do jantar.

— Bom — começou mamãe, com a voz bem seca. — Agora a gente sabe por que você tirou uma nota tão baixa em alemão, não é mesmo, Sam?

A observação deveu-se ao fato de os desenhos estarem dentro do meu caderno de alemão.

— Este aqui é aquele cara de *O patriota*? — meu pai quis saber. — Quem é essa aqui que você desenhou com ele? É a... é a Catherine?

— Alemão é uma língua idiota — afirmei, achando que eles não entendiam nada do que estava rolando.

— Alemão não é idiota — informou minha irmãzinha Rebecca. — Os alemães são capazes de retraçar suas origens a grupos étnicos que existiam na época do Império Romano. A língua deles é antiga e bela, e foi criada há milhares de anos.

— Sei lá — respondi. — Sabia que eles colocam todos os substantivos em letras maiúsculas? O que é que você acha disso?

— Hmmm — fez minha mãe, dando uma folheada no meu caderno de alemão. — O que é isto aqui?

Meu pai perguntou:

— Sam, por que você fez um desenho da Catherine montada em um cavalo com aquele cara de *O patriota*?

— Acho que isto aqui vai responder à sua pergunta, Richard — disse a minha mãe, devolvendo o caderno para o meu pai.

Em minha defesa, posso afirmar que, para o bem ou para o mal, vivemos em uma sociedade capitalista. Eu estava apenas exercendo meu direito à iniciativa privada de fornecer ao público (a maior parte da população estudantil da Escola Preparatória John Adams) um produto para o qual eu detectei uma demanda. Era de se esperar que o meu pai, economista internacional do Banco Mundial, fosse entender isso.

Mas, quando ele leu em voz alta o que estava escrito no caderno de alemão, em tom de espanto, percebi na hora que ele não entendia. Ele não entendia nada mesmo.

— Você e Josh Hartnett — leu meu pai. — US$ 15. Você e Josh Hartnett em uma ilha deserta, US$ 20. Você e Justin Timberlake, US$ 10. Você e Justin Timberlake embaixo de uma cachoeira, US$ 15. Você e Keanu Reeves, US$ 15. Você e... — Meu pai ergueu os olhos. — Por que o Keanu e o Josh custam mais caro do que o Justin?

— Porque — expliquei — o Justin tem menos cabelo.

— Ah — fez meu pai. — Entendi. — E voltou à lista. — Você e Keanu de barco, nas corredeiras, US$ 20. Você e James Van Der Beek, US$ 15. Você e James Van Der Beek andando de asa-delta, US$ 20...

Mas minha mãe não permitiu que ele fosse adiante.

— Está bem claro que a Samantha tem problemas para se concentrar na aula de alemão — declarou minha mãe, em tom de tribunal (ela é advogada ambientalista; ninguém em sã consciência iria querer provocá-la para que usasse esse tom de voz). — Parece bastante claro que sua dificuldade em se concentrar na aula de alemão se deve à ausência de uma válvula de escape apropriada para tanta energia criativa. Acredito que, se tal válvula de escape lhe fosse fornecida, suas notas em alemão subiriam consideravelmente.

O que explica por que, no dia seguinte, minha mãe chegou em casa do trabalho, apontou para mim e mandou:

— Terça e quinta, das três e meia às cinco e meia. A partir de agora, você vai ter aula de arte, mocinha.

Uau. Quanta sutileza!

Não ocorreu à minha mãe que eu sou capaz de desenhar perfeitamente bem sem aula nenhuma. A não ser pelas aulas da escola, sabe como é. Minha mãe não percebe que as aulas de arte, em vez de oferecer uma válvula de escape para a minha energia criativa, só vão acabar totalmente com qualquer habilidade natural e estilo individual que eu possa ter. Como é que eu vou poder continuar fiel à minha visão pessoal, tipo o van Gogh, com alguém olhando por cima do meu ombro e dizendo o que eu tenho que fazer?

— Obrigada — sussurrei à Lucy quando cruzei com ela um pouco depois, no banheiro que dividíamos. Ela estava separando os cílios com um alfinete na frente do espelho, apesar da nossa empregada, Theresa, ter dito mil vezes que uma prima sua, a Rosa, tinha furado um olho assim.

A Lucy olhou para mim através do alfinete:

— O que foi que *eu* fiz?

Não dava para acreditar que ela não sabia.

— Você me dedurou — gritei. — Aquele negócio dos desenhos.

— Credo, sua retardada — Lucy respondeu, começando a trabalhar nos cílios inferiores. — Nem vem me dizer que ficou brava com aquilo. Eu fiz tipo um favor para você.

— Um *favor*? — fiquei chocada. — Eu me ferrei por causa do que você fez! Agora eu tenho que ir a uma droga, uma porcaria de aula de arte duas vezes por semana, depois da escola, quando eu bem podia, sei lá... ficar assistindo à TV.

Lucy revirou os olhos.

— Você não saca nada, não é mesmo? Você é minha irmã. Não posso ficar lá parada enquanto você se transforma na maior esquisitona da escola. Você não participa de nenhuma atividade extracurricular. Você se veste com essas roupas pretas horrorosas o tempo todo. Você não deixa eu arrumar o seu cabelo. Tipo assim, eu precisava fazer *alguma coisa*. Agora, quem sabe? Talvez você vire uma artista famosa. Tipo a Georgia O'Keeffe.

— Por acaso você sabe o que a Georgia O'Keeffe pintou para ficar famosa, Lucy?

Quando ela respondeu negativamente, expliquei.

Vaginas. É por isso que ela é famosa.

Ou, como bem colocou Rebecca, quando passou pela porta com o nariz enfiado no último livro da saga de *Jornada nas estrelas*:

— Na verdade, as imagens orgânicas abstratas de O'Keeffe são representações luxuriantes de flores que têm forte conteúdo sexual.

Eu disse à Lucy que perguntasse ao Jack, se não acreditasse em mim. Mas a Lucy respondeu que o Jack e ela não conversavam sobre coisas desse tipo.

Eu fiquei meio assim:

— O quê? Vaginas?

Mas Lucy respondeu não, arte.

Eu não entendo. Ela namora um artista e, mesmo assim, os dois nunca conversam sobre arte? Fala sério, se algum dia eu arrumar um namorado, nós vamos conversar sobre *tudo*. Até sobre arte. Até sobre vaginas.

★2★

A Catherine não conseguia acreditar na tal aula de desenho.

— Mas você já sabe desenhar — repetia sem parar.

Eu, obviamente, concordava em gênero, número e grau. Ainda assim, era bom saber que eu não era a única a pensar que ser obrigada a passar toda terça e quinta-feira das três e meia às cinco e meia no Estúdio de Arte Susan Boone era uma gigantesca perda de tempo.

— É a cara da Lucy — achou Catherine. Estávamos passeando com o Manet pelo Jardim do Bispo na segunda-feira, depois da escola. O Jardim do Bispo faz parte do terreno da Catedral Nacional, onde acontecem todos os enterros das pessoas importantes que morrem em Washington, a capital federal dos Estados Unidos. Só demora cinco minutos a pé de onde a gente mora, em Cleveland Park, até a Catedral Nacional. O que é bom, porque é o lugar preferido do Manet para correr atrás de esquilos, assustar os casais que ficam se agarrando atrás dos arbustos e coisas assim.

O que levanta uma outra questão: quem é que vai passear com o Manet quando eu estiver no Estúdio de Arte Susan Boone? Theresa é que não vai. Ela detesta o Manet, apesar de ele ter parado totalmente de roer fios elétricos. Além disso, de acordo com o Doutor Lee, o especialista em comportamento animal, a culpa era minha, por ter dado a ele o nome de *Mo*net, que soa como uma negativa. Desde que mudei o nome dele para Manet, as coisas ficaram melhores... apesar de o meu pai não ter ficado muito feliz com a conta de US$ 500 que o Doutor Lee mandou para ele.

A Theresa diz que já é bem ruim ter que ficar limpando tudo que a gente suja; nem morta que ela vai limpar a sujeira do meu Old English Sheepdog de quatro quilos.

— Não dá para acreditar que a Lucy fez isso — continuou Catherine. — Ainda bem que eu não tenho irmã.

A Catherine também é filha do meio, como eu (deve ser por isso que nos damos tão bem). Só que, diferente de mim, a Catherine tem dois irmãos, um mais velho e um mais novo... e nenhum deles é mais inteligente nem mais bonito do que ela.

A Catherine é a maior sortuda.

— Mas, se não fosse a Lucy, teria sido a Kris — observou ela enquanto percorríamos o caminho estreito e torto que atravessava o jardim. — A Kris estava totalmente em cima de você. Sabe como é, porque você só cobrava dela e das amigas dela.

O que era, de fato, a melhor coisa da história toda. Tipo assim, cobrar só de garotas tipo a Kris e as amigas dela. Todas as outras pessoas ganhavam desenhos de graça.

Bom, e por que não? Quando, de brincadeira, eu desenhei um retrato da Catherine com o ator preferido dela, o Heth Ledger, a notícia se espalhou, e logo tinha uma fila de gente pedindo retratos ao lado de uns gostosinhos.

No começo, nem passou pela minha cabeça cobrar. Eu estava mais do que satisfeita em dar desenhos de graça para as minhas amigas, já que elas pareciam ficar felizes com isso.

E, depois, quando as garotas que não falam inglês da escola demonstraram interesse pelos retratos também, eu não podia cobrar delas. Tipo assim, se você acabou de se mudar para este país (seja para fugir da opressão em sua terra natal ou, como a maior parte das pessoas que não falavam inglês na nossa escola, se a sua mãe ou o seu pai é embaixador ou diplomata), não dá mesmo para pagar por um desenho com um ator. Percebe, eu sei o que é estar em um lugar onde você não entende o que os outros estão falando: é um saco. Eu aprendi isso da maneira mais difícil, graças ao meu pai (que é responsável pela divisão do Norte da África do Banco Mundial). Ele levou toda a família para o Marrocos durante um ano, quando eu tinha 8. Teria sido legal se alguém de lá tivesse me dado uns desenhos do Justin Timberlake de graça, em vez de ficar me olhando como se eu fosse esquisita só porque não sabia como se dizia "Por favor, posso sair da sala?" em marroquino quando precisava ir ao banheiro.

Depois, fui atacada por um monte de pedidos de desenhos de atores das garotas que faziam aula de reforço. Bom, eu não podia cobrar de quem precisava de reforço, porque eu sei o que é ter que frequentar essas aulas. Quando voltamos do Marrocos, ficou determinado que minha língua presa (eu assobiava para falar todos os ss) não ia desaparecer com o tempo... não sem um pouco de ajuda profissional. De modo que fui obrigada a passar por sessões de fonoaudiologia enquanto meus colegas estavam na aula de música.

Como se isso já não fosse bem ruim, sempre que eu voltava para a minha classe normal, a Kris Parks ficava tirando sarro da minha suposta idiotice (e ela era a minha melhor amiga antes de eu ir para o Marrocos). Então, *shazam*, quando eu voltei, ela começou a dar uma de: *"Quem é* Samantha?"

Era como se ela não lembrasse mais que costumava ir à minha casa todo dia depois da escola para brincar de Barbie. Não, de repente ela estava "se dando bem com os garotos" e correndo de um lado para o outro no recreio, tentando beijá-los. O fato de que eu, na terceira série, preferiria comer vidro moído a permitir que os lábios de um colega de classe encostasse nos meus (especialmente os do Rodd Muckinfuss, que era o garanhão da classe naquele ano), imediatamente serviu para que eu recebesse o rótulo de "imatura" (e a língua presa provavelmente também não ajudou muito) e a Kris me largou como se eu fosse uma batata quente.

Por sorte, isso só serviu para alimentar meu desejo de falar direito. No dia em que fui dispensada da fonoaudiologia, fui correndo até a Kris e a xinguei de estúpida, sacana, puxa-saco, safada e sebenta.

Desde que isso aconteceu, não nos falamos muito.

Então, como eu sei bem que o pessoal do reforço precisa de um desconto de vez em quando (principalmente o pessoal que usa capacete para não se machucar e coisas assim), declarei que, para elas, os meus serviços de desenho de atores eram gratuitos, assim como para as minhas amigas que não falavam inglês da Escola Adams.

Para falar a verdade, eu era uma espécie de ONU particular, fornecendo auxílio na forma de representações altamente realistas de Freddie Prinze Jr. para as desprivilegiadas.

Mas revelou-se que a Kris Parks, agora presidente do primeiro ano e um pé no saco para mim, não estava gostando nada disso. Não por eu não cobrar das garotas que não falavam inglês, mas sim por só cobrar dela e das amigas dela.

Mas o que é que ela estava pensando? Tipo assim, como é que eu ia cobrar da Catherine, que tinha sido minha melhor amiga desde que eu voltara do Marrocos, quando descobri que a Kris tinha dado uma de Anakin e passado para o Lado Negro? A Catherine e eu tínhamos exatamente a mesma opinião a respeito de como a Kris tratava a gente (a Kris até hoje se diverte muito tirando sarro das saias até o joelho da Catherine, que é a única coisa que a sra. Salazar, a mãe dela, permite que ela use, já que é tão evangélica e tal) e desprezávamos Rodd Muckinfuss com a mesma intensidade.

Ah, é. Com certeza, não vou dar desenhos grátis do Orlando Bloom para ninguém igual à Kris.

Não mesmo.

Gente igual à Kris não é capaz de compreender o conceito de ser legal com alguém que não é magrinha, nem loira, nem se cobre de Abercrombie and Fitch dos pés à cabeça (talvez porque ela nunca tenha sido obrigada a fazer sessões de fonoaudiologia, muito menos frequentar uma escola em que ninguém falava a língua dela).

Em outras palavras, com qualquer pessoa que não seja a própria Kris Parks.

A Catherine e eu conversávamos sobre isso ao voltarmos do parque da Catedral (quer dizer, sobre a Kris e a impertinência dela) quando um carro se aproximou de nós e vi meu pai acenando de trás do volante.

— Oi, garotas — exclamou a minha mãe, debruçando-se por sobre o meu pai para falar conosco, já que estávamos mais próximas do lado do motorista. — Acho que nenhuma de vocês duas tem interesse de ir ver o jogo da Lucy, não é mesmo?

— Mãe! — disse Lucy, do banco de trás. Ela estava com toda a parafernália de animadora de torcida. — Nem perca seu tempo. Elas não vão querer vir e, mesmo que quisessem, olha só, dá uma olhada na Sam. Eu ia ficar com vergonha de ser vista com ela.

— Lucy! — disse meu pai, em tom ameaçador. Mas ele nem devia ter se incomodado. Eu já estou superacostumada com os comentários depreciativos que a Lucy faz a respeito da minha aparência.

Tudo é muito lindo e muito fácil para gente igual à Lucy, cuja principal preocupação da vida é não perder nenhuma liquidação da Club Monaco. Quando começaram a vender produtos da Paul Mitchell na perfumaria do nosso bairro, a Lucy foi tomada de uma felicidade do tipo que não se via desde a queda do Muro de Berlim.

Eu, no entanto, sou um pouco mais preocupada com questões mundiais, como por exemplo o fato de que trezentos milhões de crianças por dia vão para a cama com fome e que programas de arte das escolas são a primeira coisa a ser cortada sempre que o conselho local de educação descobre que está trabalhando no vermelho.

E é por isso que, no começo do ano letivo, eu tingi todo o meu guarda-roupa de preto para mostrar que

a) eu estava de luto pela minha geração, que claramente não liga para nada além do que vai acontecer em *Friends* na semana que vem, e

b) moda é para gente falsa igual à minha irmã.

Ah, sim, algumas veinhas da minha mãe quase estouraram quando ela viu o que eu tinha feito. Mas veja bem, pelo menos ela sabe que uma de suas filhas realmente pensa em outra coisa além de unhas francesinhas.

Mas a minha mãe, diferente da Lucy, não ia desistir de mim assim tão fácil. E foi por esse motivo que, ali no carro, ela abriu um sorriso radiante, sem motivo nenhum, se você quiser saber a minha opinião. Estava chovendo e a temperatura beirava só uns 4°C na rua. Não era o tipo de dia de novembro que motivaria qualquer pessoa (e especialmente uma pessoa completamente desprovida de espírito estudantil, como eu) a ficar sentada em uma arquibancada, assistindo a um monte de carinhas musculosos correndo atrás de uma bola com garotas de suéter branco e roxo apertado demais (como a minha irmã) animando a torcida para eles.

— Nunca se sabe — disse mamãe para Lucy, do banco da frente. — Elas podem mudar de ideia.

E dirigiu-se a nós:

— O que vocês acham? Sam? Catherine? Depois seu pai vai nos levar a Chinatown para comermos um *yakisoba* — olhou para mim. — Tenho certeza que dá para achar um hambúrguer ou algo assim para você, Sam.

— Que pena, sra. Madison — começou Catherine. Mas não parecia nem um pouco se lamentar de nada. Na verdade, parecia bem contente por ter uma desculpa para não ir. A maior parte dos eventos escolares é uma agonia para Catherine, por causa dos comentários costumeiros da panelinha sobre suas roupas um tanto ou quanto antiquadas ("Onde foi que você parou sua carroça?" e coisas assim). — Preciso ir para casa. Domingo é o dia de...

— ...descanso. É, eu sei. — Minha mãe já tinha ouvido isso um monte de vezes. O sr. Salazar, que é diplomata na embaixada hondurenha aqui em Washington, insiste na ideia de que o domingo é dia de descanso e faz todos os filhos ficarem em casa nesse dia, toda semana. A Catherine tinha conseguido se liberar durante meia hora para devolver *O patriota* (que ela viu sete vezes) na videolocadora Potomac. A esticada até a Catedral Nacional foi um desvio completo. Mas como Catherine presumiu que a caminhada incluía uma visita à igreja, os pais dela não ficariam assim *tão* bravos se descobrissem.

— Richard. Carol. Desistam. — Rebecca, ao lado de Lucy no banco traseiro, ergueu os olhos de seu laptop tempo suficiente para exprimir sua profunda insatisfação com a situação.

— Papai — corrigiu minha mãe, encarando Rebecca. — Papai, não Richard. Mamãe, não Carol.

— Desculpa — emendou Rebecca. — Podemos ir agora? A bateria só dura duas horas, sabe, e eu preciso entregar três planilhas amanhã.

Rebecca, que com 11 anos deveria estar na quinta série, frequenta a Horizon, uma escola especial em Bethesda para crianças superdotadas, onde tem aulas de nível universitário. É uma escola de CDFs, tanto que o filho do atual presidente, o maior CDF que já existiu na face da Terra (estou falando do filho mas, pensando bem, até que o pai também é), está matriculado lá. A Horizon é tão CDF que eles nem dão nota nas provas, só entregam boletins semestrais. O último boletim da Rebecca dizia: *"Rebecca já lê textos de nível universitário, mas precisa alcançar os colegas em termos de maturidade emocional e trabalhar seus relacionamentos pessoais no próximo semestre."*

Se a idade intelectual da Rebecca pode girar perto dos 40, ela age como se tivesse 6 anos e meio. Tem sorte por não frequentar uma escola para pessoas com inteligência normal, como a Lucy e eu: as Kris Parks do círculo das garotas de 11 anos a devorariam viva. Especialmente quando se leva em conta sua falta de traquejo social.

Minha mãe suspirou. Sempre foi muito popular no ensino médio, igual à Lucy. Até ganhou a eleição para Miss Espírito Estudantil nessa época. Minha mãe não entende onde errou comigo. Acho que culpa meu pai. Ele não foi eleito nada no ensino médio porque, igual a mim, passava a maior parte do tempo imaginando como seria estar em outro lugar.

— Tudo bem — mamãe finalmente assentiu. — Fique em casa, então. Mas não...

— ... abra a porta para estranhos — completei. — Já sei.

Como se alguém algum dia viesse bater na nossa porta, a não ser a Mulher do Pão. A Mulher do Pão é casada com um diplomata francês que mora no fim do quarteirão. A gente não sabe o nome dela. Simplesmente a chamamos de Mulher do Pão, porque a cada três semanas mais ou menos ela fica maluca, acho que é porque sente falta demais de seu país natal, e assa uns cem pães franceses que sai vendendo de porta em porta pelo bairro, por 50 centavos cada um. Eu sou viciada nas baguetes da Mulher do Pão. Na verdade, é a única coisa que eu como, além de hambúrgueres, já que não gosto da maior parte das frutas e de nenhum tipo de verdura, nem de peixe e nada com alho.

A única pessoa que vem bater na nossa porta, além da Mulher do Pão, é o Jack. Mas não temos permissão para deixá-lo entrar em casa se nossos pais ou a Theresa não estiverem. Isso porque, uma vez, o Jack destruiu as janelas do consultório do pai dele, em Bethesda, com uma espingarda de chumbinho, para protestar contra a prescrição de remédios testados em animais. Meus pais se recusam a entender que o Jack só tomou uma ação tão drástica para chamar a atenção do Doutor Ryder para os animais torturados. Eles acham que ele fez aquilo só para se divertir, o que é obviamente falso. O Jack nunca faz nada só para se divertir. Ele está seriamente empenhado em transformar o mundo em um lugar melhor.

Pessoalmente, eu acho que, se mamãe e papai não querem o Jack em casa quando eles não estão, é para que ele e a Lucy não fiquem se agarrando lá. O que é uma preocupação válida, mas eles poderiam dizer a verdade, em vez de ficar se escondendo atrás da desculpa da espingarda de chumbinho. É bem improvável que, algum dia, o Jack vá atirar nas NOSSAS janelas. Minha mãe fica sempre do lado dos bonzinhos, já que é advogada da Agência de Proteção Ambiental.

— Vamos lá, pessoal — Lucy choramingou do banco traseiro. — Vou chegar atrasada ao jogo.

— E nada de desenhar celebridades até terminar sua lição de alemão — minha mãe gritou enquanto meu pai arrancava com o carro.

Catherine e eu ficamos olhando enquanto eles se afastavam; as rodas do carro deslizavam sobre as folhas secas espalhadas pela rua.

— Achei que você estava proibida de desenhar celebridades — disse Catherine ao dobrarmos a esquina.

Manet, ao ver um esquilo do outro lado da rua, me arrastou até o meio-fio, quase provocando um deslocamento do pescoço.

— Eu estou liberada para desenhar celebridades — informei, elevando a voz para que ela me ouvisse por cima dos latidos roucos de Manet. — Só não posso cobrar das pessoas.

— Ah — Catherine refletiu sobre o assunto.

Depois pediu, em tom de súplica:

— Então, será que você poderia POR FAVOR desenhar o Heath para mim? Só mais uma vez? Prometo que nunca mais peço.

— Acho que sim — respondi com um suspiro, como se fazer aquilo fosse a maior chateação para mim.

Mas é claro que não era. Porque, quando você adora fazer algo, você quer fazer a mesma coisa o tempo todo, mesmo se ninguém estiver pagando para isso.

Pelo menos era assim que eu me sentia a respeito dos desenhos.

Até que conheci a Susan Boone.

As dez razões principais por que eu gostaria de ser a Gwen Stefani, cantora da melhor banda de ska de todos os tempos, No Doubt:

10. A Gwen pode tingir o cabelo da cor que quiser, até de rosa-shocking, como fez na turnê Return of Saturn, e os pais dela não estão nem aí, porque apreciam o fato de ela ser artista e de precisar fazer esse tipo de coisa para dar forma à sua expressão artística. O sr. e a sra. Stefani provavelmente nunca ameaçaram cortar a mesada da Gwen como aconteceu com os meus pais na vez que eu tentei pintar o cabelo com KiSuco.

9. Se a Gwen quisesse usar preto todo dia, as pessoas simplesmente aceitariam o ato como sinal de sua enorme genialidade e ninguém ficaria fazendo comentários-ninja, como fazem comigo.

8. Gwen mora sozinha, de modo que as irmãs mais velhas dela não invadem seu quarto sempre que querem, fuçando tudo e depois dedurando o que ela faz para os pais.

7. A Gwen escreve músicas a respeito dos ex-namorados e canta na frente de todo mundo. Eu nunca tive namorado, então, como é que eu ia poder escrever uma música sobre um ex?

6. CDs grátis.

5. Se ela tirasse uma nota baixa em alemão por ter usado todo o tempo da aula para escrever músicas, duvido totalmente que a mãe da Gwen mandasse ela ter aula de música duas vezes por semana. Seria mais provável que ela deixasse a Gwen largar o alemão para se dedicar a escrever músicas em tempo integral.

4. Ela tem dúzias de sites dedicados a ela. Se a gente colocar as palavras *Samantha Madison* em qualquer mecanismo de busca da internet, nada aparece.

3. Todas as pessoas que foram más para a Gwen na escola certamente se arrependem profundamente até hoje e tentam puxar o saco dela. Mas ela pode dar uma de "Mas quem é você mesmo?", tipo a Kris Parks fez comigo quando eu voltei do Marrocos.

2. Ela pode ficar com qualquer cara que quiser. Bom, talvez não QUALQUER um, mas é bem provável que conseguisse o cara que *eu* quero. Que, infelizmente, é o namorado da minha irmã. Mas tanto faz.

E a razão principal por que eu queria ser a Gwen Stefani:

1. Ela não precisa ter aula de arte com a Susan Boone.

★3★

Sobrou para a Theresa me levar de carro até o ateliê de arte, depois da escola, no dia seguinte.

Mas a Theresa está acostumada a nos levar de um lado para o outro. Ela trabalha para a minha família desde que voltamos do Marrocos. E faz tudo aquilo que meus pais não têm tempo de fazer: levar a gente aonde precisamos ir, limpar a casa, lavar a roupa, preparar as refeições, fazer compras.

Mas é claro que a gente também precisa ajudar. Por exemplo, cuidar do Manet é minha obrigação, já que eu queria tanto ter um cachorro. A Rebecca tem que pôr a mesa; eu tiro os pratos e jogo os restos no lixo; a Lucy coloca tudo no lava-louças.

A coisa até que funciona direito (quando a Theresa está de olho na gente). Se ela já voltou para a casa dela à noite, as coisas geralmente ficam meio bagunçadas. Uma das obrigações não oficiais que ela tem é refinar a disciplina na minha família, já que mamãe e papai, nas palavras da Horizon, a escola da Rebecca, às vezes "não conseguem estabelecer limites adequados" para nós, os filhos.

No caminho do ateliê da Susan Boone naquele primeiro dia, a Theresa ficou tipo estabelecendo um monte de limites. Ela estava bem ligada na minha total intenção de escapulir no minuto em que ela se afastasse com o carro.

— Se você acha, Dona Samantha, que eu não vou entrar lá com você, é melhor você mudar de pensamento — informou quando passávamos pelo Beco dos Burritos, a maneira como o povo está chamando o Dupont Circle, já que ultimamente o lugar se encheu de fast-foods mexicanos e lugares que vendem sanduíches.

"Mudar de pensamento" é uma das expressões preferidas da Theresa, e fui eu quem ensinou a ela. Na verdade, é "mudar de ideia", não "pensamento". É uma coisa que todo mundo fala. Eu me esforcei muito para adaptar a Theresa à nossa cultura, já que, quando começou a trabalhar para nós, tinha acabado de chegar do Equador e não tinha a mínima ideia de como as coisas funcionavam nos Estados Unidos.

Agora que ela já está a par do que rola e o que não rola nos EUA, a MTV até podia contratá-la como consultora.

Além disso, ela só me chama de Dona Samantha quando está brava comigo.

— Eu sei exatamente o que você está pensando, Dona Samantha — continuou Theresa no meio do congestionamento da Connecticut Avenue, causado, como sempre, pela comitiva de carros do presidente. Esse é um dos problemas de morar em Washington, D.C.. Não dá para ir a lugar algum sem topar com uma comitiva de carros. — Assim que eu virar as costas, você entra correndo na loja de CDs mais próxima e pronto, acabou.

Suspirei como se tal ideia jamais tivesse passado pela minha cabeça, apesar de eu estar planejando aquilo mesmo. Mas eu me sinto como se fosse obrigada a pensar coisas assim. Se não desafiar a autoridade, como é que vou manter minha integridade artística?

— Até parece, Theresa — foi o que respondi, apesar de tudo.

— Não me venha com esse "até parece, Theresa" — retorquiu ela. — Eu conheço você muito bem. Sempre vestida de preto e ouvindo aquela música punk...

— Ska — corrigi.

— Tanto faz.

O último carro da comitiva passou e fomos liberadas para seguir em frente. Ela prosseguiu:

— Daqui a pouco você vai querer tingir esse seu lindo cabelo ruivo de preto.

Pensei, cheia de culpa, na caixinha de coloração instantânea Sussurro da Meia-Noite que repousava no armarinho do banheiro. Será que Theresa tinha visto? Porque eu não acho que ter cabelo ruivo é tão bom assim. Bom, talvez seja, se o seu cabelo for igual ao da Lucy, que é daquela cor que chamam de vermelho de Tiziano, o nome do pintor que inventou essa cor. Mas cabelo ruivo igual ao meu, que tem a mesma cor — e consistência — dos fios que passam pelos postes de telefone, quem vai achar bonito? Não é tão fofo assim, vou dizer.

— E às cinco e meia — Theresa prosseguiu —, quando eu vier buscar você, vou lá dentro apanhá-la. Nada dessa história de me esperar na calçada.

A Theresa encarna mesmo esse negócio de mãe. Ela própria tem quatro filhos, todos já bem crescidos, e três netos, apesar de só ser um ano mais velha do que a minha mãe. Isso porque, ela mesma diz, o filho mais velho, Tito, é um imbecil.

É por causa da imbecilidade de Tito que a Theresa não se deixa enganar: ela já viu de tudo.

Quando afinal chegamos ao Estúdio de Arte Susan Boone, na esquina da R com a Connecticut, bem em frente à Igreja Fundamental de Cientologia, a Theresa lançou um olhar de viés na minha direção. Não por causa da Igreja de Cientologia, mas porque o ateliê da Susan Boone ficava em cima de uma loja de CDs. Como se fosse minha culpa ela ter escolhido aquele lugar!

Mas preciso dizer que a Static, uma das únicas lojas de disco da cidade em que eu nunca tinha entrado, parecia tentadora... quase tanto quanto a Capitol Cookies, a confeitaria bem ali ao lado. Dava até para ouvir os acordes de uma das minhas músicas favoritas ressoando através das paredes à medida que íamos caminhando nessa direção (tivemos que dar a volta no quarteirão e estacionar a um milhão de quilômetros dali, na Q Street; já dava para ver que a Theresa não ia insistir na ideia de me acompanhar até a porta de novo, depois disso). Na Static, tocava uma música do Garbage, "Only Happy When It Rains" ("Só fico feliz quando chove").

Pensando bem, essa frase resume a minha atitude para com a vida, já que os pais só deixam a gente ficar em casa desenhando quando está chovendo. Se não, é sempre: "Por que você não sai para dar uma volta de bicicleta, como qualquer garota normal?"

Mas a Susan Boone deve ter mandado colocar isolamento acústico no ateliê dela, porque, ao subirmos a escada estreita e caiada até a porta de entrada, no andar de cima, não ouvíamos mais nada do Garbage. Em vez disso, o que se ouvia era um rádio tocando música erudita suave e um outro som que eu não conseguia identificar muito bem. O cheiro, à medida que íamos subindo, era aconchegante e bem conhecido para mim. Não, não tinha cheiro de biscoito. Tinha o mesmo cheiro da sala de arte da escola, de tinta e terebintina.

Só quando chegamos até a porta do ateliê e eu a empurrei é que entendi o que era o outro som que eu estava ouvindo.

— Oi, Joe. Oi, Joe. Oi, Joe — um enorme corvo negro, empoleirado em cima, e não dentro, de uma enorme gaiola de bambu, grasnava para nós.

Theresa deu um grito.

— Joseph! — uma mulher baixinha, com o cabelo mais comprido e mais branco que eu já vi, saiu de trás de um cavalete e berrou com o pássaro. — Tenha modos!

— Tenha modos! — repetiu o pássaro, saltitando em cima da gaiola. — Tenha modos, tenha modos, tenha modos.

— Jesu Cristo — exclamou Theresa, afundando-se em um banquinho próximo, salpicado de tinta. Ela já estava sem fôlego por causa da escada íngreme. O susto de levar um grito de um pássaro na cara não ajudou em nada.

— Desculpem-me por isso — disse a mulher de cabelo comprido e branco. — Por favor, não liguem para o Joseph. Ele demora um pouquinho para se acostumar com estranhos. Bom, você deve ser a Samantha. Eu sou a Susan.

Quando estávamos no final do ensino fundamental, a Catherine e eu passamos por uma fase em que só líamos livros de *fantasy*. Nós os devorávamos como se fossem M&Ms, aos montes: J.R.R. Tolkien, Terry Brooks, James Kahn e Lloyd Alexander. Para mim, a Susan Boone parecia a rainha dos elfos (quase sempre tem uma rainha dos elfos nos livros de *fantasy*). Tipo assim, ela era mais baixa do que eu e usava uma roupa esquisita de linho em tons de azul e verde claro.

Mas era o cabelo branco e comprido (que ia até a cintura!) e os olhos azuis brilhantes, espiando através de um rosto enrugado e completamente sem maquiagem, que prenderam a minha atenção. Até mesmo os cantinhos da boca dela se curvavam para cima, como faria a boca de um elfo, mesmo sem ouvir nada engraçado.

Naquele tempo em que a Catherine e eu vivíamos apalpando o fundo dos guarda-roupas, na esperança de ser transportadas para uma terra onde houvesse faunos e *hobbits*, não almoços infantis prontos e VJs idiotas da MTV, conhecer alguém como Susan Boone teria sido emocionante.

Agora, era meio esquisito.

Estiquei o braço e apertei a mão que ela estendeu na minha direção, e nos cumprimentamos. A pele dela era seca e áspera.

— Pode me chamar de Sam — falei, impressionada com o aperto de mão, que não tinha nada de élfico: a mulher com certeza seguraria firme o Manet com o mínimo de esforço.

— Oi, Sam — respondeu Susan Boone. Daí ela largou minha mão e voltou-se para Theresa: — E você deve ser a sra. Madison. Muito prazer.

Theresa tinha retomado o fôlego. Em pé, balançou a cabeça, dizendo que era a empregada da sra. Madison, e que estaria de volta às cinco e meia para me buscar.

Então Theresa foi embora e a Susan Boone me segurou pelos ombros e me dirigiu até um dos banquinhos manchados de tinta, que não tinha encosto, só uma tábua alta de um dos lados, em que se escorava um bloco de desenho.

— Pessoal — anunciou ao me encaixar no banco. — Esta é a Sam. Sam, estes aqui...

Então, exatamente igual a duendes que saem de trás de cogumelos venenosos gigantes, o resto dos alunos do curso de arte esticou a cabeça, de trás de imensos blocos de desenho, para olhar para mim.

— Lynn, Gertie, John, Jeffrey e David — apresentou Susan Boone, apontando-os um por um.

Tão logo apareceram as cabecinhas, sumiram de novo, e todos voltaram a seus blocos. Eu não recebi nada além de uma olhadela rápida da Lynn, uma mulher magrinha de uns 30 anos; da Gertie, uma mulher de meia-idade; do Jeffrey, um jovem negro; e do David, que usava uma camiseta da Save Ferris.

Como a Save Ferris é uma das minhas bandas preferidas, achei que pelo menos teria alguém com quem conversar.

Mas daí dei uma olhada melhor no David e percebi que a possibilidade de algum dia ele me dirigir a palavra era mais ou menos zero. Tipo assim, parecia que eu o conhecia de algum lugar, o que provavelmente significava que a gente estudava na mesma escola. E eu sou uma das pessoas mais odiadas na John Adams por ter sugerido que o dinheiro arrecadado com a venda de papéis de presente no Natal fosse todo doado para o departamento de arte da escola.

Mas a Lucy, a Kris Parks e outras queriam usar o dinheiro para ir andar de montanha-russa no Six Flags Great Adventure.

Adivinha quem ganhou?

Além disso, esse negócio de usar-preto-todo-dia-porque-estou-de-luto-pela-minha-geração também não ajudou muito a minha popularidade.

O David parecia ter mais ou menos a mesma idade da Lucy. Era alto (bom, pelo menos parecia ser, sentado ali naquele banco) com cabelo escuro cacheado, olhos muito verdes e mãos e pés grandes. Ele era meio fofo (mas não tão fofo quanto o Jack, claro), o que significava que, se estudava mesmo na Adams, devia ser da turma dos atletas. Todos os garotos fofos da Adams são da turma dos atletas. Menos o Jack, claro.

Portanto, quando eu sentei e o David piscou para mim, dizendo "que bota legal", eu fiquei completamente chocada. Pensei que ele estava zoando com a minha cara (como a maior parte dos caras da turma dos atletas da Adams tem o costume de fazer), mas daí olhei para baixo e percebi que, igual a mim, ele também usava um coturno.

Só que o David, diferentemente de mim, não fazia de suas botas uma afirmação satírica: um dia, na última aula, eu tinha coberto o couro preto de margaridas (com corretivo e caneta marca-texto amarela).

Fiquei quietinha e completamente vermelha por um garoto tão fofo ter falado comigo, e a Susan Boone anunciou:

— Hoje, estamos fazendo uma natureza-morta — e me entregou um lápis bem bom, de grafite macio. Daí, apontou para uma pilha de frutas em cima de uma mesinha no meio da sala e prosseguiu: — Desenhe o que você vê à sua frente.

Daí, saiu fora.

Bom, isso é que é tentar acabar com a minha individualidade e minha habilidade natural. Fiquei aliviada de ver que estava completamente errada nesse aspecto. Dizendo a mim mesma para esquecer o David Fofo e o comentário da bota (sem dúvida, ele só estava sendo legal comigo por eu ser a aluna nova e tal), olhei para a pilha de frutas na mesinha, aninhada em um pedaço amarfanhado de seda branca, e comecei a desenhar.

Tudo bem, pensei comigo mesma. Até que isto aqui não é tão mau assim. Na verdade, até que o ambiente era agradável ali no ateliê da Susan Boone. A Susan era interessante, com aquele cabelo e aquele sorriso de rainha dos elfos. Um garoto fofo disse que gostou das minhas botas. A música erudita que tocava baixinho no fundo era legal. Eu nunca ouço música erudita, a não ser que esteja tocando como fundo de algum filme que eu esteja assistindo ou algo assim. E o cheiro de terebintina era revigorante, igual tomar sidra quente em um dia frio de outono.

Talvez, pensei enquanto desenhava, isto aqui não seja tão ruim assim. Talvez até seja divertido. Tipo assim, existem maneiras muito piores para desperdiçar quatro horas por semana, não é mesmo?

Peras. Uvas. Uma maçã. Uma romã. Desenhei sem prestar muita atenção no que estava fazendo. Fiquei imaginando o que a Theresa faria para o jantar. Perguntei a mim mesma por que não tinha escolhido espanhol em vez de alemão. Se tivesse escolhido espanhol, poderia ter a ajuda de duas pessoas que falavam espanhol em casa, a Theresa e a Catherine, para me ajudar na lição de casa. Eu não conhecia ninguém que falasse alemão. Por que é que eu fui escolher uma língua tão boba, para começo de conversa? Eu só fiz isso porque era a língua que Lucy tinha escolhido, e ela tinha dito que era fácil. Fácil! Rá! Talvez para ela. Mas o que é que não era fácil para Lucy? A Lucy tinha tudo: cabelo lindo, um namorado completamente íntegro, o quarto do canto com um closet imenso...

Eu estava tão ocupada desenhando e pensando em quanto a vida da Lucy era melhor do que a minha que nem percebi que Joe, o corvo, tinha descido da gaiola e vindo na minha direção para verificar o que eu estava fazendo, até que arrancou alguns fios do meu cabelo.

Fala sério. Um pássaro roubou o meu *cabelo*!

Soltei um grito, o que fez com que Joe saísse voando, espalhando penas pretas por todos os lados.

— Joseph! — Susan Boone esbravejou quando viu o que estava acontecendo. — Larga o cabelo da Sam!

Obedientemente, Joe abriu o bico. Três ou quatro fios de cabelo cor de cobre flutuaram até o chão.

— Corvo lindo — anunciou Joe, inclinando a cabeça na minha direção. — Corvo lindo.

— Ah, Sam — Susan Boone se abaixou para pegar os cabelos do chão. — Desculpe-me. É que ele sempre fica atraído por coisas coloridas e brilhantes.

Veio até mim e me entregou os fios, como se eu pudesse colá-los de volta na cabeça.

— Ele não é um pássaro mau — afirmou Gertie, como que preocupada com alguma impressão errada que eu pudesse guardar do pássaro da Susan Boone.

— Corvo mau — fez Joe. — Corvo mau.

Fiquei lá parada, com os fios de cabelo na palma da mão aberta, pensando que a Susan Boone faria bem de gastar 500 paus com o especialista em comportamento animal, já que o bicho de estimação dela tinha problemas sérios. Enquanto isso, Joe voltava para o topo de sua gaiola batendo as asas, sem tirar os olhos de mim. Do meu cabelo, para ser mais exata. Dava para ver que ele estava mesmo a fim de tirar mais um chumaço, se pudesse. Pelo menos, foi o que me pareceu. Será que os pássaros têm sentimentos? Eu sei que os cachorros têm.

Mas os cachorros são inteligentes. E os pássaros são meio idiotas.

Mas não tão idiotas quanto os seres humanos conseguem ser, eu vim a perceber mais tarde. Ou pelo menos tanto quanto este ser humano em especial consegue ser. Por volta das cinco e quinze (eu sabia disso porque a estação de rádio de música erudita tinha começado a dar notícias), a Susan Boone encerrou a sessão:

— Pronto. Parapeito da janela.

E todo mundo, menos eu, levantou do banco e colocou o bloco de desenho apoiado na janela, de frente para o ateliê. Havia janelas em toda a extensão de três paredes da sala, que era de canto, e o parapeito era largo o bastante para alguém se sentar ali. Apressei-me para colocar meu bloco ao lado dos outros e depois todos nós nos afastamos para olhar o que tínhamos desenhado.

O meu era claramente o melhor. E eu fiquei bem mal por causa disso. Tipo assim, era só o meu primeiro dia de aula, e eu já estava desenhando melhor do que qualquer outro aluno, até melhor do que os adultos. Tive mais pena do John: o desenho dele era só uma enorme bagunça. O da Gertie era quadradão e todo manchado. O da Lynn parecia ter sido feito por uma criancinha de jardim de infância. E o Jeffrey tinha desenhado alguma coisa que não podia ser identificada como um monte de frutas.

45

Até podiam ser uns discos voadores, mas frutas, não.

Só o David tinha desenhado algo remotamente bom. Mas ele não tinha conseguido terminar. Eu tinha conseguido desenhar TODAS as frutas e tinha até adicionado um abacaxi e algumas bananas, tipo para dar um equilíbrio à figura.

Fiquei torcendo para a Susan Boone não fazer muito alarde por o meu desenho ser muito melhor do que o de todo mundo. Eu não queria que os outros ficassem mal.

— Bom — avaliou Susan Boone.

Deu um passo à frente e começou a discutir o desenho de cada um.

Ela foi muito diplomática a respeito da coisa toda. Tipo assim, meu pai bem que poderia contratá-la para algum dos escritórios dele, de tão cheia de tato que ela era (os economistas são muito bons com números, mas quando se trata de relacionamentos humanos, assim como a Rebecca, eles não se dão muito bem). A Susan ficou falando e falando sobre a emotividade das linhas da Lynn e do bom uso do espaço no desenho da Gertie. Disse que o John tinha melhorado muito, e todo mundo pareceu concordar, o que me fez pensar o quão ruim o John devia ser quando começou. O David recebeu um "excelente justaposição"; e o Jeffrey, um "muito detalhado".

Quando ela finalmente chegou ao meu desenho, tive vontade de sair da sala de fininho. Tipo assim, meu desenho era tão obviamente o melhor... Eu não quero parecer esnobe, mas meus desenhos *sempre* são os melhores. Desenhar é o que eu faço melhor.

E fiquei torcendo mesmo para a Susan Boone não esfregar isso na cara dos outros. O resto da classe já devia estar se sentindo bem mal.

Mas, no final, vi que não precisava ter me preocupado tanto com a reação da classe aos elogios de Susan Boone. Porque, quando ela chegou ao meu trabalho, não pôde dizer nada agradável a respeito dele. Em vez disso, deu uma boa olhada, chegou mais perto e examinou com muita atenção. Daí, deu um passo atrás e começou:

— Bom, Sam, estou vendo que você desenhou o que conhece.

Achei que essa era uma observação bem esquisita. Mas também, até agora tudo tinha sido meio esquisito. Legal, mas esquisito (a não ser pelo pássaro ladrão de cabelo, o que não tinha sido muito legal).

— Humm — respondi. — Acho que sim.

— Mas eu não mandei desenhar o que você conhece. — retorquiu Susan Boone. — Eu mandei desenhar o que você vê.

Olhei do meu desenho para a pilha de frutas na mesa, depois olhei para o papel de novo, confusa.

— Mas não foi o que eu fiz? Desenhei o que vejo. Quer dizer, o que vi.

— É mesmo? — perguntou Susan Boone com um daqueles sorrisinhos de elfo. — E você está vendo algum abacaxi naquela mesa?

Não precisei olhar de novo para o móvel para verificar. Eu sabia que não tinha abacaxi nenhum ali.

— Bom. Não vi, mas...

— Não. Não tem abacaxi nenhum ali. E essa pera também não está ali — apontou para uma das peras que eu tinha desenhado.

— Espera aí — comecei, ainda confusa, mas já na defensiva. — Tem pera lá sim. Aliás, tem quatro peras na mesa.

— Tem — respondeu Susan Boone. — Tem quatro peras na mesa. Mas nenhuma delas é *esta aqui*. Esta é uma pera da sua imaginação. É o que você conhece como pera, uma pera perfeita, mas não é nenhuma das peras que você viu na sua frente.

Eu não fazia a mínima ideia a respeito do que ela estava falando mas, aparentemente, a Gertie, a Lynn, o John, o Jeffrey e o David sabiam. Todos assentiam com a cabeça.

— Você não está vendo, Sam? — Susan Boone pegou meu bloco de desenho e veio em minha direção. Apontou para as uvas que eu tinha desenhado. — Você desenha uvas lindas, mas não são as uvas da mesa. As uvas da mesa não são tão perfeitamente oblongas, e também não são todas do mesmo tamanho. O que você desenhou aqui é a ideia que você tem sobre como as uvas devem ser, e não as uvas que estão de fato na nossa frente.

Pisquei, olhando para o bloco de desenho. Não entendi nada. Não mesmo. Tipo assim, eu meio que entendia o que ela estava dizendo, mas não conseguia perceber qual era o problema. As minhas uvas eram muito mais bonitas do que as uvas de qualquer outra pessoa. Isso não era bom?

A pior parte de tudo era que todo mundo parecia estar olhando para mim com um ar de solidariedade. Meu rosto começou a ficar quente. E claro que esse é o problema de ser ruiva. Você fica toda vermelha 97% do tempo. E não tem como esconder.

— Desenhe o que você *vê* — repetiu Susan Boone, sem ser indelicada. — Não o que você conhece, Sam.

E foi então que a Theresa, arfante por ter subido as escadas, entrou na sala, fazendo com que Joe começasse a grasnar "Oi, Joe! Oi, Joe!" tudo de novo.

Era hora de ir embora. Achei que ia desmaiar de tanto alívio.

— Vejo você na quinta-feira — exclamou alegremente Susan Boone enquanto eu vestia o casaco.

Devolvi o sorriso, mas claro que estava pensando: "Nem morta que você vai me ver na quinta-feira."

Naquele instante, claro, eu não fazia ideia de como eu tinha razão. Bom, mais ou menos.

Quando contei ao Jack o que tinha acontecido no Estúdio de Arte Susan Boone, ele só riu.

Riu! Como se fosse engraçado!

Eu meio que fiquei ofendida por causa disso, mas acho que devia ser meio engraçado. De certo modo.

— Sam — ele sacudiu a cabeça, e a cruz egípcia de prata que carrega na orelha brilhou com a luz. — Você não pode deixar o sistema vencer. Você precisa lutar contra o sistema.

Muito fácil dizer isso. Afinal, ele tem 1,95 m e pesa mais de 90 kg. O técnico de futebol americano da escola fez de tudo para convencê-lo a entrar no time depois que o melhor defensor de linha se mudou para Dubai.

Mas o Jack nunca faria parte do estratagema do treinador Donnelly para dominar o campeonato do nosso distrito escolar. Jack não acredita em esportes organizados, mas não porque tenha, como eu, ficado ressentido por aquela atividade consumir fundos valiosos que poderiam ser destinados ao departamento de arte. Não, o Jack está convencido de que os esportes, assim como a loteria, só servem para enganar o proletariado e levá-lo a acreditar que um dia vai se elevar acima de seus colegas bebedores de cerveja e motoristas de pick-ups.

É muito fácil para um cara como o Jack lutar contra o sistema.

Eu, por outro lado, só tenho 1,60 m e não sei quanto peso, já que a minha mãe jogou fora a balança depois de ler uma reportagem a respeito de como a anorexia atinge as adolescentes. Além disso, nunca consegui me pendurar na corda durante as aulas de educação física, já que herdei do meu pai a total falta de força na parte superior do corpo.

Quando fiz essa observação, no entanto, o Jack começou a rir ainda mais, o que eu achei, sabe como é, meio sem educação. Para um cara que supostamente é a minha alma gêmea e tal. Mesmo que ele talvez ainda não saiba disso.

— Sam — explicou ele —, não estou falando de lutar contra o sistema de maneira *física*. Você precisa ser mais esperta do que isso.

Ele estava sentado na mesa da cozinha, servindo-se de uma caixa de rosquinhas com cobertura de chocolate que a Theresa comprou para o lanche da tarde. A gente não costuma ter doces para comer no lanche. A minha mãe só quer que a gente tenha maçãs, bolachas integrais e leite, coisas assim. Mas a Theresa, ao contrário dos meus pais, não liga para as notas do Jack nem para as afirmações políticas que ele gosta de fazer com uma espingarda de chumbinho, de modo que, sempre que ele aparece e ela está por lá, é uma festa só. Às vezes ela até assa um bolo. Uma vez, fez brigadeiro. Estou dizendo, a Lucy sair com o único cara no mundo que inspira a Theresa a fazer brigadeiro prova definitivamente que não existe justiça no mundo.

— A Susan Boone está sufocando a minha criatividade — exclamei, indignada. — Ela está tentando me transformar em algum tipo de clone artístico...

— Claro que está — Jack parecia surpreso ao dar uma dentada em mais um bolinho. — É isso que os professores fazem. Você tentou ser um pouco criativa, colocou um abacaxi a mais, e... BAM! Lá vem o punho da conformidade para esmagar você.

Quando o Jack fica animado, ele começa a mastigar com a boca aberta. Foi o que ele fez. Pedacinhos de bolo saíram voando pela mesa e bateram na revista que a Lucy estava lendo. Ela abaixou seu exemplar de *Nova*, olhou para os pedacinhos de bolo colados na capa, olhou para o Jack e disse:

— Cara, vê se fala sem cuspir.

E daí voltou a ler a respeito de orgasmos.

Está vendo? Está vendo o que eu quero dizer quando falo que ela ignora a genialidade do Jack?

Dei uma mordida no meu bolinho. A mesa da cozinha, onde geralmente só tomamos café e lanche, fica em uma espécie de átrio envidraçado que se projeta a partir da cozinha para o quintal. Nossa casa é antiga (tem mais de cem anos de idade, como a maior parte das casas em Cleveland Park, que são umas construções vitorianas com um monte de vitrais e balaustradas, pintadas com cores vivas). Por exemplo, a nossa casa é azul-turquesa, amarela e branca.

O átrio envidraçado e a mesa da cozinha foram incorporados à casa no ano passado. O teto é de vidro, três paredes são de vidro e a mesa da cozinha é feita com um bloco enorme de vidro. Como estava ficando escuro lá fora, eu via meu reflexo em todo canto. E não gostei muito do que vi:

Uma garota de tamanho médio, com pele branca demais e sardas, vestida toda de preto, com um monte de cabelo ruivo ondulado saindo da cabeça, todo espetado.

E gostei ainda menos do que vi ao lado do meu reflexo:

Uma garota com traços delicados sem sarda nenhuma, usando um uniforme roxo e branco de animadora de torcida, com o cabelo brilhante perfeitamente assentado e levemente ondulado apenas no local em que saía de uma fivela.

E:

Um cara gostoso, lindo, de ombros largos, com olhos azuis penetrantes e cabelo castanho comprido, usando jeans rasgados e um sobretudo militar azul-marinho, comendo bolinhos como se não houvesse amanhã.

E lá estava eu, no meio, entre os dois, onde sempre estive.

Uma vez, assisti a um documentário sobre a ordem de nascimento dos filhos no Canal de Saúde, e adivinha só o que dizia:

Primeira filha (também conhecida como Lucy): Mandona. Sempre consegue o que quer. Filha com maior possibilidade de tornar-se presidente de uma empresa importante, ditadora de um país pequeno ou supermodelo, como preferisse.

Última filha (também conhecida como Rebecca): Bebê. Sempre consegue o que quer. Filha com maior probabilidade de descobrir a cura para o câncer, ter seu próprio programa de entrevistas, entrar na nave-mãe quando a invasão começar e mandar uns "Bem-vindos à Terra" e assim por diante.

Filha do meio (também conhecida como eu mesma): Perdida na confusão. Nunca consegue o que quer. Filha com maior probabilidade de se transformar em adolescente fugitiva, vivendo de restos de Big Mac recolhidos nos lixos atrás do McDonald's local durante semanas até que alguém perceba que ela desapareceu.

É a história da minha vida.

Só que, pensando bem, o fato de eu ser canhota indica que provavelmente tive, a certa altura, uma irmã gêmea. Pelo menos de acordo com um artigo que li no consultório do dentista. Segundo uma teoria aí, a maior parte dos canhotos começou a vida como metade de um par de gêmeos. Uma em cada dez gravidezes começa como a gestação de gêmeos. Uma em cada dez pessoas é canhota.

É só fazer as contas.

Durante um tempo, achei que minha mãe nunca tinha mencionado minha irmã gêmea morta para não me magoar. Mas daí li na internet que em 70% das gravidezes que começam como gestação de gêmeos, um dos bebês desaparece. Assim mesmo. Puf! Isso é conhecido como a síndrome do gêmeo desaparecido, e geralmente a mãe nem percebe que estava carregando dois bebês em vez de um só, já que o outro desaparece tão no começo da gestação.

Não que alguma coisa dessas faça a menor diferença. Porque mesmo que a minha irmã gêmea tivesse sobrevivido, eu ainda seria a filha do meio. Só que daí eu teria alguém com quem dividir o fardo. E talvez ela tivesse feito com que eu desistisse de estudar alemão.

— Bom — respondi, parando de encarar o meu reflexo e abaixando os olhos para o jogo americano debaixo dos cotovelos. — E o que é que eu devo fazer agora? Na escola, ninguém me falava sobre coisas a mais nos meus desenhos. Sempre deixavam eu colocar tudo o que eu queria.

Jack deu uma gargalhada.

— Escola — exclamou. — Tá bom.

O Jack estava vivendo um conflito bem complicado com a coordenação da escola por causa de uns quadros que ele tinha inscrito em uma exposição de arte no shopping center. O sr. Esposito, diretor da John Adams, onde o Jack, a Lucy e eu estudamos, não gostou nadinha de o Jack ter inscrito os quadros em nome da instituição de ensino (ele não tinha visto os quadros). E então, quando os trabalhos foram aceitos, ele ficou louco da vida, porque o teor das pinturas não era o que ele considerava expressão da "qualidade John Adams". Os quadros todos eram de adolescentes com bonés, matando tempo na frente de uma loja de conveniência. Chamavam-se *Estudos sobre Malatitude, Números Um a Três* — apesar de um integrante irado do conselho ter chamado a série de *Estudos sobre Preguicite.*

Sempre que o Jack fica triste por causa disso, digo a ele que os impressionistas também não eram apreciados em sua época.

De qualquer modo, não há a menor afinidade entre o Jack e a coordenação da Escola Preparatória John Adams. Na verdade, se os pais dele não estivessem entre os principais doadores do fundo de ex-alunos da escola, Jack com certeza já teria sido expulso há muito tempo.

— Você só precisa encontrar uma maneira de lutar contra essa tal de Susan Boone — sugeriu Jack. — Tipo assim, antes que ela consiga arrancar cada pensamento criativo da sua cabeça. Você precisa desenhar o que está no seu coração, Sam. Se não, qual é o sentido?

— Eu sempre achei que as pessoas devem desenhar o que conhecem — afirmou Lucy em tom entediado, virando uma página da revista.

— *Escrever* o que conhecem — corrigiu Rebecca, na ponta oposta da mesa em relação a mim, levantando os olhos do laptop. — Desenhar o que *veem*. Todo mundo sabe disso.

Jack olhou para mim, todo triunfante.

— Está vendo? Está vendo como essa coisa é traiçoeira? Já entrou até na consciência de garotinhas de 11 anos.

Rebecca lançou um olhar irritado na direção dele. A Rebecca sempre ficou 100% do lado dos meus pais no que diz respeito ao Jack.

— Ei! — protestou. — Eu não sou *garotinha* nenhuma.

Jack ignorou.

— Onde é que nós estaríamos se o Picasso só desenhasse o que via? — Jack quis saber. — Ou o Pollock? Ou o Miró? — sacudiu a cabeça. — Apegue-se às suas crenças, Sam. Você desenha com o coração. Se o seu coração manda colocar um abacaxi, então você coloca um abacaxi. Não permita que o sistema lhe diga o que fazer. Não deixe que os outros determinem o que e como você desenha.

Eu não sei como é que ele consegue mas, de alguma forma, o Jack sempre fala a coisa certa. *Sempre.*

— Então, você vai largar? — quis saber Catherine, naquela mesma noite, quando me ligou para falar sobre a aula de biologia. Nossa tarefa era assistir a um documentário no Canal Educativo a respeito de pessoas que têm transtorno do corpo dismórfico. Sobre gente tipo o Michael Jackson, que se achava horrivelmente desfigurada, quando na verdade não era. Por exemplo, um homem detestava tanto o nariz que o abriu com uma faca, tirou toda a cartilagem dali e colocou um osso de galinha no lugar.

O que só serve para ilustrar que, por pior que você ache que uma pessoa é, sempre existe alguma coisa muito, muito pior.

— Não sei — respondi. Já tínhamos discutido toda a história do osso de galinha. — Eu quero sair. A classe é cheia de gente esquisita.

— Ué — fez Catherine. — Você disse que tinha um cara fofo.

Pensei no David, com aquela cara que eu já tinha visto antes, a camiseta do Save Ferris, as mãos e os pés grandes, olhando para a minha bota.

E na maneira como ele me viu sendo completa e totalmente esmigalhada, igual a uma formiga, bem na frente dele, pela Susan Boone.

— Ele é fofo — reconheci. — Mas não tão fofo quanto o Jack.

— E quem é? — perguntou Catherine, com um suspiro. — Talvez só o Heath.

Puts, é verdade.

— E a sua mãe vai deixar você largar? — Catherine quis saber. — Tipo assim, isso é meio que um castigo por causa da sua nota baixa em alemão, não é? Talvez seja para você não gostar de propósito.

— Acho que o objetivo é que seja uma experiência de aprendizado para mim — respondi. — Sabe como é, igual os pais da Debbie Kinley. Ela foi obrigada a fazer uma expedição nas montanhas depois que bebeu uma garrafa inteira de vodca na festa do Rodd Muckinfuss. As aulas de arte são tipo a minha expedição.

— Então, você não pode largar — concluiu Catherine. — O que vai fazer?

— Vou pensar em alguma coisa — respondi.

Na verdade, eu já tinha um plano.

As dez razões principais por que eu seria uma namorada mais adequada para o Jack do que a minha irmã Lucy:

10. Meu amor e apreço pela arte. A Lucy não sabe nada sobre arte. Para ela, arte é aquilo que mandaram a gente fazer com limpadores de cachimbo naquele verão em que nós duas fomos ao acampamento das bandeirantes.

9. Por ter alma de artista, estou mais bem aparelhada para compreender as variações de humor do Jack e lidar com elas. A Lucy só fica perguntando se ele já melhorou.

8. Eu nunca pediria, como a Lucy faz, para o Jack me levar para ver o filme idiota e nojento de adolescente que estiver na moda com a turminha dos 16 aos 24 anos. Eu entenderia que uma alma tão sensível quanto a do Jack precisaria de sustento na forma de filmes de arte independentes ou talvez de um ocasional filme estrangeiro com legendas.

   E não estou falando de Jackie Chan.

7. O mesmo vale para os livros estúpidos que a Lucy faz o Jack ler. *Homens são de Marte, mulheres são de Vênus* não me parece o material literário adequado para um cara como o Jack. *A virgem e o cigano*, de D.H. Lawrence, seria muito mais estimulante para a mente do Jack, que já é brilhante, do que qualquer um dos manuais de autoajuda patéticos da Lucy. Apesar de eu nunca ter lido *A virgem e o cigano*. Ainda assim, parece um livro que poderia nos envolver. Por exemplo, poderíamos nos alternar lendo trechos em voz alta, sobre um cobertor estendido no parque, o que é algo que os artistas sempre fazem nos filmes. Assim que eu acabar de reler *O clube da luta*, vou dar uma chance ao livro do Lawrence para ver se é tão intelectual quanto aparenta.

6. No aniversário do Jack, eu não lhe daria de presente uma cueca samba-canção engraçadinha, cheia de Piu-Pius, como a Lucy fez no ano passado. Eu encontraria alguma coisa altamente pessoal e romântica para dar de presente, tipo pincéis de pelo de marta ou talvez um exemplar de *Romeu e Julieta* com capa de couro, ou uma das pulseiras da Gwen Stefani ou algo assim.

5. Se o Jack algum dia se atrasasse para me pegar quando a gente fosse sair, eu não iria gritar com ele como a Lucy sempre faz. Eu entenderia que artistas não podem se ater a restrições prosaicas como tempo.

4. Eu nunca obrigaria o Jack a ir ao shopping center comigo. Isso se algum dia eu fosse ao shopping center, porque eu não vou. Em vez disso, Jack e eu iríamos a museus, e não estou falando do Museu da

Aeronáutica e do Espaço, aonde todo mundo vai, nem ao Smithsonian, para ver os sapatinhos vermelhos tontos da Dorothy, mas a museus reais, de *arte*, com *arte* de verdade, como o Hirschorn. Talvez pudéssemos levar blocos de desenho embaixo do braço e sentar um escorado no outro, em um daqueles assentos, e fazer esboços dos nossos quadros preferidos, e as pessoas se aproximariam de nós para ver o que estávamos desenhando e pediriam para comprar os esboços, e nós diríamos não porque tínhamos vontade de guardar os esboços para sempre como símbolo do imenso amor que tínhamos um pelo outro.

3. Se o Jack e eu nos casássemos, eu não ia insistir na idéia de um enorme casamento na igreja com recepção no clube de campo, como eu sei que a Lucy faria. O Jack e eu nos casaríamos descalços, no bosque próximo ao lago Walden, onde tantos artistas foram para receber inspiração.

   E, na nossa lua de mel, em vez de ir para a Jamaica ou qualquer lugar assim, iríamos nos mudar para Paris, para sempre, e morar em um sótão.

2. Quando o Jack viesse me visitar, eu nunca ficaria lendo uma revista enquanto ele estivesse sentado na mesa da cozinha, comendo bolinhos. Eu o entreteria com conversas agradáveis porém vigorosas e intelectuais a respeito de arte e literatura.

Mas a razão número um por que eu seria uma namorada melhor para o Jack do que a Lucy é:

1. Eu lhe ofereceria o apoio terno de que ele precisa tão desesperadamente, já que compreendo o que é ser torturada pelo fardo da genialidade que se tem.

Por sorte, estava chovendo na quinta-feira, quando a Theresa me levou para o ateliê da Susan Boone. Isso significa que a possibilidade de ela achar lugar para estacionar, procurar o guarda-chuva no banco de trás, sair do carro e me levar até a porta do estúdio era exatamente zero.

Em vez disso, ela parou no meio da Connecticut Avenue (fazendo com que todos os carros atrás dela buzinassem) e mandou:

— Se você não estiver aqui exatamente às cinco e meia, eu vou atrás de você como uma louca. Entendeu bem? Eu vou sair caçando você como se fosse um animal.

— Tudo bem — respondi, soltando o cinto de segurança.

— Estou falando sério, Dona Samantha — frisou Theresa. — Cinco e meia em ponto. Ou eu vou estacionar em fila dupla e você vai ter que pagar a taxa do guincho se a minivan for guinchada.

— Pode ser — respondi, saindo para a chuva torrencial. — Até mais.

Então, corri até a porta do ateliê.

Só que é claro que não subi a escada estreita. Bom, como é que eu ia fazer isso? Eu tinha que lutar contra o sistema, certo?

Além disso, não tinha sido completamente *humilhada* lá em cima, anteontem? Será que dava mesmo para entrar lá toda faceira, como se nada tivesse acontecido?

A resposta, obviamente, era não. Não, não dava.

Em vez disso, o que fiz foi esperar cerca de um minuto no hallzinho de entrada, com a água da chuva pingando do capuz da minha capa emborrachada. Enquanto estava lá, tentava não me sentir muito culpada. Eu sabia que estava assumindo uma posição e tal, ao boicotar a Susan Boone. Tipo assim, eu estava mostrando que apoiava totalmente os rebeldes da arte de todos os lugares.

Mas os meus pais *estavam* gastando um bom dinheiro com essas aulas de arte. Ouvi meu pai reclamando que custavam, por mês, quase tanto quanto o especialista em comportamento animal. Parece que a tal da Susan Boone era meio famosa. Por que ela era famosa eu não fazia a mínima ideia mas, aparentemente, cobrava uma boa grana por sua tutela artística.

De modo que, apesar de eu estar lutando contra o sistema, não me sentia muito à vontade, sabendo que estava desperdiçando o dinheiro que meus pais trabalhavam tanto para ganhar.

Mas, se você pensar bem, eu sou a filha mais barata dos meus pais. Tipo assim, eles gastam uma pequena fortuna com a Lucy todo mês. Ela sempre precisa de roupas novas, pompons novos, aparelho de dente novo, cremes dermatológicos novos, qualquer coisa, para manter sua imagem como uma das lindas da escola John Adams.

E a Rebecca, credo. Só as taxas de laboratório da Horizon chegam bem perto do produto interno bruto de um pequeno país subdesenvolvido.

E eu? O que é que os meus pais gastavam comigo *todo* mês? Bom, até eu ser pega com o negócio dos desenhos de celebridades, nada além da educação. Tipo assim, eu usava os sutiãs velhos da minha irmã, certo? E eu nem precisava de roupas novas este ano: tingi todas as roupas do semestre passado de preto, e *voilà!* Um guarda-roupa inteiramente renovado.

Fala sério, no que diz respeito a filhas, eu sou uma pechincha. Eu nem como muito, já que detesto tudo que é comida, menos hambúrgueres, as baguetes da Mulher do Pão e sobremesa.

De modo que eu nem devia estar me sentindo culpada por cabular a aula de arte. Não mesmo.

Mas fiquei lá parada, o cheiro bem conhecido de terebintina me envolveu, e dava para ouvir, bem lá no alto da escada, o som baixinho da música erudita, além de um grasnado ocasional de Joe, o corvo. De repente, fui envolvida por uma estranha vontade de subir aquela escada, ir até o meu banco, sentar e desenhar.

Mas daí me lembrei da humilhação que tinha sofrido da última vez que entrei naquela sala. E na frente daquele tal de David, além do mais! Tipo assim, é verdade, ele não era tão fofo quanto o Jack, ou qualquer coisa assim. Mas ele era um cara, puxa! Um cara que gostava da Save Ferris! E que disse ter gostado da minha bota!

Tudo bem, eu não ia subir aquela escada de jeito nenhum. Estava assumindo uma posição. Uma posição contra o sistema.

Em vez disso, fiquei esperando ali no vestíbulo, rezando para que ninguém entrasse enquanto eu me encolhia ali e dissesse: "Oi Sam, você não vai subir?"

Como se alguém ali fosse se lembrar do meu nome! A não ser, possivelmente, a Susan Boone.

Mas ninguém entrou. Quando dois minutos tinham se passado, eu abri a porta com cuidado e olhei para a rua ensopada de chuva.

A Theresa e a minivan não estavam mais lá. A barra estava limpa. Dava para sair.

O primeiro lugar a que fui foi a Capitol Cookies. Bom, como é que eu poderia fazer outra coisa? A confeitaria parecia tão aconchegante e convidativa, ainda mais com aquela chuva e tudo mais, e eu por acaso tinha US$ 1,86 no bolso, exatamente o preço do biscoito de chocolate Congressional. Além disso, o confeito que entregaram na minha mão ainda estava quente do forno. Guardei no bolso da minha capa emborrachada. Era proibido entrar com comida na Static, meu próximo destino.

Naquela tarde não estava tocando Garbage. Era o Donnas que cantava pelos alto-falantes. Não era ska, mas dava para engolir. Fui até o lugar onde tinha fones plugados na parede para as pessoas ouvirem os CDs que estavam pensando em comprar. Passei uma boa meia hora ouvindo o CD do Less Than Jake que eu queria, mas não tinha dinheiro para comprar, pois o financiamento materno para tais itens estava fechado.

Enquanto ouvia, eu levava pedacinhos de biscoito até a boca com a mão e repetia para mim mesma que o que estava fazendo não era tão errado assim. Tipo assim, lutar contra o sistema. Além disso, olha só a Catherine: há anos os pais dela a obrigam a frequentar aulas de educação religiosa enquanto eles estão na igreja. Como tem, tipo assim, uns dois anos de diferença entre a Catherine e os irmãos dela, cada um dos três estava em uma classe diferente, de modo que ela nunca soube, até este ano, que o Marco e o Javier davam tchauzinho para a mãe quando ela os deixava na frente da escola e logo escapuliam para o Fliperama Beltway, bem na esquina. Ela só descobriu quando, um dia, a classe dela foi liberada mais cedo e ela saiu procurando os irmãos, mas não encontrou.

De modo que, basicamente, todos os anos que a Catherine passou sentada lá, ouvindo os professores de religião dizendo que ela deveria resistir a tentações e tal, durante todo aquele tempo os irmãos dela (e praticamente todos os outros garotos e garotas legais que frequentam a igreja dela) estavam ali ao lado, batendo recordes no Super Mario.

Então, o que é que Catherine faz agora? Ela dá tchauzinho para a mãe igual ao Marco e ao Javier e daí vai, também, para o Fliperama Beltway — e fica fazendo a lição de casa de geometria sob o brilho da tela do Delta Force.

E ela se sente mal por isso? Não. Por que não? Porque ela diz que, se Deus a tudo perdoa de verdade, como ensinaram para ela na aula, Ele vai entender que ela precisa mesmo daquele tempinho extra de estudo, senão vai repetir em geometria, nunca vai entrar em uma boa faculdade e vencer na vida.

Então, por que é que eu deveria me sentir mal por cabular a aula de desenho? Tipo assim, é só uma *aula de desenho*. A Catherine, por outro lado, está cabulando *Deus*.

Claro que os meus pais, no caso improvável de descobrirem o que eu fiz, vão entender que eu só estava tentando preservar minha integridade artística. *Claro* que eles vão entender. Provavelmente. Talvez. Em um dia bom, acho, quando não tiverem encontrado bifenil policlorinado no reservatório de água de alguma cidadezinha do Meio-Oeste, ou quando não haja muita oscilação na economia do norte da África.

Se alguém na Static achou esquisito uma garota de 15 anos, ruiva, vestida de preto dos pés à cabeça, ficar por lá durante duas horas, ouvindo CDs mas sem comprar nada, ninguém disse nada para mim. A mina do caixa, que tinha o tipo de cabelo preto espetado que eu sempre quis ter, mas nunca tive coragem, estava ocupada demais paquerando um outro atendente, um cara de calça clara e camiseta do Le Tigre, de modo que não prestou atenção em mim.

Os outros clientes também estavam me ignorando. A maior parte deles parecia ser estudante de faculdade matando tempo entre aulas. Alguns poderiam estar ainda no ensino médio. Um deles era um cara meio velho, tipo com uns 30 anos, com roupas militares, carregando uma bolsa de lona. Ele ficou um pouco por ali nos fones, onde eu estava, ouvindo Billy Joel. Fiquei surpresa de ver que um lugar igual ao Static tinha Billy Joel para vender, mas tinha. O cara ficou ouvindo "Uptown Girl" uma vez atrás da outra. Aliás, meu pai é fã do Billy Joel, ele escuta isso o tempo todo no carro (e é por isso que andar de carro com ele é tão divertido), mas até ele já superou "Uptown Girl".

Mais ou menos no meio do segundo álbum do Spitvalve, meu biscoito já tinha acabado. Enfiei a mão no bolso e só encontrei migalhas. Pensei em ir até a Capitol Cookies para comprar outro, mas lembrei que estava dura. Além disso, àquela altura, já eram quase cinco e meia. Eu precisava sair para esperar a Theresa vir me buscar.

Coloquei o capuz na cabeça e saí para a rua, na chuva. Não estava chovendo tanto quanto chovia quando eu cheguei, mas achei que o capuz impediria que alguém que saísse do Estúdio de Arte Susan Boone me reconhecesse e mandasse essa: "Ei, onde é que você se enfiou?"

Como se algum deles fosse sentir a minha falta.

Tinha escurecido enquanto eu ainda estava na loja de CDs. Todos os carros que passavam estavam com o farol aceso. E tinha muito mais carros do que antes, porque era a hora do rush e todo mundo estava tentando voltar para casa para ficar ao lado de seus entes queridos. Ou talvez só quisessem assistir a *Friends*. Sei lá.

Fiquei parada na calçada, na frente da Igreja Fundamental de Cientologia, apertando os olhos para enxergar através da garoa fina e dos faróis, olhando na direção de que a Theresa deveria vir. Parada ali, não pude evitar sentir um pouco de pena de mim mesma. Tipo assim, lá estava eu: 15 anos, canhota, ruiva, sem namorado, incompreendida, filha do meio rejeitada, dura, parada na chuva depois de ter cabulado a aula de desenho porque não suporta críticas. O que aconteceria se eu crescesse e abrisse meu próprio negócio de retratos de celebridades ou algo assim? Será que eu abandonaria tudo se a coisa não pegasse de imediato? Será que eu ia me esconder na Static? Talvez eu pudesse simplesmente arrumar logo um trabalho lá, para facilitar as coisas. Na verdade, não parecia um lugar ruim para trabalhar. Aposto que os funcionários têm desconto nos CDs.

Enquanto eu estava lá, com vergonha de mim mesma por não enfrentar as coisas, o velho que gostava tanto de Billy Joel saiu da Static e ficou parado do meu lado, apesar de o sinal de pedestres estar verde. Observei-o com o canto do olho. Ele estava remexendo em alguma coisa embaixo do poncho de chuva dele, que tinha estampa camuflada. Fiquei imaginando que ele podia ter roubado algo da loja. Na Static, reparei que eles tinham um Paredão da Vergonha, onde colocavam fotos Polaroid de pessoas que tinham tentado roubar alguma coisa. Esse sujeito parecia o melhor candidato para o Paredão da Vergonha que eu já tinha visto.

Logo depois disso, vi luzes vermelhas piscantes se aproximando através da chuva, quebrando a escuridão, e pensei, tipo assim, pronto, os guardas chegaram. O sr. Uptown Girl está ferrado.

Só que daí eu vi que as luzes vermelhas não tinham nada a ver com guardas. Em vez disso, faziam parte da comitiva de carros do presidente. Na frente, vinha o carro-líder, um jipão preto com uma faixa de luzes vermelhas no teto. Depois vinha outro jipão preto e, atrás dele, uma limusine preta comprida. Atrás dela tinha mais alguns jipões com luzes vermelhas.

Em vez de ficar animada porque eu ia ver o presidente passar (apesar de não dar para vê-lo dentro da limusine porque as janelas são daquele tipo esquisito em que as pessoas conseguem ver de dentro para fora, mas não de fora para dentro), pensei: que droga. Porque a Theresa devia estar em algum lugar atrás da comitiva, que avançava a passo de tartaruga. Não só ela ia ficar de mau humor total quando finalmente conseguisse me pegar, como também eu não ia ter chance de não cruzar com o David na saída da aula da Susan Boone. Ele com certeza ia me ver ali parada e ficar tipo: "Cara, ela é esquisita", e nunca mais falaria comigo. Não que eu ligasse, porque estou completamente apaixonada pelo namorado da minha irmã. Mas foi legal da parte dele reparar na minha bota. Quase ninguém tinha reparado nisso.

E, além do mais, quando se mora em Washington, D.C., ver o presidente passar não é nada demais, porque ele vive passando o tempo todo.

E foi então que uma coisa superesquisita aconteceu. O primeiro jipão da comitiva aproximou-se do meio-fio bem na minha frente... e parou. Simplesmente parou.

E o sinal nem estava vermelho.

Atrás do primeiro jipão, o segundo parou, depois a limusine e assim por diante. O trânsito estava totalmente parado atrás daquilo tudo, por toda a extensão da Connecticut Avenue. Daí uns caras com fones nos ouvidos desceram do carro e todos foram na direção da limusine. E então, para meu completo assombro, o presidente dos Estados Unidos saiu da limusine e caminhou até a Capitol Cookies, com um punhado de caras do Serviço Secreto na cola dele, segurando guarda-chuvas, olhando em volta e falando nos *walkie-talkies*!

É isso aí, ele simplesmente entrou na Capitol Cookies, como se fizesse aquilo todo dia.

Eu não sabia que o presidente gostava da Capitol Cookies. A Capitol Cookies é boa, mas não é a melhor confeitaria que existe por aí, nem nada assim. Tipo assim, só existe aquela loja, não tem nenhuma filial.

E não é de se pensar que, se você fosse o presidente, pediria ao dono que enviasse seu suprimento pessoal de biscoitos, de modo que você não precisasse sair da sua limusine, na chuva, só para pegar alguns doces? Tipo assim, se eu fosse dona de uma confeitaria e descobrisse que o presidente dos Estados Unidos gostava dos meus biscoitos, eu iria me assegurar que ele recebesse um fornecimento completo dos meus produtos.

Por outro lado, os donos da Capitol Cookies provavelmente preferem que todos vejam o presidente entrando na loja. Assim, obtém-se uma divulgação bem maior do que se você simplesmente mandasse biscoitos em uma remessa particular.

E então, enquanto eu estava lá no escuro e na chuva, com as luzes vermelhas no teto do jipão piscando na minha cara, vi o sr. Uptown Girl jogar o poncho de chuva para trás.

E revelou-se que o que ele estava fazendo lá embaixo não tinha nada a ver com o roubo de CDs. Nada mesmo. Revelou-se que o que ele estava fazendo lá embaixo tinha a ver com uma pistola enorme, que ele sacou e apontou na direção da porta da Capitol Cookies... a porta que o presidente, cujos biscoitos haviam sido providenciados com rapidez surpreendente, estava usando para sair da loja.

Eu não sou exatamente o que se pode chamar de uma pessoa corajosa. Eu só defendo o pessoal da escola que os outros ficam enchendo porque eu me lembro como eu era tratada no Marrocos e durante toda aquela história da fonoaudiologia.

Mas isso não significa que eu seja o tipo de garota que se joga no caminho do perigo sem dar a mínima para a segurança pessoal. Tipo assim, o mais próximo que eu cheguei de algo que pode ser qualificado como combate físico nos últimos tempos foi a última vez que eu e a Lucy brigamos pela posse do controle remoto.

E, obviamente, não sou muito a favor de confrontos. Tipo assim, é, estava dando um golpe em nome dos espíritos criativos ao boicotar a aula da Susan Boone e tal. Mas, fala sério, eu só estava envergonhada demais para voltar lá depois da humilhação que sofri da última vez.

Mas sei lá. O que aconteceu a seguir era tão atípico para mim que foi como se outra pessoa tivesse possuído o meu corpo durante um minuto, ou qualquer coisa assim. O que eu sei é que, em um segundo, eu estava ali parada, observando o sr. Uptown Girl erguer a arma para atirar no presidente quando ele saía da Capitol Cookies...

...e, no segundo seguinte, eu tinha me jogado em cima dele.

Parece que, se você pula em cima de um suposto assassino que não esperava essa reação, ele erra o alvo. De modo que a bala que o sr. Uptown Girl pretendia enviar a toda velocidade na direção da cabeça do presidente atravessou a estratosfera a toda, sem machucar ninguém.

Mas uma outra coisa também acontece quando você se joga em cima de um cara armado. A tendência dele é ficar muito surpreso, perder o equilíbrio e cair de costas em cima de você, de modo que você fica totalmente sem fôlego e a sua capa emborrachada sobe, a água entra pela parte de trás da sua calça e você fica toda molhada.

Além disso, o cara aterrissa bem em cima do seu braço direito, e você ouve um barulho de coisas esmagadas e dói muito, muito mesmo, e você só consegue pensar uma coisa: *Será que aconteceu o que eu* pensei *que aconteceu?*

Mas você nem tem tempo de ficar ruminando muito o assunto, porque está muito ocupada tentando impedir que o cara dê outro tiro, o que você faz berrando:

— Arma! Arma! O cara está armado!

E, apesar de todo mundo já saber disso, que o cara está armado, já que ouviram a porcaria disparar da primeira vez, isso parece funcionar, já que, de repente, uns vinte agentes do Serviço Secreto se aglomeram em torno com as *próprias* pistolas em punho, todas apontadas para a sua cara, e todos gritando:

— Não se movam!

Acredite, eu não movi nem uma palha.

A primeira coisa que eu vi foi o sr. Uptown Girl ser tirado de cima de mim (para o meu alívio; o cara era superpesado) e o pessoal começou a me puxar também. Alguém puxou o braço esmagado e eu gritei "Ai!", bem alto, mas pareceu que ninguém me ouviu. Todos estavam muito ocupados falando em seus *walkie-talkies*, dizendo coisas como:

— A Águia está a salvo. Repetindo: a Águia *está* a salvo.

Nesse meio-tempo, sirenes começaram a tocar. Um monte de gente saiu correndo dos fast-foods mexicanos e dos lugares que vendem sanduíches para ver o que estava acontecendo.

E, de repente, apareceu um montão de carros de polícia e de ambulâncias vindos sei lá de onde, de verdade, cantando pneu e jogando água de chuva para todos os lados.

Parecia uma cena de um filme do Bruce Willis, só que sem a trilha sonora.

E daí três agentes do Serviço Secreto começaram a remexer na minha mochila, enquanto um outro se abaixava para apalpar o meu tornozelo (como se eu fosse ter uma faca de caça amarrada ali ou algo assim) e mais um terceiro enfiava as mãos nos bolsos da minha capa emborrachada sem nem pedir a minha permissão (por tanto esforço, ele acabou com uma mão cheia de migalhas do biscoito da Capitol Cookies).

Ele também torceu meu braço direito um pouco mais. Eu gritei "AI!" de novo, um pouco mais alto do que da outra vez. Então, o agente que revistou os meus bolsos mandou essa:

— Esta aqui parece desarmada.

— Claro que estou desarmada — berrei. — Eu só estou no primeiro ano!

O que é uma coisa totalmente babaca de se dizer, porque é claro que existia um monte de gente que estava no primeiro ano e tinha armas. Só que esse tipo de gente não frequenta a John Adams. Só que eu não estava pensando direito. Na verdade, eu estava quase chorando. Bom, você também estaria se:

a) estivesse toda molhada,

b) seu braço estivesse muito provavelmente quebrado (o que não era tão mal assim, para falar a verdade, já que não era o braço que eu usava para desenhar, e agora eu tinha uma boa desculpa para não jogar vôlei, que é o esporte da Educação Física na semana que vem) e doesse um montão,

c) as pessoas estivessem berrando mas você não conseguisse ouvir muito bem porque a arma do sr. Uptown Girl tinha atirado bem perto do seu ouvido, causando um dano auditivo que bem poderia ser permanente,

d) você viu uns vinte canos de arma apontados para a sua cara. Mesmo que tivesse sido só um. E

e) estava começando a parecer muito provável que seus pais fossem descobrir que você cabulou a aula de desenho.

Tipo assim, qualquer uma dessas coisas já teria sido bem ruim, mas as *cinco* aconteceram comigo ao mesmo tempo.

Daí um agente mais velho veio na minha direção. Ele parecia um pouco menos assustador do que os outros agentes, talvez por ter se inclinado até o rosto dele ficar da altura do meu, o que foi muito gentil da parte dele.

Ele começou a falar, todo sério:

— Você vai ter que vir com a gente, garota. Precisamos fazer algumas perguntas para você a respeito do seu amigo aí.

Foi aí que eu me toquei:

Eles achavam e o sr. Uptown Girl e eu éramos amigos! Eles achavam que nós tínhamos tentado matar o presidente juntos!

— Ele não é meu amigo — choraminguei. Eu já não estava mais *quase* chorando. Eu estava me acabando em lágrimas, e não estava nem aí. Estava chovendo, eu estava toda molhada, meu braço estava me matando de dor, meus ouvidos apitavam e o Serviço Secreto dos Estados Unidos achava que eu era algum tipo de assassina terrorista internacional, ou qualquer coisa assim.

Caramba, é mesmo, eu estava chorando.

— Eu nunca tinha visto esse cara antes de hoje! — solucei. — Ele sacou aquela pistola, e ele ia atirar no presidente, então eu pulei em cima dele, e ele caiu em cima do meu braço, e agora está doendo de verdade, e eu só quero ir para ca-a-sa.

Foi mesmo uma vergonha. Eu estava chorando que nem um bebê. Pior do que um bebê. Eu estava chorando igual à Lucy chorou no dia que o ortodontista disse que ela precisava ficar de aparelho mais seis semanas.

E daí uma coisa muito surpreendente aconteceu. O agente do Serviço Secreto mais velho me abraçou. Disse alguma coisa para os outros agentes e me levou para longe deles, em direção a uma das ambulâncias. Alguns caras tipo paramédicos estavam parados ali, esperando. Abriram as portas traseiras da ambulância e o agente do Serviço Secreto e eu entramos.

Era legal dentro da ambulância. Sentei-me em uma maca pequena, fora da chuva e do frio. Mal dá para ouvir as sirenes e todo o barulho ali dentro. Os paramédicos também foram legais. Eles me deram um cobertor seco para eu colocar em volta do corpo, em vez da minha capa emborrachada molhada. Eles fizeram umas piadinhas e foram tão legais que eu parei de chorar.

Fala sério, eu disse para mim mesma. Até que não era tão mau. Tudo ia dar certo.

Bom, menos quando os meus pais descobrissem que eu tinha cabulado a aula de desenho. Essa parte aí não ia dar nada certo.

Mas talvez eles nem precisassem descobrir. Talvez os agentes do Serviço Secreto fossem checar a minha vida e perceberiam que eu não faço parte de nenhum grupo terrorista que está a fim de chamar atenção para a sua causa, e me deixariam ir embora. A Theresa provavelmente ainda estava presa em todo aquele trânsito. Quando ela chegasse ali, tudo aquilo provavelmente já estaria esclarecido e eu simplesmente entraria no carro e, quando ela perguntasse o que eu tinha feito hoje na aula, eu podia dar uma de: "ah, nada". O que nem seria mentira.

Os paramédicos perguntaram onde eu estava machucada. E apesar de eu me sentir totalmente idiota por ser tão bebezona por causa do meu braço, considerando a gravidade do, sabe como é, do atentado contra o presidente e tudo o mais, mostrei meu pulso para eles. Fiquei até um pouco feliz de ver que já tinha inchado para mais ou menos o dobro do tamanho normal. Fiquei feliz por não ter chorado por nada.

Enquanto os paramédicos examinavam meu braço, olhei para o agente do Serviço Secreto, que estava ocupado preenchendo um relatório qualquer que incluía o meu nome, que ele tinha tirado da minha carteirinha de estudante, que estava dentro da minha carteira, dentro da minha mochila. Eu não queria incomodar nem nada assim, mas eu precisava mesmo saber se essa coisa ia demorar muito. Então mandei:

— Hum, dá licença, moço?

O cara do Serviço Secreto levantou os olhos.

— Pois não, querida? — perguntou.

Claro que ele não sabia que ninguém me chama de querida, nem a minha mãe. Não desde quando morávamos no Marrocos e ela me pegou tentando dar a descarga na privada com os cartões de crédito do meu pai lá dentro (minha vingança por ele nos ter obrigado a mudar para um país estrangeiro onde eu não entendia nada).

A coisa da querida acabou comigo. Eu não queria simplesmente dar uma de ficar perguntando quanto tempo aquilo ia demorar, já que pareceria sem educação. Afinal, ele só estava fazendo o trabalho dele. Então, em vez disso, depois de alguns segundos durante os quais eu tentei desesperadamente pensar em outra coisa para perguntar, mandei:

— Hum, tudo certo com o presidente?

O agente do Serviço Secreto sorriu mais uma vez para mim:

— O presidente está ótimo, querida. Graças a você.

— Ah — respondi. — Que bom. Então, hum, você acha que eu posso ir embora agora?

Os paramédicos trocaram olhares. Pareciam surpresos.

— Não com este braço aqui — informou um deles. — Seu pulso está quebrado, garota. Vamos precisar tirar um raio X para ver a gravidade, mas aposto dez contra um como você vai ter que usar um gesso bem bacana aí, e seus novos admiradores vão poder assinar.

Admiradores? Do que é que ele estava falando?

E eu não podia colocar gesso! Se eu colocasse gesso, meus pais iam querer saber como eu quebrei o pulso, e daí eu ia ter que confessar que cabulei a aula.

A não ser... a não ser que eu dissesse para eles que tinha tropeçado. Só, eu tropecei e caí da escada do ateliê da Susan Boone. É, mas e se eles fossem perguntar para ela?

Ah, caramba. Eu estava *tão* ferrada...

— Será que não dá para eu... — Eu estava completamente desesperada, tentando me agarrar a qualquer esperança. — Será que não dá para eu ir ao meu médico amanhã, ou algo assim? Tipo assim, meu braço já está bem melhor.

Os dois paramédicos e o agente do Serviço Secreto olharam para mim como se eu fosse louca. Tudo bem, fala sério, meu braço tinha inchado tanto que estava do tamanho da minha coxa e estava pulsando igual a um coração que está passando por cirurgia no Canal Educativo. Mas já não estava doendo tanto assim. Só quando eu mexia.

— É que a minha empregada está vindo me buscar — expliquei, toda babaca. — E se vocês me levarem para o hospital, e eu não estiver onde eu disse que ia estar, ela vai ter um ataque.

O cara do Serviço Secreto disse:

— Por que você não me dá um telefone onde eu possa achar os seus pais? Vamos precisar entrar em contato com eles para que você receba os cuidados médicos de que precisa.

Ah, meu Deus! Então eles vão saber com certeza que eu cabulei a aula!

Mas, fala sério! Que chance eu tinha? Totalmente nenhuma.

— Olha aqui — pedi, baixinho e rápido. — Você não precisa contar para os meus pais que isso aconteceu. Tipo as-

83

sim, claro que você precisa contar *isso* para eles, mas não que eu faltei à aula de desenho e fiquei na Static. Tipo assim, você não precisa contar para eles essa parte, né? Porque eu não quero me ferrar mais do que já me ferrei agora.

O cara do Serviço Secreto ficou olhando para mim, com os olhos arregalados, como se não fizesse a mínima ideia do que eu estava falando. E claro que ele não sabia. Como é que ia saber? Aula de desenho? Static?

Mas parece que ele achou que era melhor entrar na minha (como se eu também tivesse talvez batido a cabeça quando caí), já que disse:

— Então, por que não esperamos para ver?

Bom, acho que é melhor do que nada. Dei para ele o telefone do trabalho da minha mãe e o do meu pai. Daí fechei os olhos e encostei a cabeça na parede da ambulância.

Ah, tudo bem, pensei. As coisas poderiam ter sido muito piores.

Por exemplo, eu poderia ter um osso de galinha no lugar do nariz.

$\mathcal{D}ez$ $evid\hat{e}ncias$ indiscutíveis de por que evitar que uma bala penetre no crânio do presidente dos Estados Unidos da América muda a sua vida:

10. A ambulância que a transporta é acompanhada por uma escolta policial durante todo o trajeto até o hospital. O Hospital da Universidade George Washington, para ser exata. O mesmo hospital para onde levaram o presidente Reagan quando ele levou um tiro.

9. Em vez de ser examinada por uma enfermeira de triagem na chegada ao pronto-socorro, como todo mundo, você entra direto, em cima de uma cadeira de rodas, passando na frente de todos os integrantes de gangues que estão sangrando por causa de facadas, das mulheres em trabalho de parto, das pessoas com lápis enfiados nos olhos etc.

8. Para onde quer que mandem você dentro do Hospital da Universidade George Washington, homens com ternos pretos e fones no ouvido a acompanham.

7. Quando lhe entregam uma camisola de hospital para você vestir porque suas roupas estão todas molhadas e você se recusa porque a parte de

trás é toda aberta, eles lhe dão outra, de modo que você possa colocar uma na frente e outra atrás, com a abertura virada para a frente, de modo que todo o seu corpo fica totalmente coberto. Ninguém mais no hospital, além de você, ganha dois aventais.

6. Você ganha um quarto particular com dois guardas armados na porta, apesar de seu único problema ser um pulso quebrado.

5. Quando o médico entra no quarto, ele manda: "Então, é você a garota que salvou o presidente!"

4. Quando você diz, com uma abjeta falsa modéstia: "É, mais ou menos", o médico prossegue: "Foi o que eu ouvi dizer. Você é uma heroína nacional!"

3. Quando ele lhe diz que seu pulso está quebrado em dois lugares e que você vai ter que usar gesso do cotovelo para baixo durante seis semanas, em vez de lhe dar um pirulito ele pede seu autógrafo.

2. Enquanto fica esperando os caras do gesso chegarem e consertarem seu braço, você liga a TV do quarto e vê que em todos os canais tem um Boletim Extraordinário do noticiário. Daí um apresentador de TV bem famoso diz que o presidente sofreu um atentado. Daí ele diz que o atentado foi frustrado pelo ato heroico de uma única pessoa. Daí eles mostram a foto da sua carteirinha de estudante.

Aquela em que você estava piscando bem quando o fotógrafo apertou o botão. Aquela em que o seu cabelo estava especialmente arrepiado e descontrolado. Aquela que você nunca mostrou para ninguém por medo de levar gozação e ser ridicularizada em público.

E a razão número um por que você sabe que a sua vida nunca mais será igual:

1. Você grita tão alto quando vê aquela foto pavorosa da carteirinha de estudante em rede nacional que uns trinta agentes do Serviço Secreto invadem o seu quarto, com pistolas em punho, perguntando se está tudo bem.

★ 7 ★

Acho que, até aquilo acontecer, eu ainda não tinha me ligado.

Tipo assim, eu *sabia.* Sabe como é, eu tinha pulado nas costas do sr. Uptown Girl e impedi que ele disparasse a arma na direção que desejava.

Mas eu não me liguei que, com aquela ação, eu tinha na verdade salvado a vida do líder do mundo democrático.

Pelo menos, não me liguei até os meus pais entrarem correndo no quarto do hospital um tempinho mais tarde, quando o gesso já estava colocado (e depois de eu ter visto minha cara em todos os canais abertos, além dos canais de notícia a cabo, tipo a CNN, e uns outros programas de entrevistas, tipo o *Entertainment Tonight*). Os dois apavorados como eu nunca tinha visto antes.

— Samantha! Ah, meu Deus, nós estávamos tão preocupados! — minha mãe gritou, jogando-se em cima de mim e torcendo meu braço ferrado, para o quê, devo acrescentar, ninguém ofereceu nem uma aspirina. É de se pensar que uma garota que salvou a vida do presidente bem que merecia uns analgésicos, mas parece que não.

— Oi, mãe — falei, bem baixinho... sabe como é, aquele jeito como você fala quando está se sentindo mal. Porque eu ainda não tinha conseguido descobrir se os caras do Serviço Secreto tinham aberto o bico sobre eu ter cabulado a aula de desenho, então eu não sabia se estava muito encrencada ou só um pouco. Imaginei que, se eles achassem que eu estava morrendo de dor, iam me dar um desconto.

Mas eles pareciam não ter noção de que eu tinha cabulado a Susan Boone.

— Samantha — minha mãe repetia sem parar, afundando-se na ponta da cama e mexendo o cabelo da minha testa de um lado para o outro. — Está tudo bem com você? Foi só o seu braço? Está com dor em mais algum lugar?

— Não — respondi. — É só o meu braço. Está tudo bem. Mesmo.

Mas eu continuei falando com aquela voz, só por via das dúvidas.

Eu nem precisava ter esquentado a cabeça. Eles não faziam a mínima ideia sobre a história da aula de desenho. Só estavam felizes por eu estar bem. Meu pai até conseguiu fazer umas piadas, só um pouquinho.

— Se você queria mais atenção nossa, Sam, era só pedir. Não precisava se jogar na frente de uma bala.

Hahaha.

Os caras do Serviço Secreto nos deram uns cinco minutos para derramarmos lágrimas e depois bateram na porta. Tinha um monte de coisa que eles queriam me perguntar, mas, como eu sou menor, eles precisavam esperar meus pais

chegarem para me entrevistar. Aqui está apenas uma pequena amostra das coisas que eles me perguntaram:

SERVIÇO SECRETO: Você conhece o homem que estava segurando a arma?

EU: Não, não conhecia o cara.

SERVIÇO SECRETO: Ele disse alguma coisa para você?

EU: Não, ele não falou nenhuma palavra para mim.

SERVIÇO SECRETO: Nada? Não disse nada quando puxou o gatilho?

EU: Tipo o quê?

SERVIÇO SECRETO: Tipo: "Isso aqui é para a Margie", ou qualquer outra
coisa assim.

EU: Quem é Margie?

SERVIÇO SECRETO: Foi só um exemplo. Não existe Margie nenhuma.

EU: Não, ele não disse nada mesmo.

SERVIÇO SECRETO: Tinha alguma coisa estranha a respeito dele? Qualquer
coisa que tenha feito com que você prestasse mais atenção nele, que o desta-
casse de todas as outras pessoas na rua?

90

EU: Tinha sim. Ele estava carregando uma arma.

SERVIÇO SECRETO: Além de ele ter uma arma.

EU: Bom, parece que ele gostava muito da música "Uptown Girl".

E assim por diante. Durou horas. *Horas*. Eu tive que descrever o que tinha acontecido entre mim e o sr. Uptown Girl tipo umas quinhentas vezes. Falei até ficar rouca. No final, meu pai deu um basta:

— Vejam bem, cavalheiros, achamos muito bom que os senhores queiram chegar ao fundo da questão, mas nossa filha passou por um acontecimento muito traumático e precisa descansar.

Os caras do Serviço Secreto foram legais. Eles me agradeceram e saíram fora... mas alguns ficaram por ali, bem na frente da porta do quarto, e não iam embora de jeito nenhum. Foi o que o meu pai me contou depois que voltou com um Quarterão com queijo para o meu jantar, já que eu não conseguia mesmo comer nada do que tinha no hospital, que era alguma coisa cozida com ervilhas e cenouras.

Tipo assim, como se as pessoas no hospital já não estivessem bem enjoadas. É isso que servem lá?

Eu não fiquei muito feliz por ter que passar a noite no hospital, já que meu único problema era um pulso quebrado, mas os caras do Serviço Secreto meio que insistiram. Disseram que era para minha proteção.

— Não sei por quê. Vocês já pegaram o cara, né? — argumentei.

Mas eles explicaram que o sr. Uptown Girl (só que eles não o chamavam assim, falavam o Suposto Atirador) estava usando seu direito de ficar calado, e não sabiam se ele fazia parte de alguma organização terrorista que podia querer se vingar de mim por sabotar os planos de matar o presidente.

Claro que isso fez a minha mãe enlouquecer e ligar para a Theresa para ela se assegurar de que a porta da frente estava trancada, mas o cara do Serviço Secreto disse que ela não precisava se preocupar, porque já tinham mandado agentes vigiarem a casa para nos proteger. Esses agentes, depois eu descobri, também estavam mantendo as hordas de jornalistas longe da nossa varanda da frente. Isso era um pouco aflitivo para a Lucy (com quem eu falei um pouco pelo telefone, quando já era quase meia-noite).

— Caramba — ela se emocionou. — Eu só tentei dar para os caras da TV uma fotinha melhor sua. Fala sério, eles ficaram mostrando aquela foto *horrorosa* da sua *carteirinha de estudante*. Eu falei assim: "Caras, ela é muito mais bonita do que *isso*", e tentei dar para eles aquela foto que a vovó tirou no Natal... sabe, aquela que você está com o vestido da Esprit, que era tão fofo até você tingir de preto, vai saber. Bom, mas daí eu abri a porta e fui até a varanda com a foto, e um monte de flashes começou a espocar na minha cara e um monte de gente começou a berrar: "Você é irmã dela? O que acha de ser a irmã de uma heroína nacional?" e eu estava toda pronta para dizer que é ótimo, quando dois caras de terno praticamente me empurraram para dentro de casa de novo, dizendo que era para a minha própria proteção. Ah, claro que era. O que eu gostaria de saber é se mostrar aquela sua foto para o país inteiro me protege em alguma coisa. Fala sério, na boa, todo mundo vai pensar que eu sou irmã de uma esquisitona horrorosa... que é a sua cara naquela foto, Sam, não quero ofender... e acredite em mim, isso não vai fazer bem para ninguém, ninguém mesmo.

Era bom saber que, por mais que algumas coisas mudem demais, uma coisa, pelo mesmo, continuava sempre igual: minha irmã Lucy.

Então, bom, eles me obrigaram a passar a noite naquela porcaria de hospital. Observação, foi o que disseram. Mas não era nada disso. Tenho certeza de que ainda estavam me espionando para se certificarem de que eu não fazia parte, secretamente, de nenhum grupo radical antigoverno, e queriam ficar de olho em mim caso eu tentasse escapulir para me juntar aos meus companheiros, ou qualquer coisa assim.

Fiquei me revirando bastante na cama, incapaz de achar uma posição confortável para dormir, porque eu costumo dormir de lado, mas o lado que gosto de dormir é bem o lado do gesso, e não dava para dormir em cima do gesso porque ele era todo duro e grande e, além disso, se eu colocasse peso no braço, ele começava a latejar. Pior ainda, eu estava com saudade do Manet, o que era meio engraçado porque ele é tão peludo e fedido que era de se pensar que eu não sentiria a falta dele deixando a minha cama fedida, mas eu estava com saudade mesmo.

Quando eu finalmente caí no sono, a minha mãe (que não parecia ter tido problema nenhum para dormir na cama ao lado da minha, e que tinha acordado toda saltitante) levantou e abriu as cortinas da janela do hospital para deixar o sol da manhã entrar. Então ela falou tipo assim, para alguém que não tinha dormido nada e além de tudo tinha um braço que doía para caramba:

— Bom-dia, dorminhoca!

Mas antes que eu tivesse tempo de perguntar o que é que tinha de bom (tipo assim, naquele dia), minha mãe falou, com a voz chocada, enquanto olhava para fora da janela:

— Ai... meu... Deus.

Saí da cama para ver por que a minha mãe estava dando essa de ai-meu-Deus, e fiquei chocada ao ver umas trezentas pessoas paradas na calçada na frente do hospital, todas olhando para cima, na direção do meu quarto. No minuto que apareci na janela, ouviu-se um barulhão, e todo mundo começou a apontar para mim, sacudindo uns pôsteres e gritando.

Meu nome. Estavam gritando o *meu* nome.

Minha mãe e eu olhamos uma para a outra, boquiabertas, então olhamos para baixo mais uma vez. Tinha umas vans de televisão gigantes, com antenas de satélite na capota, e um monte de repórteres em volta, com microfones em punho, e policiais por todos os lados, tentando segurar a enorme multidão que tinha aparecido por lá, aparentemente só para

94

dar uma olhada na garota que tinha salvado a vida do presidente.

Bom, eles conseguiram dar uma olhada em mim, sim. Tipo assim, apesar de eu estar, tipo assim, três andares acima, parece que eles não deixaram passar. Possivelmente porque eu estava com a camisola do hospital e tinha uma massa gigantesca de cabelo vermelho saindo da cabeça, mas vai saber. Eles tipo conseguiram dar uma olhada em mim, sim.

— Humm — minha mãe murmurou enquanto nós duas estávamos lá paradas, olhando para aquela zona lá embaixo. — Acho que você devia... não sei. Acenar?

Parecia uma sugestão razoável, de modo que levantei meu braço bom e acenei.

Mais vivas e aplausos ergueram-se da multidão. Acenei de novo, só para me certificar de que tudo aquilo era por causa de mim, mas não restava a menor dúvida: aquele pessoal estava me aclamando. Eu. *Eu*, Samantha Madison, aluna do primeiro ano do ensino médio e aficionada por desenhos de celebridades.

Era incrível. Era tipo ser o Elvis ou algo assim.

Depois que eu acenei pela segunda vez, ouvimos uma batidinha na porta e uma enfermeira entrou e falou tipo:

— Ah, que bom, você já levantou. Achamos que sim, quando ouvimos os gritos. — Depois acrescentou, com um sorriso radiante: — Chegaram umas coisas para você. Espero que não se importe, vamos trazê-las agora.

95

E daí, sem esperar pela nossa resposta, ela abriu a porta. Uma enxurrada de enfermeiras uniformizadas com aventais listradinhos de rosa e branco, cada uma carregando um arranjo floral (e cada um maior do que o outro) foi entrando no meu quatro, até que todas as superfícies planas, inclusive o chão, estivessem cobertas de rosas e margaridas e girassóis e orquídeas e cravos e flores que eu não conseguia identificar, todas saindo de vasos e deixando um cheiro doce e enjoativo no ar.

E, além disso, não eram só flores. Tinha também buquês de balões, dúzias deles, com balões vermelhos, azuis, brancos, cor-de-rosa, em forma de coração e espelhados com frases como "Obrigado" e "Fique Boa Logo". Vieram acompanhados de ursinhos, uns 20 pelo menos, todos de tamanhos e formatos diferentes, com laços no pescoço e segurando cartazes que diziam coisas como SORRIA E AGUENTE FIRME E MUITO OBRIGADO, DO SEU URSINHO!

Fala sério. Eu fiquei observando enquanto elas entravam e empilhavam todas essas coisas, e o único pensamento que rodava na minha cabeça era: "Espera aí. Espera aí. Houve algum erro. Eu não conheço ninguém que me mandaria um ursinho de agradecimento. Não mesmo. Nem de gozação."

Mas as coisas não paravam de chegar, cada vez mais. Dava para perceber que as enfermeiras achavam tudo aquilo muito engraçado. Até mesmo os caras do Serviço Secreto, parados perto da porta, pareciam estar sorrindo por trás das lentes espelhadas dos óculos escuros.

Só a minha mãe parecia tão estupefata quanto eu. Ela ia correndo até cada buquê que chegava e abria o envelopinho da mensagem, depois lia o que tinha escrito no cartão em tom desconfiado:

"Obrigado por seu ato tão corajoso de bravura. Cordialmente, o procurador-geral da República."

"Precisamos de mais americanos como você. O prefeito do Distrito de Columbia (Washington D.C.)."

"Para um anjo sobre a Terra, com meus agradecimentos. O povo de Cleveland, Ohio."

"Com muita admiração por sua coragem sob fogo cruzado. O primeiro-ministro do Canadá."

"Você é um exemplo para todos nós... o Dalai Lama."

Isso era desconcertante. Tipo assim, o *Dalai Lama* acha que *eu* sou um exemplo? Hum, acho que não. Não se a gente pensar em toda a carne de vaca que eu já comi na vida.

— Tem muito mais lá embaixo — informou a enfermeira de avental.

Minha mãe ergueu os olhos de um cartão escrito pelo imperador do Japão:

— Hã?

— Ainda estamos passando os cartões pelo scanner de radiação e as frutas e as flores pelos equipamentos de raio X — informou o cara do Serviço Secreto.

— Equipamentos de raio X? — minha mãe ecoou. — Para quê?

Um dos agentes deu de ombros.

— Lâminas de barbear. Alfinetes. Qualquer coisa. Só por segurança.

— Nunca é cuidado demais — o outro concordou. — Tem um monte de gente maluca por aí.

Parecia que a minha mãe tinha começado a passar mal depois disso. Todo aquele frescor da manhã tinha desaparecido do rosto dela.

— Ah — fez ela, bem baixinho.

Foi logo depois disso que o meu pai apareceu com a Lucy, a Rebecca e a Theresa a reboque. A Theresa me deu um coque na cabeça pelo susto que eu tinha dado nela no dia anterior.

— Imagine como eu me senti quando os policiais me disseram que eu não podia passar para pegar você porque tinha acontecido um tiroteio. Achei que você tinha morrido!

A Rebecca foi mais filosófica a respeito da coisa toda.

— A Sam não faz parte do grupo que corre mais risco de morrer devido à violência de armas de fogo. Este compreende homens de 15 a 34 anos. De modo que eu não fiquei especialmente preocupada.

A Lucy, no entanto, era a que tinha mais necessidade de falar comigo... sozinha.

— Vem aqui — ordenou, e me arrastou para o banheiro do quarto, onde imediatamente trancou a porta atrás de si. — Más notícias — anunciou, falando rápido, mas baixinho; do mesmo jeito que falava com suas colegas animadoras de torcida quando achava que elas não estavam mostrando animação suficiente na pirâmide humana. — Ouvi o diretor do hospital perguntar para o papai quando você estaria pronta para a sua coletiva de imprensa.

— Coletiva de imprensa? — deixei meu corpo cair pesadamente sobre a tampa da privada. Por um segundo, achei, de verdade, que ia desmaiar. — Você está tirando uma da minha cara, né?

— Claro que não — disse Lucy, toda agitada. — Você virou heroína nacional. Todo mundo está esperando a sua coletiva de imprensa. Mas não se preocupe com isso. A sua irmã mais velha Lucy já assumiu o controle.

Dizendo isso, colocou a bolsa de ginástica que carregava na pia. O que quer que estivesse lá dentro fez um barulhão (e eu tinha certeza de que era provavelmente todo o conteúdo do armarinho do banheiro que nós duas dividíamos).

— Vamos começar do começo. Primeiro, vamos cuidar desse cabelo.

A Lucy assumiu o comando naquele banheiro só porque eu estava em um estado físico tão fraco, depois daquela noite sem dormir, com o gesso no braço e tudo mais. Tipo assim, eu simplesmente não tinha forças para brigar com ela. Eu gritei uma vez, mas acho que os caras do Serviço Secreto não conseguiam me ouvir com o barulho do chuveiro, já que, dessa vez, eles não entraram ali às pressas, com as pistolas em punho, para me salvar.

Mas seria preciso uma tropa inteira de comandos para deter a Lucy. Ela estava esperando por esse momento praticamente desde que eu cheguei à puberdade. Afinal, tinha conseguido me pegar de um jeito que eu não poderia impedir sua ação. Tinha trazido consigo não somente um jogo completo de roupas para mim, mas também um pequeno arsenal de produtos de beleza que ela parecia ter a intenção de despejar sobre mim enquanto eu estava presa no box do banheiro, com o braço quebrado, coberto de gesso, esticado para fora, igual a um galho de árvore.

— Isto aqui é awapuhi — disse Lucy, espirrando alguma coisa com cheiro vagamente frutado na minha cabeça. — É um extrato de gengibre havaiano especial. Use para lavar o cabelo. E isso aqui é um esfoliador corporal de damasco...

— Lucy! — berrei quando o awapuhi entrou nos meus olhos e eu não consegui, por ter só uma mão livre, tirar. — O que é que você está fazendo comigo?

— Estou salvando você — explicou Lucy. — Você deveria estar me agradecendo.

— Agradecendo? Por quê? Por me cegar para sempre com extrato de gengibre havaiano?

— Não, por tentar transformar você em algo que se assemelha a um ser humano. Você tem noção de como é humilhante para mim ver as pessoas me ligando... a noite inteira, ligaram para mim a noite inteira... dando uma de: "Ei, aquela lá não é a sua irmã? O que aconteceu com ela? Ela faz parte de algum tipo de culto?"

Quando abri a boca para reclamar dessa afirmação tão injusta, a Lucy jogou um monte de pasta de dente lá dentro. Enquanto eu me engasgava, ela continuou:

— Olha aqui, pega este condicionador, é do tipo que os cavalariços usam nos animais antes de uma apresentação.

— Eu... — ainda com os olhos cheios de xampu, eu não conseguia ver a Lucy, mas tentei, mesmo assim, atingi-la com o gesso. — Eu não sou cavalo!

— Já percebi — respondeu ela. — Mas você precisa mesmo disto aqui, Sam. Considere tudo isto como uma intervenção... uma intervenção estética de emergência. — Lucy enfiou a mão no box do chuveiro e me empurrou para baixo do jato de água. — Enxágue e repita, por favor.

Quando a Lucy terminou o serviço, eu tinha sido esfregada, depilada e esfoliada quase à morte. Meu cabelo também tinha passado por uma sessão de secador.

Mas preciso reconhecer que fiquei bem bonita. Tipo assim, eu tinha ficado meio ofendida com o comentário da intervenção. Mas, sob a supervisão cuidadosa da Lucy (além do difusor acoplável), logo meu cabelo perdeu aquela dureza de arame de cobre e, em vez de sair arrepiado bem do topo da cabeça, caiu em cachos sobre os ombros. E apesar de a Lucy não ter conseguido fazer as minhas sardas desaparecerem muito bem, fez alguma coisa para que elas não se destacassem tanto.

Eu não me importei com o extrato de gengibre havaiano, com o esfoliante de damasco, nem com o condicionador de cavalo. Também dava para aguentar o rímel, a base e o gloss.

Mas a Lucy passou dos limites quando tirou da bolsa de ginástica uma blusa de um azul bem luminoso e uma saia que combinava.

— De jeito nenhum — exclamei, da maneira mais inflexível possível para alguém que só estava usando uma toalha de hospital que nem era muito grande. — Eu uso o seu batom. Eu uso o seu delineador. Mas as suas roupas eu não vou usar.

— Sam, você não tem escolha — e já estava segurando a blusa para eu vestir. — Todas as suas roupas são pretas. Você não pode aparecer na frente da classe média americana toda vestida de preto. As pessoas vão achar que você é adoradora de Satã. Você vai se vestir igual a uma pessoa normal pela primeira vez na vida, e você *vai gostar.*

Com as palavras *vai gostar*, Lucy me atacou. Gostaria de observar que ela tinha vantagem injusta sobre mim porque:

a) ela era cinco centímetros mais alta do que eu e uns cinco quilos mais pesada, e

b) ela não estava prejudicada por ter um braço engessado, e

c) ela não precisava se preocupar em ficar segurando uma toalha em volta do corpo, e

d) ela lê a seção do certo e errado da revista *Glamour* há muitos e muitos anos, de modo que suas convicções estilísticas têm força sobre-humana.

Fala sério. Essas foram as únicas razões por que eu cedi. Também tinha o fato de a Lucy não ter trazido nenhuma roupa minha para eu colocar; as que eu estava usando na véspera tinham sido levadas pelo Serviço Secreto para passar por testes, já que aparentemente havia resíduo de pólvora do tiro do sr. Uptown Girl nelas.

Quando eu afinal saí daquele banheiro, estava usando as roupas da minha irmã, a maquiagem da minha irmã e os produtos de cabelo da minha irmã. Basicamente, eu não tinha nada a ver com a pessoa que sou normalmente. Nada mesmo.

Mas tudo bem. Falando sério, tudo mesmo. Porque eu também não me sentia igual à pessoa que eu sou normalmente, por causa da noite sem dormir, daquelas pessoas lá embaixo com placas e dos ursinhos de agradecimento, mas também por causa do awapuhi e tudo o mais.

Então, quando eu saí daquele banheiro, eu já estava bem esquisita. Para falar a verdade, eu achava que as coisas não podiam ficar mais esquisitas do que aquilo.

E foi quando a minha mãe, que estava lá parada com cara de preocupada no meio de todas aquelas flores e balões, mandou:

— Samantha, humm, tem alguém aqui que quer falar com você.

Eu me virei, e lá estava o presidente dos Estados Unidos.

Apesar de eu ter morado em Washington D.C. a vida toda (a não ser por aquele ano que a minha família passou no Marrocos), nunca tinha visto o presidente dos Estados Unidos em pessoa (e quatro deles tinham passado por lá durante o decorrer da minha vida).

Ah, eu tinha visto quando ele passava em alguma comitiva de carros, e claro que também o vi na TV. Mas, tirando o dia anterior, na Capitol Cookies, eu nunca tinha visto o presidente de perto.

Então, quando eu o vi parado ali no meu quarto de hospital com a minha mãe e o meu pai e a Lucy e a Rebecca e a Theresa e os agentes do Serviço Secreto e todas as flores e os balões e tudo o mais...

Bom, foi bem estranho.

Além disso, estava parada ali do lado dele a mulher, a primeira-dama. Eu também nunca tinha visto a primeira-dama em pessoa. Já tinha visto na TV e na capa da revista *Good Housekeeping*, aquela para donas de casa, em que ela exibia seus brownies premiados e tudo o mais, mas nunca em pessoa. De perto, tanto o presidente quanto a primeira-dama parecem maiores do que na TV.

Ãh, dããã. Claro que sim. Mas eles também pareciam... sei lá.

Tipo mais velhos, e mais reais. Tipo, dava para ver as rugas e essas coisas.

— Então, é você a mocinha que salvou a minha vida — foi o que ele disse. O presidente dos Estados Unidos. Aquelas foram as primeiras palavras que o presidente disse para mim, naquela voz profunda que eu sou obrigada a ouvir praticamente toda noite, quando os meus pais me obrigam a mudar o canal de *Os Simpsons* para as notícias.

E o que foi que eu respondi? O que foi que eu disse em resposta ao presidente dos Estados Unidos?

Eu fiquei tipo:

— Hã?

Atrás de mim, ouvi a Lucy soltar um suspiro bem satisfeito. Isso porque ela tinha terminado sua produção de maquiagem a tempo. Se ela tivesse que parar alguns minutos antes, eu poderia ainda estar com cara de quem acabou de acordar.

Aparentemente, a Lucy não se ligava para o fato de eu *soar* como uma idiota. Ela só ligava para o fato de eu não *estar com aparência* de idiota.

— Bom, precisei dar uma passada aqui para pedir a sua permissão para apertar a mão da garota mais corajosa do mundo — o presidente prosseguiu com aquele vozeirão.

E daí, esticou a mão direita.

Fiquei olhando fixamente para aquela mão. Não que fosse diferente da mão das outras pessoas. Não era. Bom, claro que era, porque pertencia ao presidente dos Estados Unidos. Mas não era por isso que eu não conseguia tirar os olhos dela. Eu estava olhando fixamente para ela porque estava pensando no que o presidente tinha acabado de dizer, que eu era a garota mais corajosa do mundo. E foi interessante porque, apesar de muitos dos cartões das flores, dos balões e dos ursinhos que a minha mãe tinha lido dizerem coisas parecidas, foi a primeira vez que eu de fato parei para pensar sobre o assunto. De eu ser corajosa e tal.

E o negócio é que, simplesmente, não era verdade. Eu não tinha sido corajosa coisa nenhuma. Você é corajosa quando faz alguma coisa porque sabe que é o certo, mas ao mesmo tempo você tem medo de fazer, porque você pode se machucar ou algo assim. Mas você faz, mesmo assim. Tipo quando eu defendo a Catherine da Kris Parks quando a Kris começa a encher o saco por causa dos vestidos de *Os pioneiros* que ela usa ou algo assim, mesmo sabendo que o próximo alvo de encheção serei eu. Fala sério, *aquilo* sim é coragem.

O que eu fiz (pular em cima das costas do sr. Uptown Girl) não tinha sido um ato corajoso porque eu não tinha parado para pensar nas consequências. Eu simplesmente tinha pulado. Vi a arma, vi o presidente, pulei. Só isso.

Eu não era a garota mais corajosa do mundo. Eu só era uma garota que por acaso estava ao lado de um cara que queria assassinar o presidente. Só isso. Eu não tinha feito nada de extraordinário. Não mesmo.

Não sei quanto tempo eu teria ficado lá olhando para a mão do presidente se a Lucy não tivesse cutucado as minhas costas. E também doeu bastante, porque a Lucy tem unhas muito compridas e pontudas, que fica lixando toda noite.

Mas não deixei que os outros percebessem que a minha irmã mais velha tinha me apunhalado pelas costas com uma de suas garras. Em vez disso, mandei:

— Nossa, obrigada — e estiquei minha mão para apertar a do presidente.

A não ser pelo fato de eu, obviamente, ter esticado a mão direita, que estava engessada. Todo mundo riu como se fosse a piada mais hilariante do mundo, e daí o presidente apertou a minha mão esquerda, que não estava enfiada em um monte de gesso.

Daí a primeira-dama também apertou a minha mão e disse que esperava que eu e minha família nos juntássemos a ela e ao presidente para um jantar na Casa Branca algum dia destes, "quando as coisas tiverem se acalmado um pouco", para que eles pudessem mostrar de fato seu apreço pelo que eu tinha feito.

Jantar? Na Casa Branca? *Eu*?

Ainda bem que, naquela hora, minha mãe assumiu o controle, dizendo que ficaríamos encantados de nos juntar à primeira-família para jantar um dia destes.

Então a primeira-dama se virou e meio que reparou em alguém parado à porta do quarto. E o rosto dela se iluminou ainda mais, e ela mandou:

— Ah, aqui está o David. Posso apresentar-lhe o nosso filho, David?

E entrou no quarto o filho do presidente, David.

Que por acaso também era o David da minha aula de desenho com a Susan Boone. O David do Save Ferris. O David da "bota legal".

E foi aí que eu percebi por que eu achava que já tinha visto aquele garoto em algum lugar.

★ 9 ★

Bom, como é que eu ia saber que ele era filho do presidente dos Estados Unidos?

Ele não se parecia nada com o cara que estou acostumada a ver no noticiário, aquele CDF que ficava andando atrás dos pais, igual a um cachorrinho, durante a campanha eleitoral. *Aquele* cara nunca usou uma camiseta da Save Ferris, muito menos coturno. *Aquele* cara nunca pareceu interessado em arte. *Aquele* cara sempre usava uns ternos bem engomadinhos e certinhos, e só ficava lá sentado, com cara de interessado nas coisas que o pai dele falava, que basicamente era um monte de coisa chata que me entediava ao extremo e geralmente fazia com que eu mudasse de canal... apesar de eu saber que, como cidadã deste país e membro do planeta, eu deveria ter muito mais consciência política do que tenho. De qualquer forma, o fato é que, depois de o pai do David virar presidente, e o David começar a frequentar a escola aqui em Washington, bom, toda vez que aparecia na TV ele estava com aquele uniforme tonto que todos os alunos da Horizon usam todo dia: calça cáqui (saia para as garotas), camisa branca, blazer azul-marinho, gravata vermelha.

E apesar de o David ficar melhor com aquele uniforme do que a maior parte dos frequentadores da Horizon, com o cabelo encaracolado escuro e os olhos verdes e tudo o mais, ele continuava sendo, sabe como é, o maior CDF. Tipo assim, não tinha a mínima chance de esse cara aparecer na capa da *Teen People* mês sim, mês não, igual ao Justin Timberlake. Só se ele começasse a fazer windsurf sem camisa na baía de Chesapeake, ou qualquer coisa assim.

Eu estava ali parada, olhando para ele bem na minha frente, e era difícil acreditar que era o mesmo cara que, só alguns dias antes, tinha dito que gostava da minha bota.

Pensando melhor, talvez não fosse tão difícil assim de acreditar. Porque, sabe como é, ver o cara assim de pertinho (não na TV, acenando da porta de um avião, ou em uma foto posada, olhando para cima na direção do pai, sentado em uma cadeira no fundo de algum palquinho no Kentucky) fazia com que ele se parecesse muito mais com o cara legal da camiseta da Save Ferris que gostou da minha bota do que com o filho CDF do presidente.

Não sei dizer qual de nós dois ficou mais surpreso por ver o outro. O David parecia bem impressionado, e não acho que era por aquilo ser uma coincidência tão estranha... sabe como é, por a gente se conhecer da aula de desenho. Isso não era assim tão esquisito: obviamente, a razão por que o presidente estava por ali era para encontrar-se com o David depois da aula. Aquela coisa de dar uma passadinha na Capitol Cookies tinha a ver com o comandante da nação ter um fraco por doces...

Não, o David não estava me encarando porque não conseguia se lembrar de onde me conhecia. Tipo assim, da última vez que ele tinha me visto, eu estava toda de preto, com coturnos enfeitados com margaridas, cabelo de arame de cobre e nenhuma maquiagem. Agora ali estava eu, com a saia da minha irmã e mocassins Cole Haan, com o cabelo bem macio e lábios que tinham toda a intenção de parecer totalmente beijáveis... pelo menos era o resultado prometido no tubo de gloss que a Lucy esparramou na minha boca.

Claro que ele estava olhando fixamente para mim: eu estava igual à Lucy!

— Hã? — David disse, e eu não posso culpá-lo nem um pouquinho por isso. — Oi.

Mas eu me vinguei dele na hora, com uma resposta muito esperta:

— Hum. Oi.

A mãe do David olhou de onde ele estava para mim, e depois fez o trajeto inverso. Então soltou, com uma voz bastante peculiar:

— Vocês dois já se conhecem?

— É. — David disse de novo. Tinha começado a sorrir. Era um sorriso bacana. Não tão bacana quanto o do Jack, claro, mas bem bacana, mesmo assim. — A Samantha está na minha aula de desenho com a Susan Boone.

E foi quando eu me liguei.

A Samantha está na minha aula de desenho com a Susan Boone.

O cara podia ter estragado algo que, até aquele momento, eu tinha conseguido esconder dos meus pais: aquela coisa de cabular a aula de arte.

E tá, tudo bem, qual era o problema, certo? Meus pais iam descobrir que eu cabulei a aula de desenho. E daí? *Eu tinha salvado a vida do presidente.* Aquilo tinha que valer como uma carta de libertação da prisão, nada podia ser mais forte do que aquilo.

E provavelmente ia servir para amaciar os meus pais. Eles não eram os disciplinadores mais rígidos do planeta.

Mas isso nunca, nunquinha, ia amolecer a Theresa, a quem eu tinha dado minha palavra solene de que eu não cabularia a aula. Por mais que a Theresa valorize o presidente deste país que ela aprendeu a amar tanto, no minuto que soubesse que eu a tinha desobedecido, minha vida estaria acabada com A maiúsculo. Nunca mais ia ter bolinhos para mim no lanche depois da escola. Só iam sobrar barras de cereais e bolachas integrais daqui para a frente. A Theresa era capaz de perdoar quase qualquer coisa (notas baixas, atrasos, perda de lição de casa, marcas de terra trazidas do parque e espalhadas por todo o chão limpinho da cozinha), mas mentiras?

De jeito nenhum. Mesmo que fosse por uma causa totalmente justa, tipo preservar a minha integridade criativa.

E essa foi a razão por que eu fiz o que fiz em seguida, que foi lançar a David um olhar de súplica, esperando, sem muito otimismo, que ele entendesse. Não sei como é que ele poderia ter entendido. Tipo assim, ele não estava com o uniforme da Horizon, mas usava uma camisa abotoada até em cima e calça de pregas. Parecia um cara que nunca, nem uma vezinha na vida, tinha desobedecido aos pais, muito menos à empregada extremamente intolerante. Como é que ele ia compreender?

Mesmo assim, se existisse uma possibilidade, qualquer possibilidade, de eu conseguir fazer com que ele, assim como os agentes do Serviço Secreto do pai dele, não mencionassem que eu tinha faltado à aula na tarde anterior...

— Ah, ela está na Susan Boone? — a primeira-dama perguntou para a minha mãe, toda alegre. — A Susan não é *maravilhosa*? O David adora — esticou a mão e pegou no ombro do filho, com um gesto surpreendentemente maternal para uma senhora casada com o homem mais importante do mundo democrático. — Só agradeço por David ter se atrasado para sair do ateliê na noite passada. S...

Ela não conseguiu terminar a frase. Acho que ela queria dizer só Deus sabe o que poderia ter acontecido se ele saísse bem na hora que o sr. Uptown Girl começou a atirar. Mas a verdade é que nada teria acontecido. Porque eu estava lá. E estraguei os planos do assassino.

Por favor, David. Estava enviando pensamentos para ele com a maior força possível. *Por favor, não fala nada a respeito de eu não ter ido à aula ontem. Por favor, uma vez na sua vida de filho de político com camisa abotoada, abra a mente e receba a minha súplica. Eu sei que você é capaz disso; você adora a Save Ferris, e eu também, então talvez a gente possa se comunicar neste nível. Não fala nada, David. Não fala nada. Não fala...*

— Eu sei exatamente o que a senhora quer dizer — respondeu a minha mãe, esticando o braço e pegando no meu ombro igualzinho a primeira-dama tinha feito com o David. — Nem gosto de pensar o que poderia ter acontecido se os agentes do Serviço Secreto não o tivessem desarmado com tanta rapidez.

— Eu sei — disse a primeira-dama. — Eles não são fantásticos?

Surpreendentemente, a conversa parecia estar de afastando de Susan Boone. Bom, a não ser pela revelação bastante espantosa de que o John (o cara de meia-idade que não sabia desenhar e que eu pensei que usava aparelho de audição) era, na verdade, o agente do Serviço Secreto pessoal do David, e isso era um pouco esquisito.

Mas imagine só como deve ter sido esquisito para o David entrar naquele quarto de hospital para descobrir que a garota que tinha salvado o pai dele de um suposto assassino era *eu*?

Mas claro que, depois que o choque inicial passou, parecia que o David não estava dando a mínima para aquilo. Na verdade, parecia até que estava achando meio divertido. Tipo, ele estava tentando não sorrir, mas não estava conseguindo. Devia estar pensando naquele abacaxi. Só de lembrar, minhas bochechas começavam a esquentar.

Ah, caramba. Aquele abacaxi idiota. Por que eu? Disse a mim mesma que tinha todo o direito de desenhar aquele abacaxi. Aquele abacaxi, pensei, tinha saído do meu coração, como Jack tinha colocado.

114

Mas, se isso fosse verdade, por que é que eu me sentia tão envergonhada?

Finalmente, depois do que pareceram mais de 20 minutos de papo furado incômodo, o presidente, a mulher e o David saíram do quarto e ficamos só nós, mais uma vez.

Assim que a porta tinha se fechado atrás da primeira-família, minha mãe expirou com força e se jogou em cima da cama, que ela tinha arrumado apressadamente enquanto eu estava no chuveiro.

— Eu, hein, que coisa mais surreal! — afirmou.

A Theresa estava mais chocada do que qualquer outra pessoa.

— Não dá para acreditar — ficou murmurando para si mesma — que eu acabei de conhecer o presidente dos Estados Unidos.

Até a Rebecca precisou reconhecer que foi interessante.

— Não acredito que nem tive a oportunidade de perguntar ao presidente a respeito da Área 51 — disse, arrasada. — Eu queria mesmo saber por que o governo acha necessário esconder de nós a verdade a respeito das visitas extraterrestres ao planeta.

As ideias da Lucy a respeito do assunto eram bem menos esotéricas do que as da Rebecca.

— Jantar na Casa Branca — ponderou. — Você acha que tudo bem se eu levar o Jack?

— NÃO! — disseram bem alto, juntos, meu pai e minha mãe.

Lucy suspirou toda dramática.

— Tudo bem, vai ser mais divertido ir sozinha. Posso dar em cima desse tal de Dave? Ele é demais.

Está vendo? Está vendo como a Lucy não merece um cara igual ao Jack? Engoli a respiração, cheia de indignação, em nome do Jack...

— Ei! — exclamei. — Você não tem namorado?

A Lucy olhou para mim como se eu estivesse louca.

— E daí? — perguntou. — Isso significa que eu não posso nunca olhar para outro cara? Você deu uma olhada nos olhos verdes do David? E aquela bundinha...

— Chega — reclamou meu pai. — Nada de bundinha. Não quero saber de nenhuma conversa a respeito da bundinha de ninguém enquanto eu estiver no recinto. E, de preferência, quando eu estiver fora dele, também não.

— Idem — reforçou mamãe.

Concordei do fundo do coração. Imagine só, a Lucy olhando para a bundinha de alguém, quando ela já tinha a do Jack para olhar o quanto quisesse!

Mas a Lucy parecia completamente desatenta para seu próprio egoísmo e falta de lealdade. Simplesmente deu de ombros:

— Tá bom — antes de sair andando na direção da janela...

— Fique longe da janela! — eu e minha mãe gritamos juntas.

Mas já era tarde demais. Um enorme barulho levantou da multidão que estava lá fora. A Lucy, a princípio assustada, logo se recuperou e começou a acenar como se fosse o papa, ou qualquer coisa assim.

116

— Oi! — gritou, como se houvesse alguma possibilidade de eles ouvirem. — Oi, pessoinhas. Oi, televisão! Oi, jornal!

Foi meio engraçado quando, naquele instante, a porta se abriu e uma senhora com uma blusa com gola de babados (que se apresentou como sra. Rose, administradora-chefe do hospital) foi até a Lucy:

— Srta. Madison? Está pronta para sua coletiva de imprensa?

Lucy, com os olhos arregalados, virou-se.

— Não sou eu — corrigiu. — É ela. E direcionou suas unhas pontudas para onde eu estava.

A sra. Rose olhou para mim.

— Ah. Ótimo. Então, você está pronta, querida? Só querem lhe fazer algumas perguntas. Só vai levar cinco minutos. E, depois, você pode ir para casa.

Olhei para os meus pais. Eles sorriram para mim, para me dar uma força. Olhei para a Theresa. Ela fez a mesma coisa. Olhei para a Lucy, e ela mandou:

— Aconteça o que acontecer, não encoste no cabelo. Eu finalmente consegui deixá-lo perfeito. Não vai estragar tudo.

Olhei de novo para a sra. Rose.

— Claro — respondi. — Estou pronta, acho.

As dez coisas que não se deve fazer durante uma coletiva de imprensa:

10. Quando o repórter do *The New York Times* perguntar se você ficou com medo quando Larry Wayne Rogers (também conhecido como sr. Uptown Girl) tirou uma pistola de baixo do poncho de chuva, talvez seja melhor não dizer que não, você ficou aliviada porque achou que ele estava tirando uma outra coisa lá de baixo.

9. Só porque servem água, isso não significa que você precisa beber. Principalmente se, quando você beber, errar o alvo, já que a sua boca está toda melecada de gloss, e a água toda escorrer pela frente da blusa da sua irmã.

8. Quando o repórter do *The Indianapolis Star* perguntar se você sabia que Larry Wayne Rogers tentou matar o presidente devido a seu desejo de impressionar a celebridade por quem ele é obcecado há muitos anos (a modelo Christie Brinkley, ex-mulher de Billy Joel e inspiração para "Uptown Girl"), talvez seja melhor não dizer: "Que babaca!" Em vez disso, você deveria exprimir sua preocupação pelo problema tão sério das doenças mentais.

7. Quando o correspondente da CNN quiser saber se você tem namorado, seria mais legal dizer apenas: "Não, não no momento", do que fazer o que eu fiz, que foi engasgar com o próprio cuspe.

6. Ficar olhando fixamente para a cabeça daquela apresentadora de TV, a Barbara Walters, imaginando se aquele é mesmo o cabelo dela ou se é algum tipo de capacete espacial. É, essa não é uma ideia muito boa.

5. Quando um jornalista famoso como o Matt Lauer se levantar para fazer sua pergunta, talvez seja melhor não gritar no microfone: "Ei! Eu conheço você! A minha mãe é muito apaixonada por você!"

4. Se uma mecha do seu cabelo ficar colada no gloss, talvez fosse melhor tirá-la dali com a mão, em vez de ficar tentando assoprá-la, tipo o Free Willy.

3. Quando um repórter do *Los Angeles Times* perguntar se é verdade que você acabou de conhecer o presidente e a família dele, e quiser saber como foi o encontro, você pode querer dizer algo mais específico do que: "Hum... Legal."

2. De maneira geral, quando você salva a vida do líder do mundo democrático, as pessoas querem mesmo saber a respeito desse evento e não estão nem aí para uma descrição longa e detalhada do seu cachorro.

E a coisa principal que não se deve fazer durante uma coletiva de imprensa:

1. Não se esqueça de levar seus óculos escuros. Se não, por causa daquele monte de gente espocando flashes na sua cara, você só vai conseguir enxergar na frente de si uma imensa bolha roxa, de modo que, quando você descer da plataforma, vai tropeçar porque não consegue enxergar onde está indo e vai cair no colo da apresentadora de telejornal local Candace Wu.

★ 10 ★

Eis o que acontece quando você impede que um louco mate o presidente dos Estados Unidos:

De repente, todo mundo (todo mundo, no mundo inteiro) quer ser seu amigo.

Falando sério.

E não é só gente que envia balões desejando melhoras e ursinhos de agradecimento (tudo foi doado para a ala infantil antes de partirmos). Quando cheguei em casa do hospital, no dia seguinte àquele pequeno incidente na frente da Capitol Cookies, tinha 167 mensagens na nossa secretária eletrônica. Só umas vinte eram de pessoas que eu de fato conheço mais ou menos e tipo, de gente como a minha avó ou a Catherine ou alguém assim. Todo o resto era de repórteres e de gente igual à Kris Parks, que parecia ter esquecido tudo a respeito daquele negócio de fonoaudiologia.

— Oi, Sam — ela cantou com aquela voz falsa de Kris Parks. — Sou eu, a Kris! Só estou ligando para saber se você quer vir à minha festa no próximo sábado à noite. Meus pais vão estar em Aruba, então a gente vai detonar! Mas só vai ser legal se você vier.

Não dava para acreditar. Tipo assim, é de se pensar que a Kris pelo menos *tentaria* ser um pouco mais sutil do que isso. Ela não me convidava para ir a uma festa na casa dela desde a segunda série, e lá estava ela, fazendo as pazes como se nunca tivéssemos deixado de ser amigas. Era irreal.

Mas a Lucy não dividia minha revolta. Ela só mandou:

— Que legal, festa na Kris. Vou levar o Jack.

Ao que meus pais responderam, em uníssono:

— Ah, não, não vai não — e logo aproveitaram para falar também que não tínhamos permissão para ir a festas onde não houvesse pelo menos um adulto responsável. Principalmente se fosse na companhia de Jack, que fora pego nadando pelado na piscina do Clube de Campo de Chevy Chase, no último baile de Natal. (Como os Ryder eram sócios, o incidente foi abafado. Mas, por azar, não tão abafado a ponto de os meus pais não ficarem sabendo. Acho que eles ficariam mais felizes se a Lucy saísse com um cara que nunca questionasse a autoridade e aceitasse docilmente tudo que fosse despejado em cima dele, como a maior parte dos integrantes da nossa geração, em vez de alguém que pensa por si, como o Jack.)

A Lucy não pareceu muito preocupada com o fato de nossos pais dizerem que ela não poderia levar o Jack à festa da Kris. Em vez disso, foi até a janela para acenar mais um pouco para os repórteres que estavam estacionados no nosso gramado.

Mas o recado da Kris Parks nem era o mais inacreditável de todos. Também recebemos ligações de metade dos repórteres que tinham estado na coletiva de imprensa, querendo saber se era possível marcar entrevistas exclusivas comigo. Todos os programas de notícias da TV (tipo *60 Minutes, 48 Hours, Dateline, 20/20*) queriam fazer uma reportagem comigo, e pediram que entrássemos em contato assim que possível.

Fala sério. Como se desse para ficar uma hora falando de mim. A minha vida não passa de uma série de humilhações, uma seguida da outra. Se eles quiserem se aprofundar na minha língua presa e em como eu me curei do meu desejo irracional de xingar a Kris Parks com todos os palavrões com S que existiam, bom, então que ótimo para eles. Mas, de certo modo, eu suspeitava que eles estavam atrás de alguma coisa mais na linha do triunfo da alma humana.

Depois, foram as ligações das empresas de refrigerante. Fala sério. A Coca-Cola e a Pepsi queriam saber se eu estava interessada em assinar contratos de propaganda. Tipo assim, como se eu fosse ficar parada na frente de uma câmera e mandar: "Beba Coca-Cola, como eu faço. Daí você também pode se jogar em cima de um fã maluco da Christie Brinkley e quebrar o pulso em dois lugares."

Finalmente, o recado mais perturbador de todos, era aquele que eu mais temia. Cheguei mesmo a esperar, contra todas as possibilidades, que essa mensagem não estivesse mais lá quando ouvimos todos os recados de novo. Mas eu estava errada. Supererrada.

Porque o recado número 164 continha o seguinte texto, falado por uma voz bastante conhecida:

— Samantha? Oi, aqui é a Susan Boone. Sabe como é, do ateliê. Samantha, eu gostaria muito que você me ligasse assim que receber este recado. Precisamos conversar a respeito de algumas coisas.

Ao ouvir isso, é claro que eu entrei em pânico. Pronto. Todas aquelas súplicas para os caras do Serviço Secreto tinham sido em vão. Meu segredo estava destruído. Eu estava morta.

Precisei retornar a ligação de Susan Boone em segredo (assim, ninguém ia ouvir por acaso o que eu achava que seria um monte de humilhação da minha parte), e por isso precisei ficar rodeando o meu pai e esperando ele terminar de falar com a companhia telefônica para que trocasse o nosso número, por um que não estivesse na lista. Tivemos de fazer isso porque algumas das 167 mensagens tinham sido um pouco efusivas demais, você sabe do que eu estou falando. Uns caras tipo o Larry Wayne Rogers (agora o Larry Wayne Rogers estava enfiado em alguma cela de prisão de segurança máxima, esperando pela audiência preliminar com o juiz) que queriam mesmo, *mesmo*, me conhecer. Aparentemente, para eles, minha foto pavorosa da carteirinha de estudante não era nada desanimadora.

Os caras do Serviço Secreto sugeriram que mudássemos o número do nosso telefone e talvez instalássemos um sistema de alarme na casa. Eles continuavam por ali, no geral mantendo as pessoas afastadas, enquanto alguns guardas municipais controlavam o trânsito na nossa rua, que de repente começou a receber tráfego quatro ou cinco vezes maior do que o normal: as pessoas que tinham descoberto onde eu morava passavam na frente de casa bem devagarzinho, tentando me ver, nem que por um segundo (mas não me pergunte *por quê*). É muito raro eu estar fazendo qualquer coisa interessante. A maior parte do tempo eu só fico no meu quarto comendo tortinhas doces e desenhando retratos do Jack ao meu lado, mas tanto faz. Acho que o pessoal só queria ver como era a cara de uma heroína de verdade.

Porque é isso que eu sou agora, goste ou não. Uma heroína.

E isso é só um nome diferente, parece, para alguém que estava no lugar errado, na pior hora possível.

Bom, quando o papai acabou de falar com a companhia telefônica, eu retornei a ligação da Susan Boone (mas só depois de pedir conselhos para a Catherine).

— *Jantar?* — foi tudo o que ela conseguiu dizer. — Você leva uma bala pelo presidente dos Estados Unidos e tudo o que ganha é um *jantar?*

— Eu não levei bala nenhuma por ele — lembro a ela. — E é um jantar na Casa Branca. E podemos por favor não nos desviar do assunto em questão? O que é que eu vou falar para a Susan Boone?

— Qualquer um pode jantar na Casa Branca se pagar bem — Catherine parecia verdadeiramente revoltada. — Eu achei que você ia ganhar algo melhor do que um simples *jantar*. Você deveria receber pelo menos uma medalha de honra, ou qualquer coisa assim.

— Bom — respondi. — Talvez eu receba. Talvez eles me deem uma no jantar. Mas me fala, o que é que eu vou dizer quando ligar para a Susan Boone?

— Samantha — disse Catherine com uma voz mais próxima da impaciência que eu jamais a escutara falar. — Eles não entregam medalhas durante jantares. Fazem uma cerimônia especial para isso. E você salvou a vida do presidente. Sua professora de desenho nem vai ligar que você cabulou aquela aula idiota.

— Não sei, Cath — respondi. — Tipo assim, a Susan Boone é muito séria quando se trata de arte. Ela deve estar ligando para me expulsar do curso ou algo assim.

— E daí? Eu achava que você *queria* ser expulsa da aula. Eu achei que você odiasse aquilo, não estou certa?

Pensei sobre o assunto. Será que eu tinha odiado? Bom, não a parte de desenhar. Isso tinha sido bem divertido. E também gostei da parte em que o David disse que gostava da minha bota.

Mas o resto (a parte em que a Susan Boone tentou acabar com o meu direito à expressão criativa e impedir que eu desenhasse com o coração, fazendo com que eu me sentisse humilhada e envergonhada na frente de toda aquela gente, inclusive, agora eu sabia, o filho do presidente dos Estados Unidos) tinha sido bem vexatório.

No geral, concluí, ser expulsa da aula de arte da Susan Boone até que não seria nada mau.

Assim que terminei de falar com a Catherine, disquei o número da Susan Boone, ansiosa para acabar com aquilo de uma vez.

— Hum, oi — falei, hesitante, quando ela atendeu. — Aqui é a Samantha Madison.

— Ah, olá — respondeu Susan Boone. Ouvi um grasnado conhecido no fundo. Então o corvo Joe não morava no estúdio, ele ia e voltava de lá com a dona. Que vida boa para um pássaro grande e feio daqueles, que ainda roubava cabelo. — Obrigada por retornar a minha ligação, Samantha.

— Hum, não tem problema — respondi. Daí, depois de respirar bem fundo, arrisquei: — Olha, peço mil desculpas pelo outro dia. Não sei se a senhora soube o que aconteceu...

Susan Boone me surpreendeu quando começou a rir.

— Samantha, não existe ninguém ao sul do Polo Norte que não saiba o que aconteceu com você na porta do meu ateliê, ontem.

— Ah — fiz eu. Então me apressei para falar logo a mentira que tinha inventado. Se eu fosse o Jack, teria simplesmente contado a verdade; sabe, que eu tinha ficado ofendida com a tentativa dela de subjugar a minha integridade artística.

Mas já que não sou o Jack, simplesmente articulei a primeira coisa que veio à minha cabeça.

— O negócio é que... é, eu não fui à aula porque estava chovendo muito, sabe como é, e eu fiquei toda molhada, e não quis ir à aula molhada, sabe como é, então dei uma parada na Static para me secar, sabe como é, antes da aula, e daí eu não sei o que aconteceu, mas acho que eu tipo perdi a noção do tempo, e quando eu percebi, já...

— Isso não tem a mínima importância, Samantha — Susan Boone, para minha grande surpresa, interrompeu. Reconheço que não foi a melhor mentira de todas, mas foi a

127

melhor que eu consegui inventar. — Vamos conversar a respeito do seu braço.

— Meu braço? — olhei para o gesso. Já estava ficando tão acostumada com ele que era como se sempre tivesse estado lá.

— Isso mesmo. Você quebrou o braço que usa para desenhar?

— Hum. Não.

— Que bom. Então, vejo você na aula da terça-feira?

Foi então que um pensamento nada generoso me ocorreu. Pensei que a Susan Boone, igual à Coca-Cola e a Pepsi, só queria que eu continuasse na escola de arte dela para usar a minha celebridade para se promover.

Bom, e por que é que eu não deveria ter pensado isso? Tipo, ela não tinha se esforçado nem um pouco para dizer que eu era uma ótima artista nem nada na única vez que apareci na aula.

— Veja bem, sra. Boone — comecei, imaginando como é que eu ia falar o que tinha para dizer (aquele negócio de ela reprimir minha criatividade, e onde estaríamos se alguém tivesse feito isso com o Picasso) de maneira a não ofendê-la. Porque, sabe como é, ela parecia uma senhora bem legal, tirando a coisa de não ter gostado do meu abacaxi e tal.

— Susan — corrigiu ela.

— Como?

— Pode me chamar de Susan.

— Hum. Está bem. Susan. Acho que não vou ter muito

tempo para ir à aula de desenho agora — e daí que isso não tinha a menor chance de funcionar? Valia a pena tentar. E era melhor do que falar a verdade. E, tipo assim, era totalmente razoável, com todos aqueles repórteres no nosso gramado, os pescoçudos percorrendo nossa rua de cima a baixo e todos aqueles dementes deixando recados na nossa secretária eletrônica, que os meus pais bem que podiam esquecer totalmente daquele negócio de aula de arte. Sob aquelas circunstâncias, aquela minha nota baixa em alemão até que não era tão pavorosa.

— Sam — interrompeu Susan Boone, com um tom de voz muito franco. — Você tem muito talento, mas nunca vai aprender a desenhar bem mesmo se não parar de *pensar* tanto e começar a *enxergar*. E você só vai conseguir fazer isso se se dedicar a aprender.

Aprender a enxergar? Fala sério. Talvez a Susan Boone pensasse que os meus olhos, e não o meu braço, tinham sido afetados pelo pequeno embate de que participei na porta do ateliê dela.

Tarde demais, percebi o que ela estava tentando fazer. Exatamente aquilo contra o que Jack tinha me alertado! Ela estava tentando me transformar em um clone de arte! Queria fazer com que eu começasse a desenhar com os olhos, não com o coração!

Mas antes de que eu pudesse dizer algo do tipo: "Não, obrigada, sra. Boone, não estou interessada em ser transformada em mais um dos seus robôs pintores", ela mandou:

129

— Vejo você na aula da terça-feira, ou então vou ter que dizer aos seus pais como todos nós sentimos a sua falta ontem.

Uau. *Isso* sim que era ser ríspida. Ríspida *demais*. Principalmente para a rainha dos elfos.

— Hum — resmunguei. Desisti de lutar contra o sistema. Todo o espírito de luta instantaneamente me abandonou. — Tudo bem. Acho.

— Muito bem — respondeu Susan Boone, e desligou o telefone. Logo antes de eu ouvir o estalo do telefone no gancho, Joe grasnou, no fundo: "Corvo lindo. Corvo lindo." E daí, mais nada.

Ela tinha me pegado. Tinha me pegado na curva, totalmente e, pior de tudo, ela *sabia* disso. Ela *sabia*! Quem pensaria que uma rainha dos elfos tinha a capacidade de ser tão *maldosa*?

E daí eu ia ter que voltar lá... voltar para a aula da Susan Boone com todo mundo da classe sabendo que eu tinha cabulado a última aula. E provavelmente sabendo também por que eu tinha cabulado. Sabe como é, por causa daquele negócio de ser humilhada publicamente na sessão de crítica da aula anterior.

Caramba! Que sacanagem!

Eu estava ali parada, sacudindo a cabeça, quando a Lucy entrou no meu quarto sem bater na porta, como ela sempre fazia.

— Pronto — declarou.

Naquele instante eu já devia ter percebido que estava encrencada, porque a Lucy estava munida de uma prancheta e uma caneta. Além disso, estava usando a roupa com mais cara de executiva que tinha, a minissaia xadrez verde com uma blusa branca e um colete de lã.

— Amanhã, programei para você almoço e compras com as garotas, em Georgetown — disse, consultando a prancheta. — Depois, amanhã à noite, você, o Jack e eu vamos ver o filme novo do Adam Sandler. Você vai ter que fazer uma aparição tanto na sessão de cinema quanto na pizzaria Luigi's depois. Daí, no domingo, temos um *brunch* com a equipe de animadoras de torcida, depois o jogo. Daí, no domingo à noite, é o jantar com o presidente. Não dá para escapar desse aí, eu já tentei. Mas talvez, depois do jantar, alguém possa nos levar rapidinho até a Luigi's de novo, só para ver o que está rolando. Algumas pessoas da turma aparecem por lá no domingo à noite para fazer a lição de casa em grupo. Daí, na segunda-feira... presta muita atenção agora, Sam, porque é importante... na segunda-feira a gente vai lançar o seu novo visual. Além do mais, você também vai ter que acordar mais ou menos uma hora antes do normal. Tipo assim, não dá mais para você sair da cama e vestir a primeira coisa que vê na frente e ir para a escola como se estivesse fazendo algum trabalho comunitário e ninguém fosse prestar atenção em você, ou qualquer coisa assim. Você vai mesmo precisar começar a se esforçar. Além disso, vai demorar pelo menos meia hora, todo dia, para arrumar o seu cabelo.

Fiquei olhando para ela, atônita.

— Quê? O que é que você está... dizendo? — falei bem devagar porque a minha língua de repente parecia um peso morto.

A Lucy parecia siderada. Daí, ela se jogou na minha cama, entre mim e o Manet.

— Bobona, agora você tem uma agenda social — informou Lucy. — A partir de agora, eu organizo todas as suas aparições públicas, tá bom? Você nem precisa se preocupar. Não que vá ser fácil. Não me leve a mal. Tipo assim, vamos encarar, sua cotação está meio baixa. E o fato de você andar com a Catherine não ajuda em nada... ela é bem legal e tal, mas tem problemas sérios com a moda. Dá para superar se você, sabe como é, parar de falar com ela na escola, ou qualquer coisa assim. Mas bom, a única coisa que eu preciso saber é se você tingiu *todas* as suas roupas de preto? Tem certeza de que não sobrou nadinha?

— Lucy — murmurei. Não dava para acreditar que aquilo estava acontecendo. Não mesmo. — Sai do meu quarto.

A Lucy jogou em cima de mim todo aquele cabelo comprido e sedoso dela.

— Ah, Sam, dá um tempo. Não faz isso. Uma oportunidade dessas não aparece todo dia. A gente precisa aproveitar quando vem. É igual àquela história grega da felicidade com cabelo na testa, que o papai vive contando. A gente tem que agarrar pelo cabelo quando chega, e se deixar passar já era, porque atrás é careca. Se bem que, se eu fosse ficar com um careca, deixava passar, porque aí não dá, né.

— LUCY! — gritei com toda força, pegando um sapato e jogando na direção dela. — SAI DO MEU QUARTO!

A Lucy desviou do sapato e, com ar de ofendida, levantou-se para sair.

— Credo — reclamou. — A gente nem pode tentar fazer um favor para alguém. Você vai ver se algum dia vou ajudar você de novo.

Então, para meu imenso alívio, ela saiu do quarto batendo o pé, deixando-me sozinha com minha falta de popularidade.

A lista das dez coisas que a Gwen Stefani não faria nem morta:

10. A Gwen Stefani nunca, nunquinha, permitiria que sua irmã mais velha escolhesse as roupas que ela iria vestir. A Gwen Stefani desenvolveu seu estilo próprio, único e individual. A Gwen encontra umas camisetinhas charmosas em lojas de roupas baratas, transforma as peças em coisas como frentes-únicas, ou qualquer coisa assim, e fica supertransado e legal. A Gwen nunca, nunquinha, usaria as três calças de pregas azul-marinho, cinza e amarelo-acastanhado que a irmã dela comprou na Banana Republic, a US$ 365.

9. Se a irmã da Gwen dissesse que ela precisava dispensar a melhor amiga porque se vestia mal, com as roupas horrorosas que a mãe dela a obrigava a usar, a Gwen provavelmente só ia rir com menosprezo, e não jogar um sapato em cima dela.

8. É bem improvável que a Gwen Stefani, tentando evitar os repórteres que se aglomeram no jardim da casa dela quando chega a hora de ela ir passear com o cachorro, fosse sair pela porta dos fundos com um casaco com capuz, óculos escuros e calças cáqui do pai, com as barras

enroladas. A Gwen teria passado corajosamente pelo meio dos repórteres e usado o enorme interesse que eles têm por ela como meio para divulgar o ska.

7. Duvido muito que a Gwen Stefani ficasse toda vermelha se o cara que ela amava em segredo (que por acaso era namorado da irmã dela) dissesse que ela ficava bem com as calças do pai com as barras enroladas.

6. Além disso, a Gwen Stefani é uma pessoa íntegra demais para se apaixonar pelo namorado da irmã.

5. Provavelmente, se a Gwen Stefani tivesse salvado o presidente dos Estados Unidos, ela não ficaria escondida dentro de casa, envergonhada pelas hordas de gente que vinham dizer como tinha sido corajosa. A Gwen aproveitaria para escrever uma música tremendamente esperta e cheia de autodepreciação a respeito do acontecimento. O videoclipe provavelmente traria o ex da Gwen, Tony Kanal, no papel do presidente, e aquele baterista esquisito e pelado como Larry Wayne Rogers.

Mas, mesmo assim, a música nunca ia passar do quinto lugar no Disk MTV, porque a maior parte das pessoas não sabe apreciar o valor do ska.

4. Se a Kris Parks ligasse para a Gwen Stefani, como ela acabou de fazer comigo, e mandasse: "Ah, oi Gwen. E aí, você vem? Tipo assim, vou dar uma festa no sábado que vem..." A Gwen provavelmente ia dizer alguma coisa inteligente e encantadora, não o que eu disse, que foi: "Onde é que você arrumou meu telefone?"; porque é claro que eu tinha me esquecido de que a minha irmã Lucy tinha mandado nosso telefone novo, por e-mail, para a escola quase inteira, com medo de perder

algum dos eventos sociais fundamentais que aconteceriam neste fim de semana, como por exemplo comer uma pizza na Luigi's ou uma noite inteira de filmes do Pauly Shore na casa da Debbie Kinley.

3. Estou aqui pensando que se alguém algum dia tentasse tolher os impulsos criativos da Gwen, ela nunca permitiria que isso acontecesse, nem mesmo se fosse ameaçada de chantagem.

2. Com certeza, a Gwen Stefani nunca passaria a tarde de domingo, em que deveria fazer a lição de casa de alemão que a melhor amiga dela tinha trazido, escrevendo uma carta para o namorado da irmã, expondo todas as razões por que ele deveria estar com ela e não com a irmã, só para depois rasgar a carta em mil pedacinhos e jogar na privada, em vez de entregar para ele.

E qual é a principal coisa que a Gwen Stefani nunca, nunquinha ia fazer?

1. Usar um *tailleur* azul-marinho que a mãe dela tinha comprado na loja mais careta de todas, a Ann Taylor, para jantar na Casa Branca.

★ 11 ★

Eu já fui à Casa Branca um montão de vezes. Tipo assim, se você mora na região de Washington D.C., mais ou menos na segunda série você passa a fazer uma visita praticamente anual à Casa Branca, e depois precisa escrever um relatório idiota a respeito do passeio. Sabe como é, *Minha visita à Casa Branca*. Esse tipo de coisa.

Já visitei todas as salas que eles mostram no tour: o Salão da Prataria Dourada, a Biblioteca, o Salão das Louças, o Salão dos Mapas, o Salão Leste, o Salão Azul, o Salão Vermelho, blá-blá-blá.

Mas, no domingo à noite, foi a primeira vez que eu visitei a Casa Branca não em excursão, mas como convidada de verdade.

Foi bem esquisito. Minha família inteira estava sentindo toda aquela esquisitice, menos, talvez, a Rebecca. Mas como ela havia acabado de receber um carregamento novinho de livros de *Jornada nas estrelas* da Amazon.com, isso já era de se esperar.

Além disso, eu desconfio que a Rebecca seja, secretamente, um robô e, por isso, imune às emoções humanas.

O resto de nós, no entanto, estava totalmente atordoado. Dava para ver que a minha mãe estava particularmente nervosa, porque colocou o *tailleur* mais distinto que tinha no armário e também suas pérolas, um visual que só usava quando tinha que comparecer ao tribunal, e arrancou o celular *e* o Palm Pilot do meu pai, para que ele não tentasse usar nenhum dos dois durante o jantar. A Theresa (que, como parte importante da nossa família, também tinha sido convidada) usava sua melhor roupa de missa, que incluía sapatos de salto alto roxos com fivelas cintilantes, e não gritou conosco nem uma vez, nem quando o Manet entrou correndo como um louco lá de fora e sacudiu o corpo, espalhando água de chuva pelo tapete da sala, em que tinha acabado de passar aspirador. Até mesmo a Lucy gastou umas duas horas a mais na sua rotina de beleza e saiu do banheiro com cara de quem ia apresentar um programa de televisão cheio de gente famosa, e não como alguém que ia jantar com uma família que morava quase no mesmo bairro que nós, se você parasse para pensar no assunto.

— Então, seja lá o que você fizer, Sam, não vai ficar tentando esconder a comida de que você não gosta embaixo do prato — disse Lucy enquanto saíamos da garagem com o carro, algo que não era nada fácil, já que ainda havia hordas de repórteres por ali, tentando fotografar cada movimento nosso. Eles gostavam de fazer coisas tipo mergulhar no capô da minivan para tirar uma rapidinha do meu pai quando ele está a caminho da loja de conveniência para comprar leite. Dar ré na entrada de casa transformou-se em uma ação perigosa porque sempre tinha uns dois ou três caras saindo a toda de trás do carro.

— Lucy! — eu já estava bem nervosa sem ninguém me encher. Não precisava mesmo que ela piorasse a situação ainda mais. — Caramba, eu sei como me comportar em um jantar, tá bom? Não sou criança.

O negócio é que, em casa, quando tem alguma comida de que eu não gosto no jantar, eu pego tudo e dou para o Manet por debaixo da mesa, e ele come qualquer coisa... cenoura, berinjela, ervilha, melão, salsicha de frango, tudo o que você quiser. A primeira-família não tem cachorro. Eles são uma gente felina. Os gatos são legais e tal, mas não ajudam em nada pessoas frescas para comer como eu. Eu duvidava totalmente de que o primeiro-gato se dispusesse a mastigar qualquer pedaço de couve-flor que eu colocasse embaixo da mesa.

Então, a questão era: o que é que eu *ia* fazer se eles servissem brócolis (por favor, alguém me amordace) ou, pior ainda, qualquer coisa com tomate ou peixe, duas coisas que eu não suporto e que sempre aparecem em refeições chiques? Eu sabia que não dava para esconder coisas embaixo do prato. Supondo que alguém o pegasse e visse tudo aquilo ali embaixo? Isso seria quase tão vergonhoso quanto ter desenhado um abacaxi que não deveria estar ali.

Foi esquisito virar na Pennsylvania Avenue. Normalmente, a parte da rua que fica na frente da Casa Branca é totalmente fechada para os carros. A única maneira de passar na frente da cerca que protege a casa do presidente é a pé.

Mas, como éramos convidados especiais, pudemos atravessar a enorme barreira que bloqueia a rua. Um monte de policiais estava ali, e eles conferiram a placa do nosso carro e a carteira de motorista do meu pai, daí abaixaram a barreira e nós passamos por cima dela.

E daí ficamos na frente do número 1.600 da Pennsylvania Avenue, que é o endereço da Casa Branca.

Mas a gente não era, de jeito nenhum, as únicas pessoas que estavam por ali. Para começar, o lugar estava lotado de guardas, a cavalo ou de bicicleta e também a pé. Eles estavam todos por ali, conversando entre si. Olharam para o nosso carro com curiosidade quando passamos. A Lucy acenou. A maior parte deles respondeu com outro aceno.

Mas não eram só guardas que estavam ali pela frente da Casa Branca. Tinha uns caras vendendo camisetas e bonés do FBI e uns outros caras com *displays* de cartolina do presidente em tamanho real; você podia sentar ao lado das figuras e tirar uma foto, na frente da Casa Branca.

E, apesar de já estar escuro lá fora, tinha um monte de turistas, famílias inteiras, todos pedindo uns aos outros que tirassem fotos deles na frente da enorme cerca de ferro batido preto que circundava a casa do presidente.

Também tinha manifestantes. Alguns estavam ali havia obviamente muito tempo, já que tinham até construído uma favelinha de barracas e de cabanas de compensado, com faixas esticadas na frente, mostrando a causa que defendiam. CHEGA DE ARMAS NUCLEARES, dizia uma. Outra, mostrava: VIVA COM A BOMBA, MORRA COM A BOMBA. Preciso reconhecer que, no que diz respeito a radicais, eles não pareciam formar uma turma muito impressionante.

E além do mais, estava bem frio e chovia um pouquinho. Quem é que vai querer fazer uma manifestação na garoa?

Finalmente, tinha repórteres. Tinha um montão de repórteres. Quase tantos quanto na frente da nossa casa quando saímos. Só que a Casa Branca tinha reservado um lugar especial no gramado para os jornalistas se aglomerarem no jardim. Eles tinham luzes enormes e um monte de microfones a postos, um para cada rede de televisão. Quando viram nossa minivan se dirigindo para o Portão Noroeste de Compromissos (para onde tínhamos sido enviados pelos guardas da primeira barreira) os repórteres começaram a se projetar em nossa direção, e o pessoal das câmeras começou a virar suas luzes fortíssimas para nós.

— Ali está ela! — eu os ouvia dizer, apesar de todas as janelas estarem fechadas. — É ela! Tira a foto! Tira a foto!

E não eram só os repórteres que estavam tentando tirar fotos do nosso carro, conosco lá dentro. Todos os turistas que estavam parados na frente da cerca de ferro batido se viraram quando perceberam a confusão e também começaram a tirar fotos de nós. Foi tipo encostar uma limusine na entrada do Oscar, ou qualquer coisa assim. Só que a gente estava em uma minivan Volvo, e não tinha mesmo nenhuma atriz famosa por ali.

Uns caras de uniforme saíram da guarita atrás do portão e olharam para as hordas de repórteres em disparada por cima do ombro. Um deles deu um passo à frente para bloquear o caminho que eles estavam usando para chegar até o carro, enquanto o outro fez sinal para que entrássemos pelo portão que se abria lentamente.

Enquanto tudo isso acontecia, minha mãe virou-se do assento direito dianteiro e mandou, com uma voz grave e em tom de súplica:

— Lucy, eu apreciaria imensamente se, pelo menos desta vez, você não ficasse falando de roupas durante toda a refeição. Rebecca, eu sei que você tem algumas perguntas para fazer ao presidente a respeito do que aconteceu em Roswell, mas estou fazendo um pedido pessoal para que você as guarde para si. E Samantha. Por favor. Estou implorando: não comece a brincar com a comida. Se você não gostar de alguma coisa, simplesmente deixe no prato. Não vai ficar lá meia hora só mudando a disposição das coisas.

Achei que isso foi injusto. Quando você muda a disposição da sua comida, a maior parte das pessoas acha que você comeu pelo menos um pouco.

E daí entramos pelo portão aberto, deixando para trás os repórteres, os flashes das câmeras e as lâmpadas fortíssimas, em direção à porta da frente da Casa Branca.

Quando você está na frente da casa do presidente, mesmo que seja da cerca de ferro, na Pennsylvania Avenue, a casa onde o presidente mora parece meio pequena. Isso porque a rotunda, que é aquela coisa redonda cheia de pilares que sai do meio da Casa Branca, na verdade é a parte do fundo da casa. A frente, onde fica a entrada, não é nem de perto tão impressionante. Na verdade, sempre que eu via aquilo, ficava me perguntando como é que conseguiam enfiar tantos salões em um lugar tão pequeno.

Mas daí, quando você vê uma foto dos fundos da casa, que é o lugar que sempre aparece nas notícias, nos filmes e nessas coisas, você fica tipo: Ah, tá, já entendi.

Quando estacionamos na frente da casa, um homem de uniforme que estava parado na frente da porta se retesou em uma pose de total atenção enquanto um outro veio abrir a porta da minha mãe.

Daí nós todos pisamos em um tapete vermelho e a porta da frente se abriu, e lá estava a primeira-dama nos cumprimentando e nos convidando para entrar. Bem atrás dela estava o presidente, que apertou a mão do meu pai e disse:

— Como vai, Richard?

Ao que meu pai respondeu:

— Muito bem, obrigado, senhor Presidente.

Então o presidente e sua mulher nos conduziram para dentro da Casa Branca tão casualmente como se apenas tivéssemos dado uma passadinha ali para um churrasco no quintal ou qualquer coisa assim. Só que, obviamente, ninguém usa meia-calça fina nem *tailleur* da Ann Taylor para um churrasco no quintal. Preciso reconhecer, apesar de todo mundo estar sendo tão atencioso e tal, que me sentia bem desconfortável. E não era só por causa do meu gesso idiota, nem porque a Lucy tinha me obrigado a usar o condicionador de cavalo de novo, de modo que o meu cabelo parecia macio fora do normal, nem mesmo porque eu sabia, simplesmente sabia, que de um jeito ou de outro ia acabar aparecendo couve-flor no meu prato. Mas eu estava entrando em pânico porque, por mais à vontade que o presidente e sua mulher parecessem, a gente estava na *Casa Branca.*

E nem era naquelas partes que você vê no tour público, mas sim na parte da família, que ninguém nunca vê, a não ser na TV, e mesmo assim sempre é mostrando a *ideia* que um diretor qualquer faz de como são os aposentos reservados da família, e não a coisa como é de verdade. A decoração de fato parecia com a de uma pousada, para mim, tipo uma em que nos hospedamos uma vez em Vermont. Mas daí eu achei que talvez não estivesse sendo justa, porque o presidente e a família dele só moravam lá havia pouco mais de um ano e talvez ainda não tivessem tido tempo de se acomodar.

E, além disso, esta aqui não era a casa *de verdade* deles.

Daí entramos na sala e a primeira-dama nos mandou sentar e ofereceu algo para bebermos, e eu me sentei, e o David entrou...

E estava exatamente igual àquele dia no ateliê da Susan Boone! Estava usando uma camiseta da Big Fish em vez da Save Ferris. Mas, fora isso, era como se aquele outro David, com as calças de pregas, nem mesmo existisse.

— Ah, David — disse a mãe, desolada, ao vê-lo. — Achei que tinha mandado você se trocar para o jantar.

Mas o David só sorriu e esticou o braço para pegar um pouco do mix de castanhas no potinho que estava sobre a mesinha de centro na minha frente.

— Eu me troquei para o jantar *sim* — respondeu.

Percebi que ele só pegou as castanhas de caju salgadas e deixou as castanhas-do-pará no potinho. Eu entendia perfeitamente. Castanha-do-pará é horrível.

Daí o jantar ficou pronto. Comemos em uma das salas de jantar formais. Dava para ver que a Lucy ficou muito feliz com isso, já que a roupa dela, que era azulão, combinava melhor com a decoração da sala de jantar formal do que com a da particular. A Theresa também ficou animada com o serviço de jantar. Era a louça formal da Casa Branca, com a borda de ouro de verdade. Theresa disse que não se pode colocar pratos com borda de ouro no lava-louças, é preciso lavar tudo na mão. A ideia de que alguém iria lavar a mão o prato em que Theresa estava comendo a deixava muito feliz.

Eu era provavelmente a única pessoa infeliz na sala. Isso porque, assim que nos sentamos, percebi que estava encrencada, já que a primeira coisa que serviram foi uma saladona com tomates-cereja gigantescos. Por sorte, o molho era OK, do tipo normal de iogurte, de modo que eu comi toda a alface em volta dos tomates e fiquei torcendo para ninguém perceber que eles continuavam ali.

Só que, infelizmente, eu estava sentada no lugar de honra, bem do lado do presidente, e ele reparou total. Ele se inclinou para mim e mandou:

— Sabe que esse tomates aí foram importados da Guatemala? Se você não comer, vai causar o maior incidente internacional.

Eu tinha muita certeza de que ele estava brincando, mas não foi nada divertido para mim. Eu não queria que ninguém pensasse que eu não estava apreciando totalmente o fato de eles oferecerem um jantar tão bacana para a gente, ou qualquer coisa assim.

De modo que o que eu fiz foi colocar os tomates dentro do guardanapo dobrado no meu colo quando ninguém estava olhando.

Isso funcionou surpreendentemente bem. Tão bem que, no prato seguinte, que era sopa de marisco tipo New England, eu comi toda a sopa e daí, de novo quando ninguém estava olhando, coloquei todos os pedacinhos de marisco no guardanapo.

Quando a sobremesa estava para ser servida, já tinha meio quilo de comida no meu guardanapo, inclusive um pedaço de linguado recheado de caranguejo; uma seleta de legumes com ervilhas, cenouras e cebolinhas; algumas batatas coradas e um pedaço de *focaccia* de cebola.

Foi muito fácil para mim esconder toda essa comida, já que os adultos estavam envolvidos em uma conversa muito animada a respeito da situação econômica na África do Norte. A única coisa que eu não consegui me esquivar de comer foi o tomate cortado para parecer uma rosa, que foi servido como guarnição das batatas coradas, e que a primeira-dama colocou no meu prato, toda gentil.

— Uma rosa para uma rosa — disse, com um sorriso simpático.

O que eu podia fazer? Tinha que comer. Todo mundo estava olhando para mim. Engoli o melhor que pude em uma única bocada e tomei por cima mais ou menos a metade do meu copo de chá gelado, que foi a bebida destinada para o pessoal menor de 21 anos. Quando coloquei o copo na mesa, vi que a Rebecca, que tinha começado a me observar com extrema atenção no minuto em que a primeira-dama colocou o tomate no meu prato, fez uma coisa muito estranha: ergueu as mãos e fingiu que estava aplaudindo. Às vezes ela faz umas coisas fofas assim, que me fazem desconfiar que talvez ela não seja um robô, no final das contas.

Foi mais ou menos a essa altura que percebi uma coisa terrível: meu guardanapo estava vazando. Aquele monte de comida lá dentro ainda não tinha manchado a minha saia, mas isso ia acontecer já, já. Eu não tinha outra saída além de pedir licença e fingir que ia ao banheiro. Então, bem sorrateira, levei o guardanapo comigo, todo amassado na mão, como se tivesse esquecido que ele estava lá.

Para todo lado que se vai na Casa Branca, tem agentes do Serviço Secreto de olho em você. Na verdade, são uns caras e umas moças bem legais. Quando saí da sala de jantar, perguntei a uma delas onde ficava o banheiro mais próximo e ela me acompanhou até lá. Quando estava trancada lá dentro, em segurança, joguei o jantar na privada e dei a descarga. Eu me senti meio mal, desperdiçando toda aquela comida, quando tem um monte de gente morrendo de fome, sabe como é, tipo o pessoal que mora nos Apalaches.

Mas o que mais eu podia fazer? Teria sido muita falta de educação ter deixado tudo aquilo no prato.

O problema do guardanapo, ensopado de caldinho de carne de caranguejo, foi resolvido com muita facilidade pois o banheiro, que era muito chique, tinha um monte de toalhas de mão para os visitantes, e uma cesta dourada para jogá-las depois de usar. Lavei as mãos, usei algumas toalhinhas e as joguei na cesta, em cima do guardanapo. Quem esvaziasse a cesta ia achar que eu simplesmente tinha me distraído e jogado o guardanapo ali.

Eu estava me sentindo muito bem com aquilo tudo (menos com o fato de que, sabe como é, eu estar quase morrendo de fome, já que não tinha nada no estômago além de uma guarnição de tomate) quando, no caminho de volta até a sala de jantar, eu praticamente dei um encontrão no David, que parecia estar indo em direção ao banheiro do qual eu acabara de sair.

— Ah — exclamou ele quando me viu. — E aí?

— Tudo certo — respondi. Daí, porque aquilo era estranho, por ele ser o filho do presidente e tudo o mais, tentei me desviar dele e sair fora o mais rápido possível.

Só que não fui rápida o bastante, já que ele me deu aquele sorrisinho dele e mandou:

— Então. Você não jogou o guardanapo na privada também, jogou?

★ 12 ★

Não dava para acreditar. Fui pega no pulo! Tinha me ferrado!

Senti meu rosto ficar vermelho até as raízes com condicionador de cavalo dos meus cabelos.

Mesmo assim, tentei. Tentei fingir que não sabia do que ele estava falando.

— Guardanapo? — perguntei pensando que, com meu cabelo vermelho e meu rosto escarlate, eu provavelmente parecia uma tigelona de sorvete de morango. — Que guardanapo?

— Aquele que você usou para esconder o jantar inteiro — disse David, com cara de quem estava se divertindo. Os olhos dele pareciam mais verdes do que nunca. — Espero que você não tenha tentado jogar na privada e dar a descarga. Os canos desta casa são bem velhos. Você poderia causar o maior alagamento, sabe como é.

Seria mesmo muito azar causar um alagamento na Casa Branca.

— Não joguei o guardanapo na privada — disse rapidamente, olhando de canto de olho, nervosa, para a agente do

Serviço Secreto que não estava muito longe dali. — Coloquei na cesta com as toalhinhas de mão sujas. Só joguei a comida na privada — e foi aí que tive um pensamento aterrador. — Mas tinha bastante coisa. Você acha mesmo que pode entupir o encanamento?

— Sei lá — fez ele, com cara de sério. — Era um pedação de linguado.

Tinha alguma coisa na expressão dele (talvez o jeito de uma das sobrancelhas escuras, que estava levantada enquanto a outra ficava abaixada, tipo as orelhas do Manet ficam quando ele está pronto para brincar) que me fez perceber que o David só estava tirando um sarro.

Mas eu não achei aquilo muito engraçado. Tinha mesmo ficado com medo de ter quebrado a Casa Branca.

Então falei em um sussurro, para a agente do Serviço Secreto no fundo do corredor não ouvir:

— Isso não foi muito legal da sua parte.

Eu nem pensei no fato de que ele era, sabe como é, o primeiro-filho nem nada disso. Tipo assim, eu estava simplesmente louca da vida. Todo mundo vive falando que as pessoas ruivas são esquentadinhas. Se você é ruiva e fica brava, pode apostar que alguém vai falar algo do tipo: "Ahhh, olha aí a ruivinha. Você sabe que os ruivos são esquentadinhos."

O que geralmente me deixa ainda mais louca da vida.

Mas é claro que eu *tinha mesmo* jogado na privada a maior parte do jantar que a mãe do David tinha me servido. Para falar a verdade, talvez fosse por isso que eu estava tão louca da vida... porque o David tinha me pegado fazendo um desperdício daqueles. É, eu estava louca da vida, mas também estava bem envergonhada.

Mas estava mais louca da vida. Então dei meia-volta e comecei a caminhar de volta para a sala de jantar.

— Ah, que é isso — disse David, rindo, dando meia-volta ele também e me alcançando. — Você precisa reconhecer que foi meio engraçado. Tipo assim, eu peguei você direitinho. Você achou mesmo que os canos iam explodir.

— Achei nada — respondi, apesar de ser exatamente aquilo que eu tinha pensado. E também já tinha visualizado as manchetes do dia seguinte: GAROTA QUE SALVOU A VIDA DO PRESIDENTE FAZ TODO O ENCANAMENTO DA CASA BRANCA EXPLODIR POR TER ENFIADO O JANTAR INTEIRO NA PRIVADA.

— Achou sim, total — insistiu David. Ele era tão mais alto do que eu que só precisava dar um passo a cada dois meus. — Mas eu já devia saber que você não aguenta uma piada.

Parei de repente no meu trajeto e virei o corpo para trás para olhar para ele. Ele era bem alto (até mais alto do que o Jack), de modo que eu tive que levantar muito o queixo para olhar dentro daqueles olhos verdes que a Lucy tanto admirava. Eu nem queria olhar para a outra parte do corpo dele que ela havia mencionado.

— Como assim, eu não aguento uma piada? — perguntei, brava. — Como é que você sabe se eu aguento piada ou não? Você mal me conhece!

— Eu sei que você é do tipinho artista sensível — desafiou David, com aquele mesmo sorrisinho sabe-tudo que havia lançado para a mãe ("Eu me troquei para o jantar *sim*").

151

— Não sou nada — exclamei, furiosa, apesar de ser sim, totalmente. Na verdade, nem sei por que me dei ao trabalho de negar. Mas era que, do jeito que ele falou, parecia uma coisa muito ruim.

Mas é claro que não tinha nada de errado em ser uma artista sensível. O Jack Ryder é a prova viva disso.

— Ah é? — continuou David. — Então por que é que você não voltou ao ateliê depois do Negócio do Abacaxi?

Foi exatamente assim que ele falou, com letras maiúsculas. O Negócio do Abacaxi.

Senti que estava ficando toda vermelha de novo. Não dava para acreditar que ele estava lembrando o que tinha acontecido na minha primeira aula com a Susan Boone. Tipo assim, que cara mais insensível!

— Não estou dizendo que você não seja uma artista boa de verdade — contemporizou David. — Mas só que você, sabe como é, você é meio esquentadinha — fez um gesto com a cabeça na direção da sala de jantar. — E também meio fresca para comer. Está com fome?

Olhei para ele como se fosse louco. Na verdade, eu tinha toda certeza de que ele *era* louco. Tipo assim, apesar do gosto de música e de sapato, para mim parecia que o primeiro-filho tinha uns parafusos soltos.

Mas, afinal de contas, ele reconheceu que eu era mesmo uma boa artista, então talvez ele não fosse *tão* louco assim.

Antes de eu ter a oportunidade de negar que estava com fome, meu estômago falou por mim, soltando, bem naquela hora, o ronco mais vergonhoso de todos, indicando que só tinha dentro de si um pouco de alface e uma guarnição de tomate, e que isso era inaceitável.

O David nem fingiu, como uma pessoa normal faria, que não tinha ouvido. Em vez disso, mandou:

— Achei que estava mesmo. Olha só, eu estava indo ver se consigo arrumar alguma comida de verdade. Quer vir junto?

Então eu tive certeza de que ele *era* louco. Não só porque ele tinha se levantado da mesa no meio do jantar para procurar comida alternativa, mas também porque ele estava falando para eu ir procurar comida alternativa com ele. *Eu.* A garota que ele tinha acabado de pegar jogando fora um guardanapo cheio de comida perfeitamente boa.

— Eu... — respondi, totalmente confusa. — Tipo assim, nós... a gente não pode simplesmente *sair*. No meio do *jantar*. Na *Casa Branca*.

— Por que não? — perguntou ele, dando de ombros.

Pensei sobre o assunto. Havia um monte de razões por que não. Para começar, porque era a maior falta de educação. Tipo assim, pense bem no que ia parecer. E porque... porque a gente simplesmente não *deve fazer* coisas assim.

Comentei tudo isso, mas o David pareceu não se abalar.

— Mas você está com fome, não está? — perguntou. E então, afastando-se pelo longo corredor coberto de tapetes persas, ele prosseguiu: — Vamos lá. Você sabe que quer.

Eu não sabia o que fazer. Por um lado, aquele jantar lá era para mim e, como convidada de honra, eu sabia que não podia simplesmente jantar e sair fora. Além disso, o primeiro-filho era claramente louco. Será que eu tinha vontade de sair andando por uma casa desconhecida ao lado de um louco?

Por outro lado, eu estava morrendo de fome. E ele *tinha* dito que eu era uma boa artista...

Olhei para a agente do Serviço Secreto para ver o que ela achava. Ela sorriu para mim e fez um sinal, como se estivesse lacrando o canto da boca com fecho ecler. Bom, resolvi que se *ela* achava que não era uma coisa tão errada assim para se fazer, e ela era adulta e tudo o mais (e responsável o suficiente para carregar uma arma de fogo), talvez não tivesse problema...

Dei meia-volta e me apressei para alcançar o David, que já estava na metade do corredor àquela altura.

Ele não pareceu muito surpreso ao me ver ao seu lado. Em vez disso, falou, como se estivesse simplesmente continuando alguma conversa que estávamos tendo em algum universo paralelo:

— E aí, cadê a sua bota?

— Bota? — repeti. — Que bota?

— Aquela que você estava usando na primeira vez que eu vi você. Com as margaridas de corretivo desenhadas.

A bota que ele tinha dito que era legal. Dãh.

— Minha mãe não deixou eu pôr aquela bota — respondi. — Ela achou que não era adequada para um jantar na Casa Branca. — Olhei para ele de canto de olho. — *Nenhuma* das roupas que eu tenho é adequada para jantar na Casa Branca. Precisei comprar um monte de roupa nova. — Dei alguns puxões para arrumar meu *tailleur* azul-marinho, que era mesmo desconfortável. — Tipo esse troço aqui.

— E como é que você acha que eu me sinto? — perguntou David. — Preciso jantar na Casa Branca todo dia.

Olhei com desgosto para a camiseta dele.

— É, mas é óbvio que ninguém manda você se arrumar.

— Só nos jantares oficiais, não nos particulares. Mas preciso ficar bem-vestido todo o resto do tempo.

Mas eu sabia que isso não era verdade.

— Você não estava arrumadinho na aula de desenho.

— De vez em quando me dão uma trégua — comentou, com mais um daqueles sorrisinhos. Tinha algo de misterioso naqueles sorrisinhos do David. Na maioria das vezes, parecia que ele estava rindo de alguma piadinha particular que ele fazia para si mesmo. E me deixavam com vontade de participar. Sempre que o Jack pensava em alguma coisa engraçada, ele falava na hora. Às vezes, repetia umas três ou quatro vezes, só para se assegurar de que todo mundo tinha ouvido.

O David parecia bem contente de guardar todas as suas tiradas geniais para si mesmo.

O que era meio irritante. Afinal, como é que eu ia saber se ele estava rindo de mim?

E daí o David apertou um botão em uma porta, que abriu e mostrou um elevador. Eu não deveria ter ficado surpresa pelo fato de a Casa Branca ter elevador, mas fiquei. Acho que foi porque, por um instante, eu esqueci onde eu estava e achei que aquela era uma casa normal. Além disso, nunca mostravam o elevador nas excursões da escola.

Entramos no elevador, e o David apertou o botão para descer. A porta fechou, e nós descemos.

— Então — começou ele, enquanto o elevador se movia. — Por que você faltou?

Eu não fazia a mínima ideia do que ele estava falando. Mas eu deveria saber.

— Faltei o quê?

— Você sabe. À aula de desenho, depois do Negócio do Abacaxi.

Engoli em seco.

— Achei que você já tinha entendido o que aconteceu — respondi. — Você disse que era por eu ser uma artista sensível e tudo mais.

A porta do elevador abriu, e o David fez um sinal para eu sair antes dele.

— Sei, mas eu queria ouvir a sua versão.

Ah é, aposto que sim.

Mas eu não ia dar esse prazer a ele. De jeito nenhum. Ele só ia, eu sei, tirar sarro da minha cara. O que seria, na essência, a mesma coisa que tirar sarro da cara do Jack. E isso eu não ia aguentar.

Em vez disso, eu só disse, com leveza:

— Acho que eu e a Susan Boone não temos a mesma opinião a respeito da licença criativa.

David olhou para mim, com uma sobrancelha levantada e a outra abaixada, de novo. Só que, dessa vez, eu estava totalmente certa de que ele não estava brincando.

— É mesmo? — quis saber. — Tem certeza? Porque eu acho que a Susan é bem legal com esse tipo de coisa.

Só. Superlegal. Tão legal que fez uma chantagem comigo para me obrigar a voltar à aula.

Mas não falei isso em voz alta. Parecia que não seria muito educado discutir com alguém que parecia prestes a me dar o que comer.

Percorremos mais um corredor que não era coberto de tapetes nem todo decorado. Daí o David abriu outra porta e nós entramos em uma cozinha enorme.

— Ei, Carl — David chamou um cara vestido de chef que estava ocupado colocando chantili em um monte de potinhos de musse de chocolate. — Tem alguma coisa boa de comer por aqui?

Carl levantou o olhar de suas criações, deu uma olhada para mim e quase gritou:

— Samantha Madison! A garota que salvou o mundo! Como vai?

Tinha mais um monte de gente na cozinha, e todo mundo estava ocupado, limpando e guardando coisas. Percebi que a Theresa estava errada a respeito dos pratos com borda dourada. Dava super para colocar no lava-louças e, para falar a verdade, era isso que os empregados da Casa Branca estavam fazendo. Mas todo mundo parou quando me viu, e os empregados se juntaram à minha volta para me agradecer por ter impedido que o chefe deles levasse um tiro na cabeça.

157

— Qual era o problema do linguado? — Carl quis saber, depois de toda a sua equipe me parabenizar. — Você sabe que o recheio era de caranguejo de Maryland mesmo, né? Comprei fresquinho, hoje de manhã.

David foi até a geladeira de proporções industriais e a abriu.

— Achei que era meio, assim, sabe como é — para um cara que estudava no Horizon, o David com certeza não falava igual a alguém que tem diploma de gênio. — Sobrou algum daqueles hambúrgueres que a gente comeu no almoço?

Eu me iluminei com a palavra *hambúrguer*. Carl percebeu e disparou:

— Você quer hambúrguer? A moça quer hambúrguer. Samantha Madison, vou preparar um hambúrguer como você nunca viu na vida. Sente-se aí. Não se mexa. Esse hambúrguer vai deixar você sem fôlego.

Eu já estava sem fôlego, mas achei que não valia a pena mencionar o fato. Sentei no banco que Carl indicou. David sentou no banco ao lado, e ficamos observando enquanto Carl, movendo-se tão rapidamente que parecia quase um borrão, jogou dois hambúrgueres em cima de uma chapa sobre o fogão e começou a prepará-los para nós.

Era esquisito estar na cozinha da Casa Branca. Era esquisito estar na cozinha da Casa Branca com o filho do presidente. Para mim, seria esquisito estar com um garoto em qualquer lugar, já que eu não faço muito sucesso entre os garotos. Tipo assim, eu não sou a Lucy. Nenhum cara fica me ligando a cada cinco minutos... nem nunca, para falar a verdade.

Mas o fato de ser *este* garoto, e *neste* lugar, deixava as coisas particularmente esquisitas. Não dava para entender por que o David estava sendo tão... bom, acho que *legal* é a única palavra que serve para descrever a situação. Tipo assim, brincar com a ideia de que eu tivesse potencialmente entupido uma privada da Casa Branca não foi muito legal. Mas me oferecer um hambúrguer em uma hora que eu estava praticamente morrendo de fome foi uma atitude bem decente.

Tinha que ser só porque eu tinha salvado o pai dele. Tipo assim, por que outra razão seria? Ele se sentia agradecido pelo que eu tinha feito. O que era totalmente compreensível.

O que não era muito compreensível para mim era por que ele estava se dando a tanto trabalho.

Fiquei ainda mais confusa quando o Carl colocou dois pratos enormes na nossa frente (cada um deles continha um hambúrguer enorme e uma pilha gigante de batatas fritas douradas) e mandou:

— *Bon appétit*, gente.

Daí o David pegou o prato dele e o meu e pediu:

— Vem comigo.

Peguei duas latas de refrigerante que o Carl tirou da enorme geladeira industrial e segui o David pelo corredor, até o elevador.

— Onde é que a gente está indo?

— Você vai ver — respondeu David.

Normalmente, essa resposta não teria sido satisfatória para mim. Mas eu não falei mais nada sobre o assunto, porque estava chocada demais com o fato de um garoto ser legal comigo. O único garoto que já tinha sido remotamente legal comigo antes disso tinha sido o Jack.

Mas o Jack é obrigado a ser legal comigo, pelo fato de eu ser irmã da namorada dele. Além disso, é claro que o Jack tem um desejo secreto por mim. É até possível que a única razão por que ele fica com a Lucy seja por ele não saber que eu correspondo a seu sentimento ardoroso. Se algum dia eu tivesse coragem de dizer para ele o que sinto, as coisas podiam ser totalmente diferentes...

Mas o David. O David não *tinha* que ser legal comigo. Então, por que estava sendo? Não podia ser porque gostava de mim, sabe como é, como garota. Porque, hum, se liga, a Lucy estava logo ali em cima, no fim do corredor. Que cara com a cabeça no lugar ia preferir a mim e não à Lucy? Tipo assim, era a mesma coisa que escolher a Skipper em vez da Barbie.

Quando saímos do elevador, em vez de voltarmos para a sala de jantar, onde todo mundo estava, o David virou na outra direção, para uma porta na outra ponta do corredor. Atrás dela, eu logo tive oportunidade de ver, havia um lugar tipo uma sala de estar muito formal, com janelas enormes que tinham vista para o gramado em descida da Casa Branca até o Washington Monument, que parecia majestoso, aceso no meio da noite.

— O que você acha disso? — David perguntou, colocando os hambúrgueres em uma mesinha na frente das janelas. Daí ele pegou duas poltronas e colocou perto da mesa.

160

— Hum — foi tudo o que eu disse, por ainda estar em estado de choque (e cheia de suspeita) pelo fato de esse garoto fofo (mas meio esquisito) querer comer comigo. *Eu.* Samantha Madison. — Acho ótimo.

Nós dois sentamos, iluminados pelas luzes da rotunda. Teria sido quase romântico, se não tivesse um agente do Serviço Secreto parado do outro lado da porta. E, ah, se o David estivesse remotamente interessado em mim daquele jeito, que com certeza ele não estava, devido ao fato de para ele eu ser apenas a garota esquisita, tipo gótica, que tinha salvado o pai dele e que também gosta de desenhar abacaxis quando não existe nenhum para ser desenhado.

E mesmo que ele gostasse de mim, sabe como é, de um jeito romântico, ainda há o fato inegável de que eu estou apaixonada pelo namorado da minha irmã.

Tanto faz. Eu estava com tanta fome àquela altura que nem ligava se o David só estivesse sendo legal comigo por ter pena de mim, ou qualquer coisa assim.

Desde a primeira mordida eu já sabia: o Carl estava certo. Ele tinha mesmo feito um dos melhores hambúrgueres que eu já tinha comido. Antes de parar para respirar, comi metade do prato.

David, que tinha ficado me observando enquanto eu comia com uma cara perplexa (nas raras ocasiões em que eu acho alguma coisa de que gosto mesmo de comer, mergulho de cabeça), mandou:

— Está melhor?

Não consegui responder porque estava muito ocupada mastigando. Mas fiz um sinal de positivo para ele com a mão do braço engessado.

— E aí, está doendo? — quis saber, apontando para o meu pulso quebrado.

Engoli o bocado de carne que estava dentro da minha boca. Eu queria mesmo ser vegetariana. Sério. É de se pensar que uma artista seria uma pessoa muito mais consciente a respeito do sofrimento alheio, até mesmo dos bovinos. Mas hambúrgueres são simplesmente bons demais. Não dá para abrir mão deles, nunca.

— Agora não está mais doendo muito — respondi.

— Como é que ninguém ainda assinou?

— Estou guardando para a aula de alemão — respondi, olhando para a grande porção de gesso branco em volta do meu pulso.

Ele entendeu o que eu quis dizer. Ninguém mais tinha entendido, a não ser, obviamente, o Jack. Só os verdadeiros artistas compreendem o fascínio exercido por uma tela em branco.

— Ah, claro — concordou ele, compreensivo. — Vai ser legal. Então, o que é que você vai fazer? Alguma estampa havaiana? Acho que vai fazer um monte de abacaxis, né?

Dei um olhar bem torto para ele.

— Acho que vou escolher algum tema patriótico — disse.

— Ah — respondeu. — Claro. O que poderia combinar melhor? Afinal, você é uma Madison e tal.

— O que é que isso tem a ver? — eu quis saber.

— James Madison — David disse, com as sobrancelhas erguidas de novo. — O quarto presidente. Ele era seu parente, né?

— Ah — exclamei, sentindo-me uma tapada. — Ele. Não, acho que não.

— É mesmo? — David parecia surpreso. — Tem certeza? Porque você e a mulher dele, Dolley, têm muita coisa em comum.

— Eu e a *Dolley Madison* — ri. — Tipo o quê?

— Bom, ela também salvou um presidente.

— Ah, é? — perguntei, ainda rindo. — Ela deu uns tapinhas nas costas do velho James para ele não engasgar ou algo assim?

— Não — respondeu David. — Ela salvou um retrato de George Washington de um incêndio na Casa Branca quando os britânicos atacaram, na guerra de 1812.

Espera um pouco. Os britânicos tinham queimado a Casa Branca? Quando foi que isso aconteceu?

Obviamente, durante alguma guerra a respeito da qual ainda não tínhamos aprendido na John Adams. A gente só tem aula de História Americana no segundo ano do ensino médio.

— Uau. Que legal — exclamei, do fundo do coração. Na aula de história, ninguém nunca ensina nada legal, tipo alguma primeira-dama correndo de um lado para o outro para salvar alguma pintura. Em vez disso, a gente só ouve falar daqueles pais peregrinos idiotas e daquele chato do Aaron Burr.

— Tem certeza de que vocês não são parentes?

— Tenho — respondi, chateada. Imagine que legal se eu fosse mesmo parente de alguém que fez algo tão corajoso quanto salvar uma peça de arte de um incêndio. Legal demais para colocar em palavras, para falar a verdade. *Será* que nós éramos parentes da Dolley Madison? Tipo assim, minha mãe vivia dizendo que eu devia ter herdado meu temperamento artístico do lado da família do meu pai, já que não tinha nenhum artista do lado dela. Era óbvio que os Madison tinham sido amantes da arte através dos tempos.

Só que deve ter pulado algumas gerações, já que eu era a única representante da família que sabia desenhar.

De repente, o David se levantou e foi até a janela.

— Vem aqui olhar isso — chamou, puxando a cortina para o lado.

Levantei para segui-lo com curiosidade, aí vi que ele apontava para o parapeito da janela. Era pintado de branco, igual ao resto do friso da sala.

Mas, gravado bem fundo na tinta, algumas palavras tinham sido escritas no parapeito. Olhando mais de perto, deu para identificá-las: Amy... Chelsea... David...

— O que é isso? — eu quis saber. — O parapeito da janela em memória aos primeiros-filhos?

— Algo assim — respondeu David.

E daí tirou alguma coisa do bolso da calça. Era um daqueles canivetinhos suíços. Aí ele começou a gravar alguma coisa na madeira. Eu provavelmente não teria dito nada se não tivesse visto que a primeira letra que ele escreveu foi *S*.

— Ei! O que é que você está fazendo? — indaguei, um pouco apreensiva. Tipo assim, sou uma rebelde urbana e tudo, mas vandalismo que não seja em nome de nenhuma causa por que valha a pena lutar não passa disso. De vandalismo.

— Ah, peraí — exclamou David, sorrindo para mim. — Quem merece mais isso do que você? Não só é possível que você seja parente de um presidente como também salvou a vida de outro.

Olhei para trás, por cima do ombro, toda nervosa, para a porta, sabendo que do outro lado estava um agente do Serviço Secreto. Tipo assim, fala sério. Filho do presidente ou não, isso aí era destruição do patrimônio público. E não um patrimônio público qualquer, a *Casa Branca*. Tenho certeza de que alguém poderia ser condenado a vários anos de prisão por profanar a Casa Branca.

— David — pedi, abaixando o tom de voz para que ninguém pudesse escutar. — Não precisa fazer isso.

De tão concentrado no trabalho (ele estava agora na letra *A*), o David nem respondeu.

— Estou falando sério — continuei. — Tipo assim, se você quiser me agradecer por ter salvado o seu pai, o hambúrguer já está bom, pode acreditar.

Mas já era tarde demais, porque ele já tinha começado o *M*.

— Acho que você está pensando que, só porque o seu pai é presidente, você não vai se ferrar por isso — prossegui.

— Não vou me ferrar muito — David disse enquanto gravava o meu nome. — Tipo assim, apesar de tudo, eu ainda sou menor — e deu um passo atrás para admirar sua obra de arte.

— Pronto. O que você acha?

Olhei para o meu nome, Sam, bem ali ao lado do nome da Amy Carter e do da Chelsea Clinton, sem falar no do David. Fiquei torcendo para que a próxima família a se mudar para a Casa Branca não fosse muito grande, porque não tinha mais lugar no parapeito para os filhos escreverem o nome.

— Acho que você é louco — respondi, e não foi de brincadeira. O que também era uma pena, porque ele era meio fofo.

— Ah — fez David, fechando o canivete suíço e guardando de volta no bolso. — Isso é muito ofensivo, principalmente vindo de uma garota que desenha abacaxis onde não existe nenhum, joga linguado recheado de caranguejo na privada e gosta de se atirar em cima de estranhos armados.

Fiquei olhando para ele durante um minuto, completamente estupefata.

Daí comecei a rir. Não dava para segurar. Afinal, tudo aquilo *era* mesmo engraçado.

O David também começou a rir. Nós dois estávamos parados ali, rindo, quando o agente do Serviço Secreto que estava no corredor entrou e mandou:

— David? Seu pai está procurando você.

Parei de rir. Pega no pulo de novo! Cheia de culpa, abaixei os olhos e olhei para o parapeito (isso sem falar nos pratos vazios).

Mas não havia tempo para ficar pensando nas minhas malvadezas, porque precisamos voltar correndo para a sala de jantar. Tipo assim, não dá para deixar o presidente dos Estados Unidos esperando.

Mas, quando entramos lá, descobrimos que não era só o presidente que estava esperando. Todos os rostos estavam voltados para a porta, cheios de expectativa. Quando David e eu a atravessamos, para minha enorme surpresa, todo mundo na sala começou a aplaudir.

No começo, não consegui entender por quê. Tipo assim, não deviam estar aplaudindo porque afinal David e eu tínhamos encontrado o caminho de volta do banheiro (não era possível que eles soubessem a respeito dos hambúrgueres, a não ser que a pessoa que serviu o musse tivesse contado. Será?).

Mas depois eu vi que a razão para todos aqueles aplausos não tinha nada a ver com isso. Descobri quando estava voltando para o meu lugar: a minha mãe deu um salto da cadeira e me parou no meio do caminho para me abraçar bem forte.

— Ah, querida, não é uma maravilha? — perguntou. — O presidente acabou de nomeá-la como embaixadora *teen* na Organização das Nações Unidas!

E, de repente, pareceu que todo aquele hambúrguer delicioso estava prestes a voltar.

★ 13 ★

— *E aí, onde* foi que você se enfiou? — a Lucy me perguntou, tipo, pela noningentésima vez.

— Lugar nenhum — respondi. — Vê se me deixa em paz.

— Só estou perguntando — disse Lucy. — A gente não pode nem fazer uma simples pergunta para você? Não precisa ficar toda brava por causa disso. A não ser, claro, que você estivesse fazendo algo, sabe como é, que não devia fazer.

Claro que era exatamente isso que eu estivera fazendo. Só que não era o que a Lucy estava pensando. Eu só tinha comido hambúrguer (e gravado as minhas iniciais no parapeito da janela da Casa Branca) com o filho do líder do mundo democrático.

— É só que vocês dois pareciam, sei lá... — Lucy dizia enquanto examinava os lábios no espelhinho do pó compacto. Ela tinha gastado uma meia hora contornando os lábios com lápis naquela manhã. Sabendo que hoje, no primeiro dia em que eu voltava à escola depois de toda aquela história de salvar o presidente, um monte de gente ia querer tirar foto dela.

Muita gente tirou mesmo foto dela (e de mim) quando saímos de casa e entramos na minivan (o Serviço Secreto tinha sugerido que, pelo menos durante algumas semanas, talvez fosse melhor se a Lucy e eu não fôssemos para a escola de ônibus, por isso a Theresa ia nos levar). De modo que a Lucy realmente tinha razão.

Mas não tinha razão nenhuma para achar que tinha alguma coisa rolando entre mim e o David.

— Amiguinhos — terminou a frase, fechando o estojo de pó compacto. — Você não acha que eles pareciam dois amiguinhos, Theresa?

A Theresa, que não é a melhor motorista do mundo, e que tinha ficado completamente abalada com todos os fotógrafos que tinham se jogado em cima do capô do carro para tentar tirar minha foto, só falou um monte de palavrões em espanhol quando o carro da frente deu uma fechada nela.

— Acho que vocês dois estavam muito amiguinhos — continuou Lucy. — Muito amiguinhos mesmo.

— Não tinha nada de amiguinho — respondi. — Nós só esbarramos um no outro no caminho do banheiro. Só isso.

A Rebecca, sentada no banco da frente, observou:

— Estou sentindo um certo *frisson* no ar.

Lucy e eu olhamos para ela como se fosse louca:

— Um o *quê?*

— Um *frisson* — Rebecca respondeu. — Um tremor de atração intensa. Detectei um *frisson* entre você e o David ontem à noite.

Fiquei pasmada. Porque é óbvio que não tinha existido nada disso. Por acaso eu estava apaixonada pelo Jack, não pelo David.

Mas é claro que eu não podia falar isso. Não em voz alta.

— Não tinha *frisson* nenhum. Não tinha absolutamente *frisson* nenhum. De onde é que você tirou uma ideia dessas?

— Ah — respondeu Rebecca de maneira muito polida. — De um daqueles romances de amor da Lucy. Tenho lido aqueles livros para melhorar meu traquejo social. E tinha com certeza um *frisson* entre você e o David.

Mas, por mais que eu negasse a existência de qualquer *frisson*, a Rebecca e a Lucy ficavam jurando que tinham visto aquilo. O que nem faz o mínimo sentido, já que eu duvido muito que os *frissons*, se é que existem, possam ser detectados pelo olho humano.

E por mais que o David seja fofo e tudo o mais, eu sou totalmente 100% dedicada ao Jack Ryder que, tudo bem, não parece corresponder exatamente ao meu amor, mas isso vai acontecer. Um dia desses o Jack vai cair na real e, quando isso rolar, estarei esperando.

Além do quê, o David não gosta de mim desse jeito. Ele só estava sendo legal comigo porque eu tinha salvado o pai dele. Só isso. Tipo assim, se elas tivessem ouvido quando ele ficou tirando sarro daquela coisa toda do abacaxi, elas iam desistir desse negócio de *frisson* na hora.

Mas tanto faz. Parecia que todo mundo estava empenhado em transformar a minha vida em um inferno: minhas irmãs; os repórteres que se aglomeravam no gramado de casa;

os fabricantes de certas marcas de refrigerantes de sucesso, que não paravam de enviar caixas e caixas de amostras de seus produtos lá para casa; minha própria família. Até o presidente dos Estados Unidos.

— O que faz exatamente a embaixadora *teen* dos Estados Unidos na ONU? — Catherine perguntou naquele mesmo dia, mais tarde. Estávamos na fila do almoço, o mesmo lugar em que ficávamos todos os dias da semana da nossa vida, tirando a época em que eu estava no maternal, o verão, os feriados nacionais e o ano que eu passei no Marrocos.

Mas, diferentemente de todas as outras vezes, naquele dia, todo mundo que estava à nossa volta olhava para mim e falava em um tom baixinho, de admiração. Uma garota da oitava série que era especialmente tímida veio até mim e perguntou se podia colocar a mão no meu gesso.

É. Nada como ser heroína nacional.

Eu estava tentando menosprezar aquela coisa toda. Estava mesmo. Por exemplo, desafiando completamente as ordens da Lucy: eu não tinha acordado uma hora mais cedo para passar condicionador de cavalo no cabelo. Não tinha colocado nenhuma das minhas calças de pregas novas da Banana Republic. Estava usando minhas roupas normais do dia a dia, totalmente pretas, e meu cabelo estava naquela bagunça normal do dia a dia.

Mesmo assim, todo mundo estava me tratando de um jeito diferente. Até os professores, que faziam piadas do tipo: "Para vocês que não estavam jantando na Casa Branca ontem à noite, será que alguém viu aquele documentário excelente a respeito do Iêmen no Canal Educativo?" e "Por favor, abram o livro na página 265... Quer dizer, só quem não quebrou o braço salvando a vida do presidente."

Nem o pessoal que trabalhava na lanchonete me deixava em paz. Assim que estendi a bandeja, a sra. Krebbetts me deu uma piscadinha conspiratória e disse: "Pronto, querida", e me deu uma fatia extra de torta de pasta de amendoim.

Na história da Escola Preparatória John Adams, a sra. Krebbetts nunca tinha dado uma fatia extra de torta de pasta de amendoim para ninguém. Todo mundo tinha medo da sra. Krebbetts, e com razão: se você a irritasse, podia ficar sem torta durante um ano inteiro.

E ali estava ela, distribuindo torta extra. O mundo que eu conhecia acabou em um estrondo.

— Tipo assim, você deve precisar fazer *alguma coisa* — Catherine, depois de se recuperar do incidente da torta, seguiu-me até a mesa que tradicionalmente dividíamos com umas outras garotas que, como a Catherine e eu, ficavam nas áreas adjacentes da popularidade (era tipo, a turma da tundra congelada na geografia social da escola John Adams). Contrárias demais ao sistema para nos juntarmos ao conselho estudantil e não atléticas o suficiente para nos juntarmos aos esportistas, a maior parte de nós ou tocava algum instrumento ou fazia parte do clube de teatro. Eu era a única artista plástica da turma. Todas nós tentávamos atravessar o ensino médio logo para chegar à faculdade onde, pelo que tínhamos ouvido falar, as coisas seriam melhores.

— Tipo assim, embaixadora *teen* na ONU. Quais são as suas funções? Tem pelo menos um comitê? — Catherine se recusava a abandonar o assunto. — Para discutir questões adolescentes mundiais, por exemplo?

— Não sei, Catherine — disse quando nos sentamos. — O presidente só falou que tinha me indicado como representante dos Estados Unidos. Imagino que deve ter representantes de outros países. Se não, qual seria o objetivo disso? Alguém aí quer uma fatia extra de torta?

Ninguém respondeu. Isso porque todo mundo na mesa estava com os olhos fixos em uma coisa que não era a torta. Em vez disso, todas as garotas olhavam para a Lucy e o Jack, que de repente resolveram colocar a bandeja deles na nossa mesa.

— Ei — exclamou Lucy, com tanta naturalidade como se sentasse à mesa das garotas não populares todos os dias da semana. — O que está rolando?

— Como foi que você conseguiu um pedaço a mais de torta? — Jack quis saber.

O negócio era que, sabe como é, a Lucy e o Jack não eram as únicas pessoas que tinham vindo do, sabe como é, do outro lado e que tinham resolvido sentar na nossa mesa. Para meu espanto, juntaram-se a eles mais ou menos a metade do time de futebol americano e umas outras garotas da equipe de animadoras de torcida. Dava para perceber que a Catherine estava bem abalada por causa da invasão. Era como se um monte de cisnes de repente tivesse tomado conta da lagoa dos patos. Todas nós, as marrecas, não sabíamos muito bem o que fazer ao deparar com tanta beleza.

— O que é que você está fazendo? — cochichei para a Lucy.

A Lucy simplesmente deu de ombros enquanto dava um golinho na Coca light.

— Já que você se recusa a ficar com a gente — explicou —, nós resolvemos vir aqui ficar com você.

— Ei, Sam — disse Jack, tirando uma caneta do bolso do sobretudo preto. — Deixa eu assinar o seu gesso.

— Aaaah — gritou Debbie Kinley, com os pompons sacudindo-se de tanta animação. — Eu também! Eu também quero assinar o gesso dela!

Tirei o braço do alcance deles e mandei:

— Hã, acho que não. Obrigada.

Jack ficou com cara de decepcionado.

— Eu só ia desenhar um jovem rebelde aí — explicou. — Só isso.

Era preciso reconhecer que um jovem rebelde teria sido legal. Mas se eu deixasse o Jack desenhar no meu gesso, todo mundo ia querer fazer a mesma coisa, e logo logo aquela brancura maravilhosa se transformaria em uma zona. Mas se eu dissesse que só o Jack podia desenhar ali, todo mundo ia saber da minha paixão secreta pelo namorado da minha irmã.

— Hum, mesmo assim, obrigada — respondi. — Mas estou guardando o gesso para eu mesma desenhar.

Fiquei mal por estar sendo chata com o Jack. Afinal, ele era minha alma gêmea.

Ainda assim, eu queria que ele se tocasse logo, e parasse de andar com a Lucy e com os amigos babacas dela. Porque esses caras estavam se comportando como imbecis completos, jogando salgadinhos de milho uns nos outros e tentando aparar com a boca. Era revoltante. E também irritante, porque eles ficavam balançando a mesa, o que fazia com que fosse difícil para as pessoas com uma mão só comerem. Eu sei que os jogadores de futebol americano são uns caras grandes e que talvez fiquem sacudindo a mesa sem querer mas, mesmo assim, bem que eles poderiam ter mostrado um pouco de decoro.

— Ei! — gritei quando um dos salgadinhos caiu no molho de maçã da Catherine. — Será que vocês podem dar um tempo, caras?

A Lucy, que estava entretida na leitura de um artigo de revista a respeito de como ter coxas perfeitas (que ela, obviamente, já tinha), manifestou-se com voz entediada:

— Caramba. Só porque vai ganhar uma medalha ela já está se achando.

O que foi totalmente injusto, porque, o que ela acha que eu devia fazer? Simplesmente aceitar a coisa do salgadinho no molho e tudo bem?

Catherine olhou para mim, com os olhos esbugalhados:

— Você também vai ganhar uma medalha? Você é embaixadora *teen* na ONU *e ainda* vai ganhar uma medalha?

Infelizmente, sim. Uma medalha presidencial de valor, para ser mais exata. A cerimônia seria realizada em dezembro, quando a Casa Branca estivesse toda decorada para o Natal, para as fotos ficarem mais bonitas.

Mas eu nem tive tempo de responder. Isso porque minha segunda fatia de torta de repente desapareceu e foi percorrendo a fileira de jogadores de futebol americano em um jogo de frisbee.

— SERÁ QUE VOCÊS PODERIAM FAZER O FAVOR DE DEVOLVER A MINHA TORTA? — berrei, porque tinha a intenção de dar aquele pedaço para o Jack.

A Lucy, obviamente, não sabia disso. Simplesmente mandou:

— Faça-me o favor, é só um pedaço de torta. Acredite, você não precisa dessas calorias a mais.

Uma observação típica da Lucy, que eu tinha começado a responder quando ouvi uma voz muito familiar atrás de mim.

— Oi, Samantha.

Virei-me e vi a Kris Parks com aquela cara de perfeita presidente da classe, envolta em Benetton dos pés à cabeça, incluindo um suéter de caxemira cor-de-rosa jogado sobre os ombros de maneira artificialmente descuidada. E ela estava olhando para mim.

— Aqui está o convite para a minha festa — declarou Kris, entregando para mim um pedaço de papel dobrado. — Espero mesmo que você possa ir. Sei que tivemos nossas diferenças no passado, mas gostaria mesmo que pudéssemos hastear a bandeira branca e ficar amigas. Eu sempre a admirei, Sam, você sabe disso. Você é uma pessoa que respeita de verdade as suas convicções. E eu não ligava de ter que pagar pelos desenhos. Não mesmo.

Só fiquei olhando para ela. Não dava para acreditar que essas coisas estavam acontecendo. Fala sério, tudo aquilo: os caixotes de refrigerante, os ursinhos de agradecimento, o jantar na Casa Branca... mas a Kris Parks (a *Kris Parks*) puxando o meu saco era a coisa mais esquisita de todas. Comecei a entender como a Cinderela deve ter se sentido depois que o príncipe afinal a encontrou e o sapatinho serviu no pé dela. As irmãs postiças devem ter começado a puxar o saco dela bem do jeito que a Kris Parks estava puxando o meu.

Mas o negócio é que, assim como a Cinderela, eu não tive coragem de mandar a Kris Parks para o lugar que ela merecia ir. Deveria ter mandado. Eu sei que deveria.

Mas o negócio era o seguinte: Por quê? Tipo assim, para quê? Tá, ela havia sido nojenta comigo a vida inteira. E você acha que se eu fosse nojenta com ela também, isso lhe daria alguma lição? Ela era nojenta por natureza.

Gentileza. Era disso que a Kris Parks precisava. Um exemplo a seguir. Alguém cuja atitude simpática ela pudesse copiar.

— Não sei — respondi, colocando o convite dentro da mochila, em vez de aceitar meu instinto de enfiar aquilo na lata de lixo mais próxima. — Vou ver.

Mas eu nem precisava me preocupar, já que a Lucy teve a capacidade de estragar tudo em um segundo, sem nem tirar o olho da revista:

— Ela vai.

A Kris sugou o ar para dentro dos pulmões com força, toda animadinha:

— Vai mesmo? Ótimo.

— Para falar a verdade, não tenho certeza se vai dar para ir, Lucy — insisti, com um olhar nefasto para a Lucy, que ela não viu por estar entretida em um artigo sobre como cuidar das cutículas adequadamente.

— Claro que vai — repetiu ela, virando a página. — Você, o David, o Jack e eu podemos ir todos juntos.

— *David?* — repeti. — Quem é que falou alguma coisa do...

— Acho um amor — revelou Kris com um suspiro. — Você com o filho do presidente e tudo o mais. Quando a Lucy me contou, eu quase *morri*.

— Quando a Lucy contou o quê? — reivindiquei.

— Bom, que vocês dois estão ficando, claro — respondeu Kris, um pouco surpresa.

Naquela hora, eu bem que poderia ter matado a Lucy, de verdade. Tipo assim, você tinha que ver o que aconteceu quando a Kris proferiu aquelas palavras. A Catherine, que estava mastigando uma coxa de galinha, observando enquanto aquele draminha se desenrolava na frente dela, deixou o pedaço de carne cair no colo. Todas as animadoras de torcida pararam de fofocar e olharam para mim como se eu fosse algum esmalte cintilante, ou qualquer coisa assim. Até o Jack, que àquela altura já tinha pegado o meu pedaço de torta, parou de dar uma mordida no meio e disse:

— Até parece, caramba.

Tipo assim, foi meio desconcertante.

178

— É isso — aproveitei. — O Jack está totalmente certo. Até parece. Eu não estou ficando com ele, tá? Não estou ficando com o filho do presidente.

Mas a Kris já estava matraqueando:

— Não se preocupe com isso, Sam, sou uma pessoa muito discreta. Não vou falar nada para ninguém. Mas você acha que uns repórteres vão aparecer por lá? Tipo assim, na minha festa? Porque se alguém quiser me entrevistar, sabe como é, tudo bem. Podem até tirar uma foto minha. Se você quiser que eu assine uma licença de uso de imagem, ou qualquer coisa assim...

Enquanto tudo isso acontecia, a Lucy só ficou lá, inabalável, folheando a revista. Não dava para acreditar. E eu achando que aquela coisa da *aula de desenho* já era ruim.

— Ei! — A Lucy se manifestou quando finalmente reparou, pela minha expressão, que eu não estava muito satisfeita com ela. — Não vem pôr a culpa em mim. Foi você que ficou naquele *frisson* com o cara, não eu.

— Eu não gosto do David, tá bom? — disparei, dando um olhar direto para o Jack, para ter certeza de que ele estava ouvindo.

— Tá bom — respondeu Lucy. — Não precisa ficar tão... ai!

Fala sério, se tem alguém que merece levar pelo menos um beliscão todo dia, esse alguém é a minha irmã Lucy.

Dez coisas que acontecem para demonstrar que, de repente, você começou a fazer parte da panelinha:

10. A Kris Parks convida você para uma de suas famosas festas de ficar.

9. Na educação física, o professor Donnelly escolhe você para ser capitã de time pela primeira vez no ano e, quando chega na hora de escolher os jogadores, os melhores ficam mesmo implorando para você escolhê-los.

8. Um monte de garotas da oitava série voltam do almoço usando roupas da Gap novinhas, todas pretas.

7. O grupo de dança Adams Prep Steppers, que se apresenta nos intervalos dos jogos do time da escola, pergunta se você pode indicar alguma música para fazer uma coreografia.

E, quando você sugere "O passinho do elefante", o pessoal ainda leva você a sério.

6. Na aula de alemão, quando você confessa que não acabou a lição de casa, alguém oferece uma lição prontinha para entregar.

5. Você começa a perceber que um monte de garotas que costumavam arrumar o cabelo igual ao da sua irmã passam a despentear tudo, e o cabelo fica com aquela cara de arbusto, como se tivesse um cogumelo nascendo em cima da cabeça, igualzinho ao seu.

4. Todo mundo no corredor, em vez de ficar olhando torto enquanto você passa, como costumava fazer, diz: "Oi, Sam".

3. Você percebe que o seu nome (rabiscado ao lado do da Katie Holmes, de *Dawson's Creek*) está na capa de um caderno de um garoto da oitava série (e ainda tem um monte de corações em volta).

2. Todo aquele negócio da sra. Krebbetts / torta de pasta de amendoim.

E a principal coisa que faz você perceber que passou a fazer parte da turminha *in* da escola é:

1. No encontro das classes do primeiro ano, na última aula, quando o conselheiro estudantil pergunta como os recursos extras da conta de arrecadação devem ser usados, e você levanta a mão e diz "Devemos comprar pincéis e outros materiais para o departamento de arte", sua sugestão recebe apoio, é colocada a voto na assembleia geral...

E vence.

★ 14 ★

Só demorou umas duas horas para a escola inteira saber que eu ia levar o filho do presidente na festa da Kris Parks no sábado à noite, como se ele fosse meu namorado ou algo assim.

Por alguma razão, as pessoas pareciam achar isso mais interessante do que o fato de que eu tinha impedido que uma bala penetrasse na cabeça do líder da nossa nação, ou que eu era a nova embaixadora *teen* na ONU do país. Por um lado, eu fiquei feliz por não receber parabéns toda hora por causa da minha coragem (o que me incomodava demais, principalmente porque eu não tinha muita certeza se o que eu tinha feito era algo tão corajoso assim); mas, por outro, era irritante ver todo mundo fazendo piada a respeito do que pode ou não ter acontecido entre o filho do presidente e eu no Quarto de Lincoln.

— Olha, você está entendendo tudo errado — começou Lucy quando eu comentei o assunto na mesa da cozinha, depois da escola. — O fato de você e esse tal de David estarem andando juntos... VÊ SE PARA DE ME BELISCAR... só vai ajudar a aumentar sua fama, que agora já está bem grande.

Você, Sam, é a nova estrela da John Adams. Se você pudesse pelo menos largar essa mania de combinar preto com preto, você poderia virar a rainha do baile de fim de ano assim — a Lucy estalou os dedos no ar, e o Manet veio correndo, achando que talvez ela tivesse derrubado no chão um pedacinho de biscoito com gotinhas de chocolate que a Theresa tinha feito e que todos nós estávamos mastigando.

— Bom, só que eu não quero ser a rainha do baile — respondi. — Só quero que as coisas voltem ao normal.

— Vou dar um chute: isso não vai acontecer tão cedo — declarou Jack. Ele apontou para os repórteres que dava para ver, segurando as câmeras, atrás da cerca do quintal dos fundos, tentando tirar uma foto nossa no átrio envidraçado.

— *Jesu Cristo* — exclamou Theresa e foi até o telefone para ligar para a polícia de novo.

Afundei o queixo nas mãos e mandei:

— Só não entendo por que é que você tinha que falar isso para todo mundo. Tipo assim, não tem nada a ver com a realidade.

Falei tudo isso de maneira bem clara, para que o Jack ouvisse. Tipo assim, eu queria ter certeza de que ele sabia disso: se algum dia ele mudasse de ideia a respeito da Lucy, eu ainda estava disponível.

— E como é que eu ia saber qual é a verdade? — perguntou Lucy toda pedante. — Você não quer falar onde vocês dois se esconderam na noite passada...

Não dava para acreditar que ela tinha coragem de tocar nesse assunto na frente do Jack. Mas devo admitir que, levando em conta que Lucy não sabia da posição do Jack como minha alma gêmea, dessa vez não dava para culpá-la.

— Porque não é da sua conta! — gritei. — Tipo assim, você não fica me contando cada coisinha que faz com o Jack.

— A-ha! — Lucy me apunhalou com uma daquelas unhas pontudas dela, um sorriso triunfante no rosto. — Eu *sabia*! Vocês dois *estão* ficando!

— Não, não estamos — retruquei. — Eu não disse nada disso.

— Disse sim. Você acabou de confessar. Você disse: "Você não fica me contando cada coisinha que faz com o Jack", o que com certeza significa que você e o David estão juntos, igualzinho ao Jack e eu.

— Não, não significa — insisti. — Não quer dizer nada disso...

Mas o meu argumento extremamente lúcido foi interrompido pela Theresa que, depois de terminar de falar com a polícia no telefone, foi receber um pacote que tinha chegado por entrega especial.

— É para você — informou, colocando o pacote na minha frente. — O moço disse que veio da Casa Branca.

Todo mundo olhou para o pacote.

— Está vendo — confirmou Lucy. — É do David. Eu falei que vocês dois estão ficando.

— Não é do David — respondi ao abrir a embalagem. — E a gente não está ficando.

O pacote revelou-se um *kit* de informações sobre minha nova função de embaixadora *teen*.

Ao ver aquilo, Lucy voltou para a revista dela, totalmente decepcionada. Mas o Jack ficou todo animado e começou a ler cada folhetinho e tudo o mais.

— Olha só isso aqui. Vai ter uma exposição de arte internacional. *Da Minha Janela*. Vai ter artistas adolescentes do mundo inteiro, retratando, com materiais diversos, o que veem todos os dias através da janela.

Do outro lado da mesa, a Rebecca, que estava revisando suas planilhas, fuzilou:

— E os adolescentes que não têm janela? Tipo os alienígenas adolescentes que estão presos contra a vontade na Área 51? Acho que eles não vão estar lá representados, não é mesmo? Você acha que isso é justo?

Como sempre, todo mundo a ignorou.

— Ei! — exclamou Jack, cada vez mais animado. Tudo que envolvia arte deixava o Jack animado. — Ei, eu vou me inscrever nisto aqui. Você também deveria, Sam. O vencedor de cada país participante vai ficar exposto na sede da ONU durante o mês de maio. Isso daria muita visibilidade. E é em Nova York. Tipo assim, se você tem um trabalho exposto em Nova York, não precisa de mais nada!

Eu estava lendo a carta que tinha vindo junto com o panfleto do concurso *Da Minha Janela*.

— Eu não posso me inscrever — informei, um pouco surpresa. — Faço parte do júri.

— Você está no júri? — Jack ficou muito feliz ao saber disso. — Que maravilha! Então eu me inscrevo, você escolhe o meu quadro e logo logo eu vou estar fazendo a minha estreia no circuito das artes de Nova York.

Rebecca ergueu os olhos das planilhas e olhou para o Jack, incrédula:

— A Sam não pode fazer uma coisa dessas — sentenciou. — Seria trapaça!

— Não é trapaça nenhuma se o quadro for mesmo o melhor — respondeu Jack.

— É, mas e se não for? — Lucy quis saber. Ela é a pior namorada do mundo. Nunca conheci ninguém que dá tão pouco apoio ao homem que supostamente ama!

— Vai ser — Jack deu de ombros, com aqueles ombros enormes dele, como se com aquele gesto pudesse resolver a questão.

Mas é claro que o Jack estava certo: o quadro dele ia ser o melhor de todos. Os quadros do Jack eram sempre os melhores. Sempre foram, tanto que eram escolhidos para todas as exposições em que se inscreveu. Não havia a menor dúvida de que, no fim do ano letivo, apesar das notas baixas, falta de atividades extracurriculares e histórico de faltas, o Jack seria aceito em uma das melhores faculdades de arte do país, como a Rhode Island School of Design, a Parsons ou até a Yale. Ele simplesmente era bom mesmo.

E a minha opinião não tinha nada a ver com o fato de que, por acaso, eu era totalmente apaixonada por ele.

Eu meio que consegui tirar toda aquela história de David da cabeça até a hora que a Catherine ligou, à noite, enquanto eu tentava fazer a lição de casa de alemão.

— Então. Você vai à festa da Kris?

— De jeito nenhum.

— Por que não?

— Hum, porque a Kris Parks é cria do Satã — respondi, um pouco surpresa. — E você sabe disso melhor do que ninguém.

Rolou um silêncio. Daí a Catherine disse, pausadamente:

— É. Eu sei. Mas eu sempre quis ir a uma das festas dela.

Não dava para acreditar. Eu afastei o fone do rosto, literalmente, e fiquei olhando para ele durante alguns segundos antes de colocá-lo de novo na orelha e mandei:

— Cath, do que é que você está falando? Olha o jeito como ela trata você!

— Eu sei — confessou Catherine, parecendo arrasada. — Mas todo mundo que vai a uma festa da Kris Parks fica falando sobre o que aconteceu lá, tipo como foi divertido. Não sei. Ela também me deu um convite. E eu estava meio que pensando em ir. Mas só se você fosse também.

— Bom, eu não vou — respondi. — Nem o Larry Wayne Rogers poderia me forçar a ir lá, nem se ameaçasse me fazer ouvir "Uptown Girl" cinquenta mil vezes e quebrasse os meus DOIS braços.

Mais um silêncio. E foi aí que a Catherine falou a coisa mais surpreendente de todas. Mandou:

— Bom, mas eu continuo com vontade de ir.

Fiquei sem palavras. Se a Catherine tivesse dito que estava pensando em raspar a cabeça e se juntar aos Hare Krishna, eu não teria ficado mais surpresa.

— Você quer ir à festa da Kris Parks? — exclamei, tão alto que o Manet, que estava dormindo na minha cama, com a cabeça no meu colo, acordou e começou a olhar em volta, sobressaltado. — Catherine, você está usando aqueles marca-textos com cheirinho de novo? Porque eu falei que eles deixam a gente bem...

— Sam, estou falando sério — confirmou Catherine. A voz dela parecia bem pequenininha. — A gente nunca faz as coisas que o pessoal normal faz.

— Isso é totalmente mentira — argumentei. — No mês passado a gente foi assistir à peça do Clube de Teatro, *A gaivota*, não foi?

— Sam, nós duas éramos as únicas pessoas na plateia que não eram parente de ninguém que estava no palco. Eu só quero, de verdade, uma vez na vida, ver como é. Ser, sabe como é, parte da panelinha. Você nunca ficou imaginando como é?

— Cath, eu já sei como é. Eu moro com alguém assim, está lembrada? E não é legal. Precisa passar *muito* gel no cabelo.

A voz da Catherine estava mesmo muito pequenininha.

— Mas é que talvez essa seja a minha única chance, sabe como é.

— Cath — prossegui. — A Kris Parks só foi má com você desde que vocês se conheceram, e agora você quer ir à *casa* dela? Desculpa, mas isso é mesmo...

— Sam? — começou Catherine, ainda com aquela vozinha. — Eu conheci um garoto.

Eu quase deixei o telefone cair.

— O quê? Como assim?

— Um garoto. — Catherine falou bem rápido, como se com medo de que, se não falasse tudo de uma vez, não falaria nunca. — Você não conhece. Ele não está na John Adams, ele está na Phillips Academy. O nome dele é Paul. Meus pais conhecem os pais dele da igreja. Ele sempre está no Fliperama Beltway quando meus irmãos e eu estamos lá. Ele é superlegal. E tem uma das pontuações mais altas em Death Storm.

Acho que fiquei em estado de choque ou qualquer coisa assim, porque a única coisa que eu consegui pronunciar foi:

— Mas... e o Heath?

— Sam, eu preciso cair na real em relação ao Heath — respondeu Catherine, com uma voz tão corajosa como eu nunca vi. — Mesmo se algum dia a gente se conhecesse, ele nunca ia sair com uma garota que ainda está na escola. Além disso, ele passa a maior parte do tempo na Austrália. Quando é que eu iria para a Austrália? Minha mãe e meu pai mal me deixam ir ao shopping center sozinha...

Eu continuava em estado de choque.

— Mas você acha que eles vão deixar você sair com esse tal de Paul?

— Bom... — respondeu Catherine. — O Paul ainda não me convidou para sair, exatamente. Acho que ele é tímido. É por isso que eu estava pensando em convidá-lo para sair. Sabe como é. Para ir à festa da Kris.

Eu realmente não conseguia enxergar a lógica por trás daquilo tudo.

— Cath, por que é que você não convida o Paul para ir ver um filme ou qualquer coisa assim? Por que é que você precisa levá-lo à festa da Kris?

— Porque o Paul só me conhece da igreja — explicou ela. — E do Fliperama Beltway. Ele não sabe que eu não sou da panelinha. Ele acha que eu sou descolada.

Eu não sabia bem como expressar o que eu precisava dizer a seguir, mas achei que tinha que falar. Afinal, é para isso que servem as melhores amigas.

— Mas, Cath — comecei. — Tipo assim, ele vai saber na hora que você não faz parte da panelinha no segundo que a gente pisar na casa da Kris Parks e ela falar uma daquelas coisas horrorosas que ela sempre fala de você na frente dele.

— Ela não vai fazer nada disso — ela parecia mais confiante do que nunca.

— Não vai? — fiquei muito surpresa ao ouvir isso. — Você está sabendo alguma coisa da Kris que eu não sei? Ela passou por alguma conversão religiosa ou qualquer coisa assim?

— Ela não vai falar nada desagradável para mim se você estiver lá — concluiu Catherine. — E se você levar o David.

Comecei a ter um ataque de riso. Não deu para segurar.

— O David? — gritei. — Cath, eu não vou à festa da Kris e, mesmo que fosse, nunca ia levar o *David*. Tipo assim, eu nem gosto dele. Você sabe muito bem disso. Você sabe de quem eu gosto.

Mas eu não podia falar o nome alto, para o caso de a Lucy pegar a extensão do telefone, o que ela fazia sempre, para reclamar que eu estava falando havia muito tempo e que ela precisava fazer uma ligação.

Mas eu também não precisei falar o nome dele. Porque a Catherine sabia muito bem de quem eu estava falando.

— Eu sei, Sam — Catherine respondeu. A voz dela ficou pequenininha de novo. — É só que... bom, eu achei que... tipo assim, se você pensar bem sobre o assunto, ele é tipo o Heath para você, sabe. O Jack. Tipo assim, ele não mora na Austrália, mas...

...minhas chances de ficar algum dia com ele eram, tipo, zero. Ela não precisava nem falar. Eu sabia o que ela estava pensando.

Só que a Catherine estava errada. Porque um dia eu ia conquistar o Jack. Ia mesmo. Se tivesse paciência, simplesmente, e fizesse o jogo certo, ele iria olhar em volta algum dia e perceber que eu era (que eu sempre fui) a garota perfeita para ele.

Era só uma questão de tempo.

As dez indicações principais por que o Jack me ama, e não a minha irmã Lucy, só que ele ainda não percebeu:

10. Sempre que ele me vê, pergunta se eu li a última edição de *Arte nos EUA*. Ele nunca faz essa pergunta para a Lucy, porque sabe que ela só lê revistas de moda e a parte dos atores da revista que vem no jornal de domingo.

9. Ele queimou um CD para mim. É verdade que só tinha música de baleia, que é o que o Jack gosta de ouvir enquanto pinta, mas o fato de ele ter se dado ao trabalho indica que ele quer mesmo que se estabeleça uma conexão emocional entre nós.

8. Ele me pagou um cheesebúrguer duplo aquela vez em que eu esqueci a carteira.

7. Ele deixou eu comer todas as jujubas amarelas do pacotinho dele quando fomos ver o filme do Harry Potter (apesar de, tecnicamente, o Jack ser contrário à comercialização de personagens de livros infantis; ele só foi porque o filme do Jackie Chan que estava passando no cinema ao lado estava com os ingressos esgotados).

6. Teve aquela vez em que ele disse ter gostado da minha calça.

5. Ele reclama que a Lucy demora muito para se maquiar. Ele me disse que prefere garotas que não usam maquiagem. Hum... exatamente eu. Bom, mas eu uso corretivo. E rímel. E gloss. Mas, fora isso, não uso maquiagem nenhuma.

4. Quando contei a ele a minha teoria a respeito de como os canhotos começaram a vida com um irmão gêmeo, ele disse que era totalmente válido; ele também é canhoto e sempre teve um sentimento de solidão no mundo. A teoria da Rebecca (de que todos somos descendentes de alienígenas que caíram por acaso neste planeta e perderam todo o avançado conhecimento tecnológico quando a nave-mãe pegou fogo) não o impressionou tanto. E a teoria da Lucy (de que Soda e 7-Up são a mesma bebida em embalagens diferentes) não o abalou nem um pouco.

3. Quando o Clube de Teatro precisou de voluntários para pintar o cenário da produção de *Hello Dolly!*, o Jack e eu nos inscrevemos e, mais tarde, acabamos pintando *o mesmo pedaço de compensado com uma imagem de rua* (ele fez a borda, eu, as luzes). Se isso não é o destino, não sei o que é.

2. O Jack é de Libra. Eu sou de Aquário. Sabe-se que librianos e aquarianos se dão bem. A Lucy, que é de Peixes, deveria, na verdade, estar com um taurino ou com um capricorniano.

E a indicação número um por que o Jack gosta de mim e ainda não sabe:

1. *Clube da luta* é o livro preferido dele também. Seguido por *Ardil 22* e *Zen e a arte de manutenção de motocicletas.*

★ **15** ★

Na terça-feira, quando a Theresa virou a esquina da R com a Connecticut e parou em frente à Igreja Fundamental de Cientologia, nem dava para ver a Capitol Cookies. Também não dava para ver a Static.

Isso porque tinha um montão de repórteres parados na esquina, esperando para me entrevistar antes de eu entrar no ateliê da Susan Boone.

Nem me pergunte como foi que eles descobriram o horário da minha aula de desenho. Acho que eles deduziram o horário da aula do David, já que todo mundo sabia que nós dois estávamos na mesma classe (a informação estava no jornal, para explicar por que eu estava naquele lugar bem na hora que o Larry Wayne Rogers e o presidente também estavam).

Tanto faz. O modo como eles tinham descoberto não fazia a menor diferença. A verdade é que eu não deveria ter ficado surpresa. Tipo assim, esses repórteres estavam em todo lugar. Na frente da nossa casa. Na frente da escola. Na frente do Jardim do Bispo quando eu cometi o erro de levar o Manet lá para passear. Na frente da videolocadora Potomac, pelo amor de Deus, onde quase fizeram uma emboscada para a Rebecca e eu quando fomos lá devolver o filme preferido dela, *Contatos imediatos do terceiro grau*.

E ao mesmo tempo em que eu entendia perfeitamente que eles tinham prazos a cumprir, ou qualquer coisa assim, e que precisavam de assunto, não conseguia entender, de jeito nenhum, por que é que esse assunto tinha que ser eu. Tipo assim, eu não fiz nada além de salvar o presidente. Não é tipo como se eu tivesse alguma coisa a *dizer*.

— Com licença! — gritou Theresa. Ela estacionou em fila dupla (era bem improvável que o carro fosse ser guinchado com meia dúzia de cameramen se aglomerando por cima dele) e, protegendo a minha cabeça com a capa de chuva de oncinha dela, usou os cotovelos e a bolsa para abrir caminho no meio da multidão e entrou correndo comigo pela porta do ateliê.

— Samantha! — os repórteres gritavam enquanto nós atravessávamos a massa formada por eles. — Como você se sente a respeito do fato de Larry Wayne Rogers ter sido considerado mentalmente incapaz para ser julgado?

— Samantha! — gritou mais outro. — Em que partido os seus pais votam?

— Samantha! — outra pessoa gritou. — O país inteiro quer saber: Coca-Cola ou Pepsi?

— *Jesu Cristo!* — gritou Theresa para alguém que cometeu o erro de puxar a bolsa dela para que ficássemos um instante a mais ao alcance do microfone. — Tira a mão da bolsa! É uma Louis Vuitton, caso você não tenha reparado.

Então finalmente entramos, aos trancos, pela porta que conduz à escadaria do ateliê da Susan Boone...

...e praticamente atropelamos o David e o John que, aparentemente, tinham chegado ali apenas alguns segundos antes de nós, apesar de eu não ter reparado que eles estavam no meio da multidão.

A Theresa estava tão brava por alguém ter encostado na bolsa dela que só conseguiu ficar falando uns palavrões em espanhol durante um minuto inteiro. O John, o agente do Serviço Secreto do David, tentou acalmá-la dizendo que tinha pedido reforço policial e que um guarda a levaria de volta até o carro. Além disso, os repórteres seriam contidos por barreiras no final da aula.

Olhei para o David e vi que ele estava com aquele sorrisinho secreto nos lábios de novo. Naquele dia, ele estava usando uma camiseta do Blink 182 embaixo da jaqueta de camurça, uma indicação de que o gosto musical dele não era, como o meu, tão restritivo assim. A camiseta era preta, e isso de algum modo parecia ressaltar o verde dos olhos dele mais do que nunca. Ou isso ou era a iluminação da escada, ou sei lá o quê.

— Ei! — David disse para mim, abrindo mais um pouco aquele sorrisinho.

Não sei por quê, mas algo naquele sorriso fez meu coração dar uns pulinhos esquisitos.

Mas claro que isso era impossível. Tipo assim, eu nem gosto do David. Eu gosto do Jack.

Daí, por algum motivo, lembrei-me da Rebecca e daquela idiotice de *frisson*. Será que era isso? Vai ver que era. Será que *frisson* é quando você olha para um cara e seu coração fica todo esquisito?

A única coisa que eu podia dizer era que estava feliz pelo fato de o David não estar na John Adams, de modo que não ouviu falar aquelas coisas a respeito do Quarto de Lincoln que estavam circulando. Tipo assim, já era bem ruim ter sentido um *frisson* pelo cara. A última coisa que eu queria que ele soubesse era que todo mundo na minha escola também parecia saber disso.

Só a ideia de que eu podia ter um *frisson* por alguém que não fosse o Jack já me deixou com um tremendo mau humor. Ou talvez tenham sido todos aqueles repórteres. De qualquer modo, em vez de falar oi ou qualquer coisa assim para o David, eu só mandei:

— Você não fica *cheio* de tudo isso? — Balancei meu gesso na direção dos repórteres. — Tipo assim, é assustador, e você fica aí *sorrindo*.

— Você acha que a *imprensa* é assustadora? — perguntou David. Agora ele não estava simplesmente sorrindo. Ele dava gargalhadas. — Não foi você a garota que pulou nas costas de um louco *armado*?

Olhei para ele, estupefata. Não deu para evitar: percebi que o David ficava ainda melhor rindo do que simplesmente sorrindo.

Mas logo tirei da cabeça essa ideia e disse, em tom sério:

— Aquilo não foi nada assustador. Eu simplesmente fiz o que precisava fazer. Se você estivesse lá, teria feito a mesma coisa.

— Não sei não — respondeu David, pensativo.

E daí a escolta policial da Theresa chegou e, quando ela abriu a porta para sair, qualquer chance de conversar ali na escada foi embora com os gritos dos repórteres. O John meio que empurrou nós dois escada acima, nós entramos e lá estavam os bancos, exatamente como da última (e única) vez em que eu estivera lá. A única diferença verdadeira era que não tinha mais fruta nenhuma em cima da mesinha que ficava no meio do círculo de bancos. Em vez disso, só tinha um ovo branco. Achei que talvez a Susan Boone tivesse esquecido uma parte do almoço dela ou algo assim. Ou isso ou o mundo tinha enlouquecido e esqueceram de me avisar.

— Então — começou David assim que nos acomodamos no nosso banco e arrumamos o bloco de desenho e tudo o mais. — O que é que vai ser hoje? Abacaxi de novo? Ou será que você vai tentar fazer algo mais de acordo com a estação... uma abóbora, talvez?

— Será que dá para você parar de falar desse negócio de abacaxi? — pedi, meio baixinho, para ninguém mais ouvir. Não dava para acreditar que eu tinha experimentado um *frisson* com um garoto que só sabia tirar sarro da minha cara.

— Ah, desculpa — murmurou David, mas não parecia muito arrependido. Tipo assim, ele continuava sorrindo. — Esqueci que você era uma artista sensível e tal.

199

— Só porque eu não estou a fim de deixar uma ditadora artística esmagar meus impulsos criativos, isso não quer dizer que sou sensível demais — resmunguei, olhando para Susan Boone, que estava no tanque lavando uns pincéis.

As duas sobrancelhas do David se ergueram ao mesmo tempo.

— Do que é que você está falando?

— Da Susan Boone — respondi, dando um olhar torto na direção da rainha dos elfos. — Essa coisa de desenhar o que você está vendo. Que babaquice!

— Babaquice? — afinal, ele tinha parado de sorrir. Agora ele só estava com cara de confuso. — Como assim, babaquice?

— Porque onde é que a arte estaria se o Picasso só desenhasse o que via? — cochichei.

David olhou para mim, com cara de quem não estava entendendo nada.

— O Picasso passou anos e anos desenhando só o que ele via — afirmou. — Só depois de ele conseguir dominar a habilidade de desenhar exatamente o que via, com precisão absoluta, é que começou a fazer experiências com a percepção do traço e do espaço.

Fiquei olhando para ele, atônita.

— O quê? — perguntei com ar de inteligente. Não tinha entendido nada do que ele tinha dito.

David explicou:

— Olha só, é fácil. Antes de começar a mudar as regras, a gente precisa aprender quais são. E é exatamente isso que a Susan está tentando ensinar para nós. Ela só quer que você aprenda primeiro a desenhar o que está vendo, antes de passar para o cubismo, para o abacaxismo ou para qualquer ismo que você escolher.

Foi minha vez de olhar para ele com cara de quem não estava entendendo nada. Isso tudo era novo para mim. O Jack com certeza nunca tinha dito nada a respeito de conhecer as regras primeiro para depois sair quebrando-as. E o Jack sabia tudo a respeito de quebrar as regras. Tipo assim, não era isso que ele fazia para mostrar às pessoas (como o pai dele, toda aquela gente no clube de campo e o sr. Esposito) como estavam erradas?

Foi aí que a Susan Boone se afastou do tanque e bateu palmas.

— Certo, classe. Tenho certeza de que todo mundo ouviu falar da agitação depois da aula na semana passada; e a coisa foi mais agitada para algumas pessoas do que para outras. — A Gertie, a Lynn e todo mundo começaram a rir e a Susan Boone deu um olhar significativo na minha direção. — Mas agora todos estamos aqui de novo, inteiros, ainda bem... bom, quase. Então, vamos voltar ao trabalho, certo? Estão vendo aquele ovo? — apontou para o ovo sobre a mesinha, na nossa frente. — Hoje, quero que todos vocês pintem esse ovo. Quem não está acostumado a usar tinta pode optar por lápis de cor ou giz.

Olhei para o ovo em cima da mesa. Estava arrumado sobre um pano de seda branco. Olhei para aquele monte de lápis de cor que a Susan Boone largou em cima do meu banco. Nenhum era branco.

Suspirei e levantei a mão.

Bom, o que é que eu devia fazer? Tipo assim, essa mulher tinha praticamente me chantageado para que eu voltasse à aula. E daí, quando eu cheguei lá, ela nem me deu um lápis de cor branco... como é que ela queria que eu desenhasse o que eu estava vendo? O que é que ela estava pensando? Tipo assim, sou super a favor de aprender as regras antes de quebrá-las, mas aquilo ali nem parecia fazer parte da lista de regras.

— Pois não, Sam? — Susan aproximou-se do meu banco.

— Pois é... — balbuciei, abaixando a mão. — Aqui não tem nenhum lápis branco.

— Não, não tem mesmo — confirmou ela. Aí, só me deu um sorriso e começou a se afastar.

— Espera aí — pedi consciente de que o David, sentado ao meu lado, devia estar escutando tudo. Ele parecia bastante absorto no próprio trabalho, que tinha começado assim que a Susan Boone terminara de falar com a classe, mas vai saber.

— Como é que eu vou desenhar um ovo branco em cima de um pano branco sem um lápis branco? — eu não queria choramingar nem nada disso. Só não conseguia entender exatamente o que a Susan Boone queria. Tipo assim, era para eu trabalhar com o espaço negativo ou algo assim? Colocar as sombras e deixar o resto branco? O quê?

Susan Boone olhou para o ovo. Daí disse a coisa mais surpreendente que eu ouvi nos últimos tempos, e olha que eu tenho ouvido umas coisas bem surpreendentes, sendo que a última foi saber que a minha melhor amiga, Catherine, quer fazer parte da panelinha.

— Eu não estou vendo nada de branco ali — Susan Boone disse educadamente.

Olhei para ela como se fosse louca. Como assim, o ovo e a folha eram tão brancos quanto... bom, tão brancos quanto o cabelo que caía sobre os ombros dela.

— Hum... — murmurei. — Desculpa, não entendi.

Susan se abaixou, de maneira a enxergar o ovo da mesma perspectiva que eu.

— Lembre-se do que eu disse, Sam. Desenhe o que você *vê*, não o que você conhece. Você *sabe* que aí na sua frente tem um ovo branco em uma folha branca. Mas você está mesmo *vendo* alguma coisa branca ali? Ou será que você está vendo a cor rosada do sol que reflete da janela? Ou o azul e o roxo que fazem sombra embaixo do ovo? O amarelo da luz de cima, que se reflete na curva superior do ovo? O verde bem clarinho do lugar em que o pano toca na mesa? Estas são as cores que *eu* estou vendo. Nada de branco. Nenhum branquinho mesmo.

Para mim, não pareceu que naquele discurso todo houvesse qualquer coisa que tivesse a intenção mais remota de tolher a minha criatividade e o meu estilo natural. O David tinha ressaltado que primeiro é preciso aprender as regras para depois quebrá-las. A Susan Boone só estava tentando fazer com que eu enxergasse, como ela mesma disse.

Então, olhei. Olhei muito. Com mais atenção do que jamais tinha olhado para qualquer coisa.

E foi aí que vi.

Eu sei que parece idiota. Tipo assim, eu sempre fui capaz de enxergar. Minha visão é 20 por 20.

Mas, de repente, eu vi.

Eu vi a sombra roxa embaixo do ovo.

Eu vi a luz rosada do sol que vinha da janela.

Eu até vi a luz amarelada, parecida com o luar, que refletia em cima do ovo.

E daí, bem rápido mesmo, peguei o primeiro lápis que vi pela frente e comecei a desenhar.

É por isso que eu gosto de desenhar:

Quando a gente está desenhando, parece que o mundo todo à sua volta deixa de existir. É só você, a folha, o lápis e talvez uma música erudita suave de fundo, ou qualquer coisa assim, mas você não fica escutando de verdade, por estar totalmente absorta no que está fazendo. Quando se desenha, não se tem noção do tempo passando, nem do que está acontecendo à sua volta. Quando um desenho flui bem mesmo, você é capaz de se acomodar à uma da tarde e só tirar o olho do trabalho às cinco, sem nem mesmo perceber que passou assim tanto tempo, até que alguém chame a sua atenção para isso, porque ficou tão concentrada na sua criação.

Descobri que não existe nada igual no mundo. Assistir a um filme? Ler? Não mesmo. Só se a história for muito, muito boa. E pouquíssimas são. Quando a gente desenha, entra em um mundo próprio, em uma criação pessoal.

E não existe nenhum mundo melhor do que esse.

E é por isso que, quando você está totalmente imersa no desenho, e acontece alguma coisa que a obriga a sair daquele mundo, é umas cem vezes mais chato do que se você estiver fazendo a lição de geometria ou qualquer coisa assim e a sua irmã invadir o seu quarto para pedir emprestado um frufru de cabelo ou qualquer coisa assim. Nessa situação, acho que seria quase desculpável se você assassinasse essa pessoa.

Claro que se a pessoa for um corvo preto e enorme, você teria ainda mais desculpas para isso.

— Crááááá! — Joe, o corvo, berrou na minha orelha ao mesmo tempo em que arrancou uma dúzia de fios da minha cabeça e depois saiu voando, fazendo barulho ao bater as asas.

Dei um grito.

Foi impossível segurar. Estava tão entretida no desenho que nem percebi o pássaro se aproximando, nem me liguei que estava armando o bote. Eu gritei, mas não porque o que ele tinha feito doeu (mas, na verdade, doeu sim), mas porque foi totalmente inesperado.

— Joseph! — Susan Boone vociferou, batendo palmas. — Corvo mau! Corvo mau!

Joe fugiu para a segurança de sua gaiola, onde largou meu cabelo e soltou, todo triunfante:

— Corvo lindo!

— Você não é nada de corvo lindo! — Susan Boone o corrigiu, como se ele fosse capaz de entender. —Você é um corvo muito *mau*.

Então, virou-se para mim e disse:

— Ah, Samantha, desculpe mesmo. Tudo bem com você?

Coloquei a mão no buraco que o Joe tinha feito na minha cabeça. E quando fiz isso, reparei uma coisa: a luz tinha mudado. Não era mais rosada. O sol tinha se posto. Já passavam das cinco mas, para mim, parecia que só fazia dois minutos que eu tinha começado a desenhar, não quase duas horas.

— Esqueci de fechar a gaiola dele — Susan Boone tentava se explicar. — Preciso lembrar de fazer isso toda vez que você estiver aqui. Não sei por que ele é tão obcecado com o seu cabelo. Quer dizer, ele *é* superbrilhante, mas...

Foi mais ou menos a essa altura que eu percebi que o banco ao lado do meu estava sacudindo. Olhei e vi que o David estava tendo um ataque ou qualquer coisa parecida, daí percebi que não era ataque nenhum. Ele estava morrendo de rir.

Ele percebeu que eu estava olhando e disse, entre uma gargalhada e outra:

— Desculpa! Juro mesmo, desculpa! Mas se você visse a sua cara na hora que aquele corvo pousou em você...

Eu sou capaz de aguentar uma piada como qualquer pessoa, mas não achei essa daí muito engraçada. *Dói* quando alguém (ou alguma coisa) arranca o seu cabelo. Talvez não tanto quando alguém quebra o seu pulso, mas, mesmo assim, dói.

David, cujos ombros (que não eram tão largos quanto os do Jack, mas ainda assim eram bastante impressionantes em relação aos ombros dos caras normais) continuavam a tremer com as risadas, prosseguiu:

— Fala sério. Você tem que reconhecer. Foi engraçado.

Claro que ele estava certo. *Tinha sido* engraçado.

Mas, antes que eu tivesse oportunidade de fazer a minha confissão, a Susan Boone já estava do meu lado, olhando o meu desenho. Já que ela estava olhando, resolvi olhar também. É claro que era exatamente isso que eu tinha feito a tarde inteira. Mas aquela foi a primeira oportunidade que tive de me afastar e ver mesmo o que eu tinha feito.

E não dava para acreditar no que estava na frente dos meus olhos. Era um ovo branco. Em cima de um retalho de seda branco. Era igualzinho ao ovo branco em cima do tecido branco na minha frente.

Mas eu não tinha usado nem um pouquinhozinho de branco.

— Pronto — exclamou Susan Boone, com a voz satisfeita. — Você conseguiu. Eu sabia que você conseguiria.

Então, distraída, deu uns tapinhas na minha cabeça, bem no lugar dolorido de onde o corvo tinha arrancado uns fios.

Mas não doeu. Não doeu nadinha. Porque eu sabia que a Susan Boone estava certa: eu tinha conseguido.

Finalmente, eu tinha começado a ver.

As dez principais funções da embaixadora *teen* dos EUA como eu, Samantha Madison, entendo:

10. Ficar no escritório do secretário de imprensa da Casa Branca e ouvir ele ficar falando a respeito de como a taxa de aprovação do presidente subiu depois da tentativa de assassinato frustrada contra ele.

9. Também precisa ouvir o secretário de imprensa ficar resmungando a respeito de como a prefeitura está reclamando de todos os guardas que tem de enviar para a minha casa para afastar a imprensa e por que é que eu não vou logo a um programa como *Dateline* ou *60 Minutes*, dou minha entrevista e coloco um ponto final no assunto. Daí, quando mostrarem aquilo um milhão de vezes, todo mundo vai enjoar de mim e vai me deixar em paz.

   Total. Como se eu tivesse alguma coisa interessante a dizer para os telespectadores americanos. Até parece.

8. Entregar fotocópias das regras e regulamentações da exposição de arte internacional *Da Minha Janela* para todos os meus amigos artistas, e olha que eu só tenho um, namorado da minha irmã e minha alma gêmea, Jack Ryder.

7. Autografar fotos minhas para crianças que escrevem pedindo uma foto autografada minha. Mas devo dizer que está além da minha compreensão por que alguém ia querer uma foto minha para colocar na parede do quarto.

6. Ler as cartas enviadas pelos meus fãs (depois de terem sido passadas por *scanners* e de terem sido examinadas para assegurar que não contenham lâminas de barbear nem explosivos). Uma enorme parcela da população parece sentir a necessidade de me escrever para dizer que me acha incrivelmente corajosa. Algumas dessas pessoas até mandam dinheiro. Infelizmente, todo o dinheiro é colocado imediatamente em uma caderneta de poupança para pagar a minha faculdade, de modo que não dá para eu comprar nenhum CD com ele.

   Também acho que recebo um monte de cartas de tarados, mas ninguém as mostra para mim. O secretário de imprensa guarda essas cartas em um arquivo especial e nem me deixa levar para a escola para mostrar à Catherine.

5. Apesar de a sede da ONU ser em Nova York, ninguém deu a menor indicação de que vão me mandar para lá. Tipo assim, para Nova York. Aparentemente, ir até a sede da ONU na verdade não faz parte da lista das dez prioridades da embaixadora *teen* na ONU.

4. Ficar jogando uma bolinha de borracha na parede do gabinete do secretário de imprensa porque isso ajuda a fazer com que o tempo passe enquanto eu estou presa lá: é onde eu passo todas as tardes de quarta-feira, apesar de isso não ser, tecnicamente, uma das funções da embaixadora *teen* na ONU e só servir para incomodar o secretário de imprensa e a equipe dele. Ele acabou confiscando a bola e disse que eu a

teria de volta quando meu mandato de embaixadora *teen* acabasse. Aparentemente, o pessoal do gabinete não sabe que dá para comprar uma bola dessas ali na esquina, por menos de um dólar.

3. Os embaixadores *teens* na ONU não devem ficar perambulando pelos corredores da Casa Branca, por mais que conheçam o lugar, já que podem, sem querer, interromper uma cúpula de negociações de paz enquanto procuram o Salão da Prataria Dourada para ver se por acaso lá tem algum retrato de Dolley Madison.

2. É altamente recomendável que os embaixadores *teens* na ONU não se vistam inteiramente de preto já que isso, de acordo com o secretário de imprensa da Casa Branca, pode passar ao público a impressão de que a embaixadora *teen* dos EUA é adepta de bruxaria.

E a função número um da embaixadora *teen* dos EUA na ONU, pelo que eu pude perceber, é:

1. Ficar sentada imóvel. Ficar quietinha. E deixar o secretário de imprensa trabalhar.

★ 16 ★

— *Ele* aceitou!

Foi assim que Catherine me cumprimentou na quinta-feira de manhã, na escola. Eu tinha acabado de precisar abrir caminho através de uma multidão de cem repórteres para ir do carro até a entrada da John Adams, de modo que, é preciso admitir, meus ouvidos ainda estavam meio que apitando por causa de tanta gritaria ("Samantha, o que você acha da situação no Oriente Médio?", "Coca ou Pepsi, Samantha?" etc.). Mas eu estava bem certa de que a Catherine tinha dito aquilo mesmo.

— Quem aceitou o quê? — perguntei quando ela começou a me acompanhar até o meu armário.

— O Paul! — a Catherine ficou mesmo ofendida por eu não ter lembrado. — Da igreja! Ou do Fliperama Beltway. Mas tudo bem, não faz mal. O negócio é que eu o convidei para sair e ele aceitou!

— Uau, Cath — respondi. — Muito bem!

Só que eu não falei de coração. Bom, sim e não. E não foi nada muito legal da minha parte, acho, e eu nunca teria coragem de dizer isso em voz alta, nem nada assim. Mas a verdade era que, por mais feliz que eu estivesse pelo fato de a Catherine ter marcado um encontro com um cara, eu me sentia meio estranha em relação à coisa toda. Tipo assim, aquilo que ela fizera (ligar para um cara e convidá-lo para sair) parecia, para mim, muito mais corajoso do que o que eu tinha feito (tipo assim, evitar que um cara assassinasse o presidente). Tudo que eu tinha arriscado era a minha vida... que, se eu tivesse perdido, não seria lá grande coisa porque, sabe como é, eu estaria morta e nem saberia do que aconteceu.

A Catherine tinha arriscado muito mais do que eu: o próprio orgulho.

A verdade era que eu provavelmente nunca ia ter peito para convidar o cara dos meus sonhos para sair. Tipo assim, para começar ele era namorado da minha irmã. Além do mais, bom, e se ele não aceitasse?

— Tudo bem se eu falar para a minha mãe que vou dormir na sua casa? — Catherine quis saber. — Tipo assim, eu sei que eles gostam do Paul, tipo assim, minha mãe e meu pai, mas eles acham que 15 anos não é a idade certa para começar a sair com garotos.

— Claro — respondi. — Depois que vocês terminarem o programa, você pode ir lá para casa. E se você quiser alguma roupa emprestada... sabe como é, se você achar que não tem nada legal no armário... passa lá antes de sair e a gente deixa a Lucy dar um jeito no seu visual. Você sabe que ela adora fazer essas coisas.

O rosto da Catherine brilhava. Nunca a vi tão feliz. Foi bem legal. Tipo assim, apesar de eu estar com inveja e tal, não podia evitar estar feliz por ela.

— Ah, Sam, você está falando sério? — Catherine gritou. — Seria maravilhoso!

— Vai ser legal. Então, o que é que vocês dois vão fazer? — perguntei. — Tipo assim, na grande noite.

Catherine olhou para mim como se eu fosse caso de internação.

— Nós vamos à festa da Kris, claro — respondeu. — Dãh. Para o que você acha que eu o convidei?

Àquela altura, eu estava colocando a combinação para abrir o cadeado do meu armário. Mas quando a Catherine falou aquilo (sobre a festa da Kris) os números (15, minha idade atual; 21, a idade que eu gostaria de ter; e 8, a idade que eu nunca mais quero ter) sumiram da minha cabeça.

— À festa da Kris? — eu meio que me pendurei no cadeado e fiquei olhando para ela. — Você vai levar o Paul à festa da Kris?

— Vou — confirmou Catherine, ignorando alguém que tinha passado por ali e, ao ver a saia comprida dela, gritara: "Ei, onde é que é a quadrilha?"

— Claro que convidei, Sam — repetiu ela. — A gente vai, não vai? Você e eu e o Paul e o David?

— *O quê?* — agora eu não tinha esquecido só a combinação do cadeado. Tinha esquecido o meu horário de aulas, o que tinha comido no café da manhã, tudo. Estava em estado de *choque*. — Catherine, você está chapada? Eu nunca disse que ia à festa da Kris. Na verdade, eu me lembro bem de ter dito que não iria nem se o Larry Wayne Rogers quebrasse os meus dois braços.

O rosto bonito da Catherine, que um instante antes estivera brilhando igual a uma moeda novinha, se contorceu de decepção e (acho que não estou errada ao dizer) de dor. É, dor de verdade.

— Mas Sam — ela gritou. — Você *tem* que ir! Eu não posso ir à festa da Kris sem você! Eu sei que a Kris só me convidou porque achava que você ia...

— É, e a Kris só me convidou porque ela achava que eu ia levar comigo um monte de repórteres e que ela ia aparecer na TV. Sem contar que ela achou que eu ia levar o David — não dava para acreditar que a Catherine estava tentando me aprontar uma coisa daquelas. A Catherine, minha melhor amiga desde a terceira série! — E eu não vou fazer nada disso. Porque eu não gosto do David desse jeito. *Lembra*?

— Sam, não dá para ir sem você — Catherine choramingou. — Tipo assim, se eu aparecer na casa da Kris sem você, o pessoal vai ficar tipo: "O que é que *você* está fazendo aqui?"

— Bom, você deveria ter pensado nisso antes — respondi, escancarando a porta do armário (eu finalmente tinha conseguido lembrar a combinação). — Antes de convidar o Senhor Pontuação Mais Alta em Death Squad para ir com você.

— Death Storm — Catherine me corrigiu, com os olhos escuros brilhando. — E eu não teria nem convidado se achasse que você falou sério quando disse que não ia.

— Eu *disse* que não ia. Está lembrada? E vê se se liga, a minha mãe e o meu pai zicaram a festa total. Nem a Lucy tem permissão para ir.

— Eu sei — respondeu Catherine. — Mas ela vai de qualquer jeito. Você sabe que ela vai. Ela vai simplesmente dizer para eles que vai a outro lugar qualquer.

— Mas isso não conserta nada. Além disso, eu ainda estou a perigo por causa daquele negócio de tirar nota baixa em alemão. Tipo assim, não acho que eles estão pegando no meu pé totalmente...

— Sam — Catherine me interrompeu, com a voz meio esquisita, como se estivesse entupida. — Você não saca? Por causa do que você fez... ter salvado o presidente daquele jeito... agora tudo vai ser diferente para nós.

Ela olhou em volta para assegurar-se de que ninguém estava ouvindo, deu um passo na minha direção e disse, com uma voz baixinha e aflita:

— Nós não precisamos mais ser rejeitadas. É a nossa chance de sair com os amigos da Lucy. Finalmente temos a chance de saber o que é ser a Lucy. Você não quer que isso aconteça, Sam? Você não quer saber como é estar na pele da Lucy?

Olhei para ela como se estivesse louca.

— Cath, você sabe muito bem o que é estar na pele da Lucy — respondi. — É ficar dando saltos mortais de costas, na chuva, durante jogos de futebol americano; ler só revistas de moda; e ficar separando os cílios com um alfinete.

Como eu já tinha pegado todos os cadernos de que pre-

215

cisava e tinha guardado meu casaco, bati a porta do armário e concluí:

— Desculpa, mas tenho coisa melhor para fazer.

— Tá — Catherine disse com os olhos tão brilhantes porque, eu afinal percebi, estavam cheios de lágrimas. — Tudo bem. Isso tudo é muito bom para você. Mas e eu, Sam? Tipo assim, a Kris nunca perdeu tempo para descobrir como é na verdade a garota que está dentro dessas roupas idiotas — Catherine pegou na saia de florzinha. — Bom, essa é a minha chance, Sam. Minha chance de mostrar a todo mundo que existe uma pessoa de verdade aqui dentro. Essa é a única vez que eles podem prestar um pouco de atenção. Só estou pedindo para você me dar essa chance.

Fiquei olhando para ela. O sinal já tinha tocado, mas eu não me mexi. Eu estava paralisada.

— Catherine — comecei, mais chocada com o que ela tinha dito do que com as lágrimas que acompanharam o discurso. — Você... tipo assim, você liga mesmo para o que eles dizem?

Ela ergueu a mão para enxugar as bochechas com um lencinho rendado.

— Ligo — respondeu. — Tá bom? Ligo sim, Sam. Eu não sou igual a você. Eu não sou corajosa. Eu ligo para o que as pessoas pensam de mim. Está certo? Eu ligo. E só estou pedindo para você me dar essa chance de...

— Tudo bem — concordei, finalmente.

Catherine olhou para mim, piscando os dois olhos cheios de lágrimas:

— O q-q-quê?

— Tudo bem — eu não estava nada feliz com aquilo, mas o que é que eu podia fazer? Ela era a minha melhor amiga. — Tudo bem, eu vou. Tá certo? Se é tão importante assim para você, eu vou.

Um sorriso foi se espalhando devagarzinho no rosto da Catherine. Os olhos castanhos dela estavam felizes de novo.

— É mesmo? — disse e deu um pulinho. — É mesmo, Sam? Você está falando sério?

— Estou — respondi. — Tudo bem? Estou falando sério.

— Ahhh! — Catherine jogou os dois braços em volta do meu pescoço e me deu um apertão cheio de alegria. Então se afastou e disse: — Você não vai se arrepender! Você vai se divertir muito, juro! Tipo assim, o *Jack* vai estar lá!

E daí saiu correndo pelo corredor, porque estava atrasada para a aula de biologia.

Eu também deveria ter saído correndo, já que estava atrasada para a aula de alemão. Mas, em vez disso, só fiquei parada ali, pensando no que é que tinha me metido.

Ainda estava perdida nos meus próprios pensamentos quando entrei no ateliê da Susan Boone naquela tarde, sentei no meu banco e vi o que estava lá me esperando.

Isso porque havia, em cima do meu banco de desenho, um capacete militar escuro, salpicado de margaridas de corretivo.

— Gostou? — David quis saber. Ele estava dando aquele sorrisinho de novo. E, pela segunda vez em dois dias, a visão daquele sorriso provocou algo em mim. Parecia fazer com que meu coração pulasse dentro do peito. *Frisson*?

Ou será que era o *burrito* que eu tinha comido no almoço?

— Achei que uma garota como você precisava exatamente disso — disse David. — Sabe como é, já que você está sempre sendo atacada por corvos e assassinos armados.

Não podia ser azia de estômago. Era muita coincidência que o meu coração tivesse dado aquele pulo esquisito bem na hora que o David sorriu para mim. Algo mais estava acontecendo. E era uma coisa de que eu não estava gostando nadinha.

Tentando ignorar o coração disparado, coloquei o capacete. Era grande demais para mim, mas não fez mal, porque eu tinha muito cabelo para esconder.

— Obrigada — respondi, tentando enxergar por baixo da aba do capacete. Eu estava emocionada (emocionada mesmo) por ele ter se dado ao trabalho de fazer aquilo. Era quase tão legal quanto ter o nome gravado em um parapeito de janela na Casa Branca. — Ficou perfeito.

E *tinha ficado* perfeito mesmo. Naquele dia, quando o Joe pulou no meu ombro para interromper meu desenho eu nem liguei, porque dessa vez não me machucou. Na verdade, ele só ficou parado lá, com uma cara meio atrapalhada, dando umas bicadas no capacete e soltando uns assobios de interrogação. Daquela vez, estávamos retratando uma peça de carne crua que a Susan Boone tinha trazido do açougueiro, dizendo que, depois de ter encontrado as cores de um ovo branco na terça-feira, nosso desafio de hoje era desenhar um objeto que contivesse todas as cores do arco-íris, mas sem perder o todo de vista.

A turma inteira riu do pássaro, até o David. Ele parecia ser o tipo de cara que não deixava que nada o incomodasse. Parecia ser o tipo de cara que saberia lidar com uma centena de Kris Parkses.

Que é a única razão que eu consigo encontrar para explicar por que, logo antes de nos levantarmos para colocar os desenhos na janela na hora da crítica, eu me inclinei na direção dele e falei bem baixinho (tão baixinho que achei que ele não seria capaz de me ouvir, com o meu coração batendo tão alto):

— Ei, David. Você quer ir comigo a uma festa no sábado à noite?

Ele pareceu surpreso. Durante uma fração de segundo, achei que ele fosse dizer não.

Mas não foi nada disso que ele fez. Sorriu e disse:

— Claro, por que não?

As dez principais prováveis razões que me fizeram convidar o David para a festa da Kris Parks no sábado à noite:

10. Loucura total e completa por ter cheirado muita terebintina.

9. Solidariedade à Catherine, que parece ter desenvolvido uma espécie de síndrome de Estocolmo bem séria, já que, aparentemente, tem o desejo de estabelecer relações exatamente com aquelas pessoas que passaram anos e anos a atormentando — tanto que está se arriscando a sofrer a ira dos pais ao fugir de casa para ir a uma festa, organizada pela líder de todo o complô, com um garoto que mal conhece.

8. Os olhos dele.

7. Como ele foi legal comigo naquela noite na Casa Branca, quando me contou da Dolley Madison. Além de me arrumar aquele hambúrguer. Ah, e de ter gravado o meu nome no peitoril da janela.

6. Como ele estava *bonito* naquela noite na Casa Branca, com aquele cabelo meio desarrumado, aqueles cílios compridos e aquelas mãos grandes.

5. Ele sabe desenhar. Sabe mesmo. Não tão bem quanto o Jack, mas quase tão bem quanto eu. Talvez até melhor do que eu, só que com um estilo diferente. Além disso, dá para ver que ele *gosta mesmo* de desenhar, que ele sente a mesma coisa que eu e o Jack sentimos quando desenhamos, que isso o absorve como faz comigo e o Jack. A maior parte das pessoas (como a minha irmã Lucy, por exemplo) nunca se sente assim a respeito de nada.

4. O capacete de margaridas.

3. Como ele tem que ir a todo lugar acompanhado de agentes do Serviço Secreto, isso significa que haverá adultos na festa, de modo que os meus pais vão ter que deixar a gente ir.

2. Todo mundo já acha mesmo que estamos ficando.

E a razão número um (e mais provável) por que eu convidei o David para ir à festa da Kris:

1. Para deixar o Jack com ciúme. Porque era totalmente possível que, se ele me visse com outro garoto, iria perceber que, se não agisse logo, poderia me perder, e isso poderia forçá-lo a reconhecer, afinal, os verdadeiros sentimentos que tinha por mim.

Pelo menos, é o que eu esperava.

★ 17 ★

Comecei a me arrepender de ter convidado o David para a festa da Kris Parks quase imediatamente. Não é que eu achasse que não seria divertido ou qualquer coisa assim. Tipo assim, apesar de ficar me enchendo por eu ser uma artista sensível, o David até que era um cara bacana.

Não, eu tinha me arrependido por causa da reação que as pessoas tiveram quando eu contei.

Reação número um: Lucy

"Ah, caramba, que beleza! Vocês dois formam o casal mais fofo de todos, porque ele é tão alto e você é tão baixinha, além disso, vocês dois têm cabelo arrepiado demais, e vocês dois gostam daquele tipo idiota de música que parece antiga. Vai ser tão legal! Que roupa você vai pôr? Acho que você deveria colocar a minha minissaia de couro escuro e a minha caxemira verde com decote V, minha meia arrastão preta e a minha bota que vai até o joelho. Não dá para colocar coturno de minissaia, vai parecer que as suas batatas da perna são gordas. Não que as suas sejam gordas, mas sempre parecem gordas se você coloca coturno com minissaia.

Mas talvez a meia arrastão seja um pouco demais para uma aluna do primeiro ano. Talvez você deva colocar meias-calças finas normais. Mas acho que a gente pode comprar uma meia-calça canelada. Acho que ia ficar bom. Quer se encontrar com o resto da turma de animadoras de torcida para ir fazer compras antes da festa, no sábado?"

Reação número dois: Rebecca
"Ah, estou vendo que a sementinha do *frisson* que eu plantei germinou e produziu um botãozinho de flor bem frágil."

Reação número três: Catherine
"Ah, Sam, que maravilha! Agora o Paul vai ter alguém para conversar na festa, porque ele também não vai conhecer ninguém lá, igualzinho ao David. Talvez os dois possam ficar juntos enquanto nós duas damos aquela checada no pessoal. Porque eu ouvi dizer que, em festas assim, é importante se misturar. Fiquei pensando que, se você e eu nos misturarmos, talvez consigamos ser convidadas para outras festas também, tipo quem sabe até festas do terceiro ano, apesar de eu achar que isso talvez seja pedir demais. Mas sabe como é, se fôssemos convidadas para festas do terceiro ano, seríamos tão populares quanto a Kris em um piscar de olhos."

Reação número quatro: Theresa
"*Você* convidou *o garoto*? Quantas vezes você já me ouviu dizer a sua irmã, dona Samantha, que se você ficar indo

atrás dos garotos você vai se dar mal? É só lembrar do que aconteceu com a minha prima Rosa. É melhor que eu não veja você ligando para ele. Espera que *ele* ligue para *você*. E também não me venha com esse negócio de mensagens instantâneas pela internet. O melhor é parecer misteriosa e distante. Se a Rosa tivesse sido misteriosa e distante, não estaria na situação que está hoje. E onde é mesmo essa festa? Os pais da garota vão estar lá? Vai ter álcool para beber? Estou avisando, dona Samantha, se eu descobrir que você e a sua irmã estiveram em uma festa em que tem álcool, vocês duas vão ficar limpando privadas até entrarem na faculdade."

Reação número cinco: Jack

"O filho do presidente? Ele não é agente antidrogas, é?"

Reação número seis: meus pais (deixei o pior para o fim)

"Ah, Sam, que maravilha! Ele é um garoto tão legal! Não dava para a gente inventar um namorado melhor para você. Ah, como seria bom se a Lucy tivesse tanta prudência quanto você para escolher com quem sai... A que horas ele vem buscar você? Ah, e precisamos comprar filme para a máquina de fotografia. Só vamos tirar *algumas* fotos, só isso. Bom, a gente precisa registrar o evento. Nossa filhinha, saindo com um garoto tão gentil. Tão bem-educado. E você sabe que ele estuda na Horizon, isso significa que a inteligência dele está muito acima da média. Do país. Do país *inteiro*. Ele vai mesmo ser alguém importante no futuro, talvez até siga os passos do pai e se torne político. Que garoto bacana, bacana mesmo. Ah, se a Lucy pudesse encontrar um garoto bacana assim, em vez daquele Jack, que rapaz terrível!"

Foi totalmente humilhante. Tipo assim, só eu mesma: na primeira vez que saio com um garoto, é um cara que os meus pais adoram! Além de o David não ter nenhuma tatuagem (pelo menos, até onde eu sei) nem andar de Harley (mais uma vez, estou chutando, mas parece bem provável), ele é filho do PRESIDENTE DOS ESTADOS UNIDOS.

Tá bom? Poderia SER mais CDF? Eu sei que a gente não pode fazer nada a respeito dos pais que tem, mas dá um tempo. Em vez de o cara ser filho de mãe solteira que vive de pensão do governo ou de um pai condenado, situações que deixariam os meus pais loucos da vida, acabo saindo com um cara cujos pais não só continuam casados como também são, tipo, o casal mais influente do país.

A vida é mesmo injusta.

Fiz de tudo para irritá-los (estou falando dos meus pais), falando que o David vinha me buscar no CARRO dele (mas claro que não era bem assim; o John é que vinha dirigindo já que o David, com 17 anos, não tinha idade para ter carteira de motorista no Distrito de Columbia). Daí observei que iríamos comer SOZINHOS em algum lugar antes da festa (de novo, não era totalmente verdade, já que os caras do Serviço Secreto iam nos acompanhar), já que o David tinha sugerido, quando saíamos do ateliê da Susan Boone, que fôssemos comer alguma coisa antes da festa.

Mas nem a minha mãe nem o meu pai morderam a isca. O negócio é o seguinte: só porque o cara é o primeiro-filho, ou qualquer coisa assim, eles confiam nele completamente! Nem em um milhão de anos eles teriam deixado a Lucy ir a uma festa com o Jack (não sem uma briga gigante antes). A única razão por que eles cederam dessa vez e a deixaram ir é porque sabiam que eu também ia estar lá... bom, com o David e o Serviço Secreto. Mas, mesmo assim. *Eu*! A *irmã menor* dela! Eu sou supostamente a boazinha! Apesar de tudo que eu tenho feito para convencê-los do contrário (tipo só me vestir de preto durante um ano, ou aquela história toda da minha produtora clandestina de desenhos de celebridades), eles insistem em achar que eu sou uma pessoa responsável!

E vou dizer uma coisa: esse negócio de eu ter salvado a vida do presidente e de ser nomeada como embaixadora *teen* da ONU também não ajudou em nada.

Estava pensando seriamente em repetir no alemão, só para me vingar deles.

Mas, do jeito que eles andavam agindo ultimamente, acho que eles só iam ficar tipo: "A Sam tirou zero em alemão, que coisa mais adorável!"

De qualquer maneira, na noite da festa, a minha mãe e o meu pai cumpriram a ameaça e já estavam esperando na sala, com a máquina de fotografia em punho, quando o David tocou a campainha, às sete horas em ponto. A Catherine já tinha chegado e partido, depois de a Lucy transformá-la em uma cópia das garotas que habitavam as páginas da *Seven-*

teen. Ela ia se encontrar com o Paul no Fliperama Beltway, e daí os dois iam nos encontrar na casa da Kris, na hora da festa.

— Por favor — cochichei, aflita, para o David quando abri a porta. — Não ligue para eles. Eles não sabem o que estão fazendo.

O David, que estava de jeans e com uma malha preta, ficou um pouco assustado, mas depois que entrou em casa e viu meus pais, relaxou.

— Ah — fez ele, como se os pais das garotas com quem ele sai sempre aparecessem com câmeras compactas nas mãos... bom, talvez aparecessem mesmo. — Oi, sr. e sra. Madison.

E se a minha mãe e o meu pai já não fossem o bastante, indo de um lado para o outro com lentes zoom em punho, o Manet, todo animado com a perspectiva de conhecer alguém novo, veio correndo como louco da cozinha (com todos os seus quatro quilos) e imediatamente enfiou o focinho na virilha do David. Eu tentei puxar o cachorro para longe, pedindo desculpas pelo comportamento dele.

— Tudo bem — disse David, dando alguns tapinhas carinhosos na cabeça desgrenhada do Manet. — Eu gosto de cachorro.

Daí a Lucy tinha que entrar em cena, flutuando escada abaixo toda vestida para a festa, como se achasse que era alguma atriz de novela famosa ou qualquer coisa assim, e daí, mandando:

— Ah, David, é você. Achei que era o meu namorado, o Jack. Claro que vocês dois vão se conhecer na festa. Acho que vocês vão se dar superbem. Ele também é artista.

Depois foi a vez de a Rebecca aparecer, olhar para o David e para mim e mandar:

— Ah, é. Definitivamente, *frisson* — e logo subiu a escada e foi para o quarto dela, provavelmente para fazer mais uma tentativa de entrar em contato com a nave-mãe.

Se a minha família tivesse tentado me envergonhar, o máximo possível, de propósito, acho que não teria feito pior.

Quando conseguimos escapar para a segurança da varanda, o David olhou para mim e perguntou:

— O que é *frisson*?

— Ah, hahaha — fiquei rindo igual a uma tonta. — Não sei. Deve ser algo que ela aprendeu na escola.

David fez uma careta de leve.

— Eu vou à mesma escola que ela, e nunca ouvi falar disso.

Para distraí-lo, caso ele estivesse pensando em chegar em casa e ir olhar a palavra no dicionário, dei um gritinho quando vi o carro dele. Apesar de eu não ter aceitado os conselhos da Lucy a respeito do meu visual (estava usando minhas roupas mesmo, uma saia preta e comprida que ia até onde começavam os meus coturnos com margaridas, combinado com uma malha que, apesar de ter decote V, também era preta), lembrei algumas das observações dela, uma das quais fora: "Aja como se o carro dele fosse o máximo. Os caras têm uma relação esquisita com os carros deles."

Só que eu não tenho bem certeza se isso vale para todos os caras, porque depois de eu ter um ataque dizendo que adorava o sedã de quatro portas dele, o David ficou olhando para mim com um ponto de interrogação no olhar.

— Hum... não é meu — disse. — É do Serviço Secreto.

— Ah — respondi. E daí reparei que o John, da aula de arte, estava parado ao lado do carro. E também que outro carro quase idêntico estava parado logo atrás do primeiro, com mais dois agentes do Serviço Secreto dentro.

Como achei que algum tipo de explicação se fazia necessária, afirmei:

— A minha irmã disse que os caras gostam quando a gente elogia o carro deles.

— É mesmo? — David disse, sem parecer muito surpreso. — Bom, ela parece ser alguém que sabe dessas coisas.

Foi nesse momento que um repórter que nenhum de nós tinha notado pulou de trás dos arbustos e nos atacou: "Samantha! David! Aqui!", e tirou umas mil fotos.

Não deu para ver exatamente o que aconteceu em seguida, já que todos aqueles flashes me deixaram cega durante alguns segundos, mas ouvi uma voz firme dizer: "Isso aqui fica comigo", seguido por um grunhido, um barulho de coisa quebrada e o fim dos flashes.

Quando voltei a enxergar, percebi que a voz firme pertencia a um agente do Serviço Secreto (não o John, um outro) que voltava para o carro estacionado atrás do do David. O repórter estava a poucos metros de distância, na calçada, com ar desolado, segurando a câmera despedaçada. Ele mur-

murava alguma coisa a respeito de liberdade de imprensa...
mas não muito alto, de modo que o agente do Serviço Secreto não podia ouvi-lo.

John abriu a porta de trás do primeiro sedã e disse, todo arrependido:

— Desculpem-me por esse incidente.

Acomodei-me no banco de trás sem dizer nada, porque, afinal, o que é que eu podia dizer?

O David entrou pelo outro lado e fechou a porta. O interior do carro do Serviço Secreto era muito limpo. Tinha cheiro de novo. Eu detesto cheiro de carro novo. Pensei em abrir a janela, mas estava bem frio lá fora.

Daí o John se acomodou atrás da direção e checou:

— Tudo certo aí?

David respondeu:

— Comigo, tudo certo — daí, olhou para mim. — E você, tudo bem?

— Hum... — respondi. — Tudo.

— Está tudo certo por aqui — confirmou David.

E o John respondeu:

— Então, vamos lá.

E começamos a andar. Fiquei com o rosto afastado da janela, porque percebi que os meus pais tinha saído à varanda da frente e estavam parados lá, acenando para nós. Um repórter, cuja câmera não tinha sido despedaçada, tirou uma foto da cena, já que tirar fotos do David e de mim era obviamente *proibido*. Torci para que minha mãe e meu pai ficassem felizes de ver uma fotona colorida deles no *USA Today* de amanhã de manhã ou qualquer outro jornal.

Dentro do carro, estava o maior silêncio. Um silêncio excessivo. "Só tem três assuntos que você pode conversar com os caras", a Lucy tinha me instruído anteriormente, naquele mesmo dia, apesar de eu não a ter consultado mesmo a esse respeito. "E essas coisas são:

Um: ele mesmo.

Dois: você e ele.

Três: você mesma.

Comece falando a respeito dele. Daí, lentamente, introduza o tema relativo a você e ele. Depois, faça com que a conversa se desvie para você. E fique por aí."

Mas, por algum motivo, eu não conseguia falar nada daquelas coisas que a Lucy tinha me aconselhado a dizer. Tipo assim, a primeira coisa, de elogiar o carro dele, não tinha dado nada certo. Eu percebi que, ao sair com o filho do presidente, eu estava penetrando em território desconhecido, do tipo que a Lucy nunca tinha explorado. Eu estava por minha própria conta. Era um pouco assustador, mas achei que conseguiria me virar.

Tipo assim, ele não era exatamente o *Jack*.

— Hum... — comecei, quando o John virou na rua 34. — Desculpa pelos meus pais.

— Ah — respondeu David, rindo. — Sem problemas. Então, para onde a gente vai? O que você está a fim de comer?

Como eu sempre só estou a fim de comer uma coisa (hambúrguer), não tinha muita certeza a respeito de como responder à pergunta dele. Por sorte, o David continuou falando:

— Eu fiz reserva em alguns lugares. Tem o Vidalia. Acho que é bem legal. E o Four Seasons. Eu não sabia se você já tinha ido lá. Ou então tem o Kinkead, apesar de eu saber a sua opinião sobre peixe.

Enquanto ia ouvindo isso, meu pânico ia crescendo. Reserva? Ele fez *reserva*? Eu nunca achava nada que tivesse vontade de comer em cardápios de restaurantes que exigem reserva.

Eu não sei se o David foi capaz de perceber o tremor no meu rosto, ou se foi o meu silêncio que entregou tudo. De qualquer modo, ele mandou:

— Ou a gente pode esquecer as reservas e ir comer uma pizza ou qualquer coisa assim. Tem um lugar que eu ouvi dizer que todo mundo vai. A pizzaria Luigi's, ou outra qualquer?

A Luigi's era o lugar onde a Lucy e a turma dela estariam antes da festa. Ao mesmo tempo em que eu sabia que iríamos ver toda aquela gente em algumas horas, de qualquer jeito, acho que não dava para encarar ficar sentada em uma mesa com o David na frente de todos eles, sabendo o tempo todo que o restaurante inteiro estava de olho em nós, falando de nós. Eu duvidava de que seria capaz de engolir qualquer coisa. Além disso, o Jack estaria lá. Como é que eu iria prestar atenção em qualquer coisa que o David dissesse se o Jack estivesse em qualquer lugar nas redondezas?

— Ou então a gente pode simplesmente comer um hambúrguer em algum lugar... — sugeriu David, olhando para mim de novo.

— Para mim, parece bom — respondi, esperando soar bem desencanada.

Ele me deu um daqueles sorrisinhos misteriosos.

— Então vamos comer hambúrguer — resolveu. — John, vamos para o Jake's. E você pode colocar um som, por favor?

John respondeu:

— Claro — e apertou um botão no painel.

E aí, a voz da Gwen Stefani encheu o carro.

No Doubt. O David era fã do No Doubt.

Eu deveria saber, claro. Tipo assim, qualquer pessoa que gosta de Reel Big Fish tem que gostar de No Doubt. É tipo uma lei.

Mesmo assim, fiquei em estado de choque quando percebi que o David tinha mandado colocar a Gwen no som do carro. Porque, sabe como é, se eu tivesse um carro, é exatamente isso que estaria no som. A Gwen, tipo assim.

E a coisa mais esquisita de todas era que o meu coração tinha feito aquela coisa de novo. Fala sério. Aquele pulinho, assim que ouvi a voz da Gwen. Só que não por causa da Gwen, sabe como é. Não, foi porque eu percebi que o *David* gostava da Gwen. Será que era disso que a Rebecca estava falando? Será que *frisson* era isso?

Mas como é que eu podia sentir *frisson* por uma pessoa quando o meu coração pertencia a outra? Não fazia o menor sentido. Para começar, a única razão por que eu tinha convidado o David tinha sido para deixar a Catherine feliz. E talvez para deixar o Jack com ciúme. Tipo assim, eu era completa e irrevogavelmente apaixonada pelo namorado da minha irmã, que um dia perceberia que eu, e não a Lucy, sou a garota certa para ele.

Então, que história de *frisson* era essa?

Achei que, se eu ignorasse, aquilo iria embora. Então, foi o que comecei a fazer. E sabe o quê? Por um tempo, fiquei achando que estava dando certo. Tipo assim, não que a gente não tenha se divertido nem nada assim. O Jake's, o lugar em que fomos jantar, era total o tipo de lugar de que eu gosto. Era no bairro do Foggy Bottom, com mesas de superfície pegajosa e luz fraca. Ninguém lá deu a mínima para o fato de eu ser a garota que tinha salvado o presidente e que o David era filho dele. Na verdade, acho que ninguém chegou a olhar para a gente, a não ser a garçonete e, claro, John e os outros agentes do Serviço Secreto, que se sentaram em uma mesa um pouco afastada da nossa.

E apesar de eu estar preocupada com o que dizer, descobri que não preciso prestar a mínima atenção às regras da Lucy. O David começou a me contar umas histórias engraçadas a respeito das coisas malucas que as pessoas que visitam a Casa Branca esquecem por lá (tipo aparelhos ortodônticos e, uma vez, uma calça de veludo cotelê) e, depois disso, a conversa simplesmente fluiu.

E quando os hambúrgueres chegaram, eram queimadinhos do lado de fora, bem do jeito que eu gosto, e ninguém tinha se atrevido a colocar qualquer verdura ou outra coisa, tipo tomate, cebola e alface, perto da carne. As batatas também eram do tipo crocante, não daquele tipo oleoso e mole que tem um gosto horrível de batata.

Daí o David me contou uma história sobre quando ele era pequeno e a mãe e o pai dele pediam para ele colocar a mesa e, para fazer piada, ele colocava o garfão e a colherona de servir salada em um dos lugares.

E ele disse que os pais dele riam toda vez, apesar de ele fazer aquilo praticamente toda noite.

Inspirada nisso, contei a ele a respeito daquela vez no Marrocos em que tentei jogar os cartões de crédito do meu pai na privada. Que é uma coisa que, para falar a verdade, eu nunca contei a ninguém sem ser a Catherine. Não era tão fofa quanto a história do garfão e da colherona, mas era tudo que eu tinha.

E daí o David me disse que tinha ficado muito mal de ter que abandonar os amigos e se mudar para Washington D.C. e que detestava a Horizon, onde todo mundo era supercompetitivo e toda a ênfase era dada à ciência, e não à arte, e que as pessoas que gostavam de desenhar, como ele, eram menosprezadas. E eu entendi exatamente o que ele queria dizer com aquilo, a única diferença é que na John Adams só se fala de esportes.

Daí eu contei a ele que tive de ir à fonoaudióloga e que todo mundo achava que eu estava fazendo aula de reforço. E daí, por algum motivo, também contei a ele sobre os desenhos de celebridades, e como tinha sido por causa deles que eu tirei uma nota baixa em alemão e fui obrigada a ir à aula da Susan Boone.

Foi a certa altura dessa conversa que o joelho do David encostou no meu, por acaso, embaixo da mesa. Ele pediu desculpas e afastou a perna. Daí, uns cinco minutos depois, aconteceu de novo.

Só que, dessa vez, ele deixou a perna lá mesmo. Nem pediu desculpa. Eu não sabia o que fazer. A Lucy não tinha incluído isso na lista de coisas que poderiam acontecer.

Mas percebi que o *frisson* começava a voltar. Tipo, de repente, eu tomei consciência do fato de que o David era um garoto. Tipo assim, claro que eu sempre soube que ele era um garoto, e também que era bem bonitinho. Mas, de algum modo, quando o joelho dele encostou no meu por debaixo da mesa (e ficou lá, encostado) eu tomei consciência, mesmo, de que ele era um cara.

E, de repente, fiquei envergonhada e não conseguia encontrar nada para dizer... o que foi bem esquisito porque, tipo, dois minutos antes daquilo, eu não estava tendo problema nenhum naquele aspecto. E também não conseguia mais olhar nos olhos dele. Não sei por quê, mas era tipo como se eles fossem verdes demais, ou qualquer coisa assim. Além disso, de repente eu comecei a sentir calor, apesar de a temperatura estar ótima dentro do restaurante.

Eu não conseguia entender o que estava acontecendo comigo. Só sabia que, antes do joelho dele encostar no meu, nada disso estava rolando. Então eu me arrumei na cadeira, achando que se eu desse um basta no, sabe como é, contato, as coisas ficariam melhores.

236

E meio que ficaram, mas acho que não muito, já que o David olhou para mim (sem nenhum sorrisinho secreto no rosto), e mandou:

— Tudo bem com você?

— Claro — respondi com uma voz mais aguda do que o meu normal. — Por quê?

— Sei lá — deu de ombros, aqueles olhos verdes examinando o meu rosto de um jeito que eu achei infinitamente alarmante. — Você está meio... corada.

Foi aí que eu tive a brilhante ideia de olhar para o meu Swatch de sereia e dizer:

— Ah, caramba, olha só que horas são! Precisamos ir, se quisermos chegar à festa a tempo.

Eu meio que fiquei com a sensação de que o David gostaria de pular toda a parte da festa. Mas não eu. Eu queria chegar logo lá. Porque, na festa, eu estaria a salvo do *frisson*.

Porque o Jack estaria na festa.

★ 18 ★

— *Ah, que* maravilha, vocês vieram mesmo!

Foi o que a Kris Parks disse quando abriu a porta e viu o David e eu parados ali na entrada da casa dela. Para falar a verdade, ela não disse. Ela berrou.

Mas eu já devia saber que isso ia acontecer. Eu já devia saber que esse seria o modo como ela (e todo mundo) reagiria.

No carro, a caminho da lá, o David tinha ficado tipo: "Então, de quem é essa festa?" E eu tentei explicar, mas acho que não me saí muito bem (provavelmente por causa do *frisson* que, infelizmente, teimava em não ir embora), já que ele emendou: "Deixa eu ver se entendi. É a festa de uma pessoa de que você não gosta, onde vai ter um monte de gente que você não conhece... por que é mesmo que a gente está indo?"

Mas daí eu expliquei que estávamos indo porque eu tinha prometido à minha melhor amiga, Catherine, e ele só deu de ombros e mandou: "Tudo bem."

E apesar de ele não ter dado o menor sinal de que percebeu que todo mundo ficou quieto quando entramos na casa da Kris Parks, e logo depois o pessoal todo começou a cochichar, ele se ligou. Eu me liguei que ele se ligou. E nem foi por causa do *frisson*. Não, eu me liguei porque aquele sorrisinho voltou, sorrateiro... tipo como se ele estivesse se segurando para não rir. Acho que ele estava se segurando para não rir daqueles tontos da John Adams que pareciam incapazes de parar de olhar para ele.

Pelo menos ele podia rir de tudo aquilo. A única coisa que eu parecia capaz de fazer era ficar cada vez mais vermelha. Só que eu não conseguia entender por quê. Tipo assim, não era como se eu *gostasse* dele nem nada assim. Só gostava dele como amigo.

— Oi, eu sou a Kris — apresentou-se a Kris, estendendo a mão para o David. Ela estava usando um minivestido jeans. Tipo como se a temperatura não estivesse em zero lá fora.

— Oi — disse David, apertando a mão da garota que transformava o meu cotidiano e o de tantas outras pessoas em um verdadeiro inferno. — Eu sou o David.

— Oi, David — respondeu Kris. — Nem sei como agradecer por você ter vindo. É mesmo uma honra conhecer você. Seu pai está fazendo um ótimo trabalho no comando do país. Sabe como é, eu era nova demais para votar nas eleições, mas eu quero que você saiba que eu, tipo, super distribuí panfletos para ele.

— Obrigado — David disse, sem parar de sorrir, só que com uma cara de quem estava querendo a própria mão de volta. — Foi muito legal da sua parte.

— A Sam e eu somos melhores amigas — revelou Kris, continuando a apertar os dedos dele, sacudindo para cima e para baixo. — Ela contou para você? Praticamente, desde o jardim de infância.

Não dava para acreditar em tamanha mentira, na cara dura. Eu teria dito algo, mas não deu tempo, porque a Catherine veio correndo na nossa direção.

— Ah, meu Deus, que bom que você chegou — cochichou para mim depois das apresentações. — Você não faz ideia. O Paul e eu só estamos parados aqui. Ninguém fala com a gente. Ninguém mesmo! Estou morrendo de vergonha! Ele deve achar que eu sou tipo uma leprosa social, total!

Dei uma olhada no Paul. Ele não parecia estar pensando nada daquilo. Estava olhando para Catherine cheio de adoração, que estava totalmente fofa de jeans preto e uma blusinha de seda que tinha pegado emprestado da Lucy.

Virei-me para o David (que finalmente tinha conseguido se livrar do aperto de mão da Kris) e perguntei:

— Quer uma Coca ou qualquer outra coisa?

— O quê? — perguntou, incapaz de me ouvir com a música tão alta. E nem precisa dizer que não era ska.

— Coca? — perguntei de novo.

— Claro — gritou em resposta. — Vou lá buscar.

— Não — insisti. — Fui eu que convidei. Deixa que eu pego — dei uma olhada no John, que estava apoiado em uma parede e tentava se misturar com os convidados. — Vou pegar uma para o John também. Fica aqui me esperando, senão a gente vai se perder um do outro.

Daí comecei a abrir caminho pelo meio da multidão na direção em que eu achava que estavam as bebidas, que era o lugar onde havia a maior aglomeração. Preciso confessar que fiquei aliviada de fugir da presença do David. Tipo assim, era tão esquisito aquilo que estava rolando entre a gente. Não sei exatamente o que era, mas sei de uma coisa:

Não estava gostando daquilo nem um pouquinho.

Conforme eu ia me esgueirando pelo meio daquela multidão rodopiante e às gargalhadas, pensava comigo mesma: É isso que eu estou perdendo por fazer parte do grupo das pessoas nada populares? Casas abarrotadas de gente barulhenta e insuportável, com uma música que martela na sua cabeça e que nem dá para entender a letra? Francamente, preferia estar em casa assistindo a desenho animado e comendo sorvete.

Mas acho que eu era a única que pensava assim.

Quando cheguei ao lugar onde achei que as bebidas estavam, só vi um barril de chope. Um barril de chope! Que sutil, Kris. Tipo assim, ela sabia perfeitamente que o David vinha e que ia trazer uns caras do Serviço Secreto com ele. Hummm, até parece que ela nem ia se ferrar muito, nem nada assim.

E sabe o quê? Eu não tinha a mínima pena dela, para falar a verdade.

Os refrigerantes, alguém me informou, estavam em um isopor no quartinho ao lado da cozinha. De modo que eu me enfiei de novo na multidão até conseguir chegar ao quartinho ao lado da cozinha.

Adivinha? A minha irmã e o Jack estavam lá, totalmente se agarrando.

A Lucy soltou um guincho:

— Você veio! — gritou. — Tudo certo? Cadê o David?

— Está para lá, em algum lugar — respondi. — Vim pegar refrigerante para a gente.

— Bobona — disse Lucy. — *Ele* é que tem que ir buscar refrigerante para *você*. Credo. Espera aqui um minuto. Vou chamar as garotas.

Por "garotas", claro, ela queria dizer as outras animadoras de torcida.

— Lucy — pedi. — Por favor. Hoje, não.

— Ah, deixa de ser tão estraga-prazer — Lucy disse. — Fica aqui com o Jack, eu já volto. Tem um monte de gente aqui louca para conhecer o filho de verdade de um presidente vivo...

E, antes que eu conseguisse proferir qualquer palavra, ela já tinha dado o fora e me deixado sozinha com o Jack.

Que ficou olhando para mim pensativo, depois de virar todo o conteúdo do copo de plástico.

— Então — começou. — Como estão as coisas?

— Bem — respondi. — Surpreendentemente bem. Na quinta, a Susan Boone mandou a gente desenhar um pedação de carne, e foi superlegal porque, para falar a verdade, eu nunca tinha parado para observar um pedaço de carne, sabe? Tipo assim, tem um monte de coisa que dá para ver na carne...

— Que ótimo — exclamou Jack, aparentemente sem perceber que estava me interrompendo, apesar de a música estar bem mais baixa ali na lavanderia. — Você recebeu meu quadro?

242

Olhei para ele sem entender nada:

— Que quadro?

— O que eu inscrevi — respondeu. — Do concurso *Da Minha Janela*.

— Ah. Não. Tipo assim, não sei. Tenho certeza que devem ter recebido. Só que eu ainda não vi. Ainda não vi nenhum quadro.

— Bom, você vai adorar — entusiasmou-se Jack. — Demorei três dias para fazer. É a melhor coisa que eu já fiz.

Daí o Jack começou a descrever o quadro muito detalhadamente. Alguns minutos depois, quando o David apareceu na porta, ele ainda estava falando daquilo.

Fiquei alegre quando o vi. Não pude fazer nada a respeito disso. Apesar de o objeto da minha afeição estar bem ali do meu lado, fiquei feliz em ver o David. Disse a mim mesma que não foi só porque aquela história dos talheres de servir salada tinha sido tão fofa. Não tinha nada a ver com aquele negócio de *frisson*. Nada mesmo.

— Ei! — chamou David, com aquele sorriso que, eu percebera, era praticamente sua marca registrada. — Fiquei imaginando onde é que você tinha se enfiado.

— David, este aqui é o namorado da minha irmã, o Jack. Jack, este aqui é o David.

O David e o Jack apertaram as mãos. Percebi que, para falar a verdade, ali um ao lado do outro, eles eram bem parecidos.

Tipo assim, os dois tinham mais de um metro e oitenta de altura, e os dois tinham cabelo escuro. Mas acho que a semelhança meio que para por aí, já que o cabelo do Jack ia até o ombro e o do David só chegava até o começo do pescoço. E é claro que o Jack tinha aquele brinco com a cruz egípcia, e nenhuma das orelhas do David tinha furo. E é claro que o Jack estava com a roupa dele de festa: farda militar com um guarda-pó comprido, ao passo que o David estava vestido de um jeito bem conservador.

Acho que, no final das contas, eles não eram tão parecidos assim.

— O David está na minha aula de arte — informei, para quebrar o silêncio incômodo que se seguiu ao aperto de mão dos dois.

Jack amassou o copinho de plástico:

— Ah, você quer dizer a sua aula de conformismo artístico?

O David fez uma cara de quem não estava entendendo nada. E não era para menos. O Jack é uma pessoa muito intensa, é preciso acostumar-se a ele.

Emendei, apressada:

— Não, Jack, acontece que não é nada disso. Eu estava totalmente errada a respeito da Susan Boone. Ela só quer que eu aprenda a desenhar o que eu vejo antes de me soltar, sabe como é, para fazer minhas próprias criações. A gente precisa aprender as regras primeiro, sabe como é, para só depois quebrar todas elas.

Jack, olhando fixamente para mim, mandou:

— *O quê?*

— Não, falando sério — continuei, percebendo que ele não estava entendendo nada do que eu estava dizendo. — Tipo assim, sabe o Picasso? O David me disse que ele passou anos e anos aprendendo a desenhar, sabe como é, tudo o que via. Só depois que ele aprendeu a fazer isso direitinho foi que começou a fazer experiências com as cores e as formas.

O problema é que o Jack, em vez de achar esse fato em especial infinitamente interessante, como tinha acontecido comigo, fez uma cara bem cínica.

— Sam, não dá para acreditar que logo você foi cair nessa baboseira pedagógica.

— Como é que é? — o David pareceu ficar com raiva.

Jack ergueu as duas sobrancelhas.

— Hum, acho que eu não estava falando com você, Primeiro-Garoto.

— Jack! Qual é o seu problema? — exclamei, um pouco chocada. Tipo assim, o Jack, na sua posição de artista extraordinário, e por ter toda aquela, sabe como é, energia artística dentro de si, pode ser bem cansativo (e eu sei disso muito bem). Mas não há motivo para ficar xingando os outros.

— Qual é o *meu* problema? — Jack riu, mas não porque de fato estivesse achando alguma coisa muito engraçada. — Essa não é a questão. A questão é: Qual é o *seu* problema? Tipo assim, você costumava pensar por si só, Sam. Mas de repente você está se entregando para essa conversa de "desenhar o que vê" como se os deuses tivessem gravado isso em uma porcaria de uma tábua. O que aconteceu com o questionamento da autoridade? Fizeram sua cabeça em relação ao processo criativo e as funções que ele tem?

— Jack, fui eu mesma que fiz minha cabeça, eu... — não dava para acreditar naquilo que eu estava ouvindo. Tipo assim, o Jack sempre tinha dito que era obrigatório que os artistas sempre estivessem abertos a tudo que é novo, de modo que pudessem absorver o conhecimento como uma esponja. Só que, nesse caso, o Jack não estava agindo muito como uma esponja.

— Ei, pessoal — de repente, a Lucy reapareceu com uma turma de animadoras de torcida, cada uma com mais glitter e Lycra do que a outra, todas atrás dela. — Ah, ei, David, trouxe umas amigas que querem conhecer...

Mas eu ainda estava tentando fazer o Jack entender.

— Eu fui pesquisar, Jack. O David tem razão. O Picasso dominava mesmo todas as técnicas antes de começar a fazer experiências com as linhas e...

— O David — repetiu Jack, revirando os olhos. — Ah, claro, tenho certeza de que o *David* sabe tudo sobre arte. Porque eu tenho certeza de que ele já participou de exposições.

A Lucy olhou do Jack para o David e do David para mim, como se estivesse tentando entender o que estava acontecendo. Quando falou, foi com o Jack:

— E até parece que você participou! — declarou, com uma sobrancelha erguida.

A Lucy era mesmo a namorada que dava menos estímulo ao namorado no mundo.

— Claro que sim — respondeu Jack. — Na verdade, meu quadros já foram expostos...

— No *shopping center* — explicou Lucy.

Mas o Jack nem olhou para a Lucy. Estava olhando para mim. Dava para sentir os olhos azuis dele perfurando o meu corpo.

— Se eu não estivesse ligado, Sam, ia achar que não foi o braço que você quebrou no dia em que salvou o pai desse cara, mas sim o seu cérebro.

— Tudo bem — resolveu David. Já não tinha mais nem sombra do sorrisinho secreto no rosto dele. — Olha aqui, cara, não sei qual é o seu problema, mas...

— O *meu* problema? — Jack cutucou a si mesmo com um dedo. — Não sou *eu* que tenho um problema, *cara*. É você que parece estar totalmente disposto a deixar que a sua criatividade seja anulada por uma...

— Tudo bem — interrompeu Lucy com voz entediada, esgueirando-se entre o Jack e o David e colocando as mãos na frente do casaco preto e comprido do Jack. — Chega. Vamos lá para fora, Jack.

Jack olhou para ela como se só tivesse percebido sua presença naquele momento.

— Mas... Lucy, foi ele quem começou.

— Certo — fez Lucy, empurrando o Jack para trás, em direção a uma porta que parecia dar para o quintal. — Claro que foi ele. Vamos ali fora tomar um ar. Aliás, quantas cervejas mesmo você tomou?

E daí eles se retiraram, deixando o David e eu sozinhos. Na companhia de toda a equipe de animadoras de torcida da Lucy.

David olhou para mim e mandou:

— Caramba, qual é o problema desse cara?

Sem deixar de olhar para o Jack (que eu enxergava através da porta de tela, gesticulando loucamente para a Lucy enquanto explicava sua versão dos acontecimentos), murmurei:

— Ele não é tão mau assim. Só que tem, sabe como é, alma de artista.

— Só. E cérebro de orangotango — observou David.

Lancei um olhar afiado para ele. Se liga! Ele estava falando da minha alma gêmea.

— O Jack Ryder — afirmei — por acaso é muito, muito talentoso. Não só isso, ele também é rebelde. É radical. Os quadros do Jack não refletem apenas a situação deplorável da juventude urbana de hoje. Mostram uma posição forte a respeito da apatia e da falta de correção moral da nossa geração.

O olhar que David lançou na minha direção foi bem estranho. Parecia um misto, em partes iguais, de descrença e confusão.

— O quê? — perguntou. — Você *está a fim* desse cara ou qualquer coisa assim, Sam?

As amigas da Lucy, que estavam assistindo a tudo aquilo (e ouvindo com muita atenção), deram risinhos abafados. Pude sentir minhas bochechas corando. Meu rosto estava mais quente do que estivera no restaurante.

Mas foi esquisito. Não dava para saber se eu tinha ficado vermelha por causa da pergunta do David ou por causa do jeito que ele estava olhando para mim. Falando sério. Não era a primeira vez naquela noite que eu estava tendo dificuldade para olhar naqueles olhos verdes dele. Tinha alguma coisa neles... sei lá... que estava me deixando pouco à vontade.

Claro que eu não podia contar a verdade para ele. Não com toda a equipe principal de animadoras de torcida da Adams bem ali, olhando para nós. Tipo assim, a última coisa de que eu precisava era a escola inteira sabendo que eu estava apaixonada pelo namorado da minha irmã.

Então, mandei:

— Dãh, ele é namorado da minha irmã, não meu.

— Não perguntei para você de quem ele é namorado — retrucou David, e eu percebi, com o coração apertado, que ele não ia me deixar escapar assim com tanta facilidade. — Eu perguntei se você gosta dele.

Eu não queria, mas foi como se eu não pudesse evitar. Algo fez com que eu levantasse o olhar e encontrasse o dele.

E, durante um minuto, fiquei olhando para um cara que eu não conhecia. Tipo assim, não para o filho do presidente, mas para o fofo que ele era, engraçado, o cara que por acaso estava na minha aula de arte, era ligado no mesmo tipo de música que eu e por acaso gostava da minha bota. Foi como se eu estivesse vendo o David (o David de verdade) pela primeira vez.

Abri a boca para dizer algo, mas nem consegui (não faço ideia do que era; tenho certeza que devia ser alguma coisa bem babaca; eu estava bem apavorada com tudo aquilo, especialmente quando percebi que as minhas mãos tinham ficado tremendamente suadas de repente e que meu coração batia forte no peito). Isso porque alguém apareceu por trás das animadoras de torcida e gritou: "Ah, vocês estão aqui!" E a Kris Parks veio com tudo para cima de nós trazendo consigo umas sessenta pessoas, todas, segundo ela, loucas para conhecer o filho do presidente dos Estados Unidos.

E o David, exatamente como era de se esperar de um filho de político, foi lá apertar a mão de todo mundo sem nem olhar de novo para mim.

★ 19 ★

— *Não é* sua culpa — murmurou Catherine, acomodada do outro lado do quarto, no sofazinho que também servia de cama. — Tipo assim, você não pode fazer nada se está apaixonada pelo Jack.

Eu estava enrolada na minha própria cama, com o Manet roncando baixinho do meu lado.

— Você conheceu o Jack primeiro — argumentou Catherine através da escuridão que nos rodeava. — Aliás, o que é que o David está pensando? Ele queria que você não se apaixonasse por ninguém e ficasse esperando ele chegar montado em um cavalo branco? Tipo assim, você não é nenhuma Cinderela, nem qualquer coisa assim.

— Eu acho — disse para o teto — que o David estava achando que, se eu o convidei para uma festa, existia a possibilidade de eu gostar dele, e não de um outro cara.

— Bom, isso é muito antiquado da parte dele — afirmou Catherine, categórica. Agora que tinha saído pela primeira vez com um garoto e que tudo tinha corrido bem (o Paul tinha dado um beijo de boa-noite nela na porta da minha casa; na boca, ela me informou depois, toda orgulhosa), parecia

251

achar que era algum tipo de especialista em amor. Ao mesmo tempo, também estava preocupada com a possibilidade de os pais dela descobrirem. Não tanto a respeito do Paul, mas do jeans preto e da festa.

— Tipo assim, você é uma garota bonita e cheia de vitalidade — Catherine prosseguiu. — Ninguém pode ficar achando que você só vai se concentrar em um homem. Você precisa fazer um reconhecimento de terreno. É um absurdo achar que, com 15 anos, você vai ficar com um cara só.

— É — respondi com uma risada curta. — Principalmente se for um que está apaixonado pela minha irmã.

— O Jack só acha que está apaixonado pela Lucy — declarou Catherine. — Nós duas sabemos disso. O que aconteceu hoje à noite só serve para mostrar que ele finalmente está tomando consciência da afeição profunda e eterna que tem por você. Tipo assim, por que teria sido tão chato com o David se não fosse pelo fato de ter visto você com outro cara e ter ficado morrendo de ciúme?

Respondi apenas:

— Acho que ele tomou cerveja demais.

— Não é verdade — retrucou Catherine. — Tipo assim, isso até pode ser uma parte do negócio, mas ele com certeza se sentiu ameaçado. Ameaçado pelo que identificou como sua felicidade ao lado de outro.

Eu rolei na cama (sem incomodar o Manet a mínima, já que ele continuou roncando) e fiquei olhando para o contorno escuro da Catherine na escuridão do meu quarto.

— Você andou lendo a *Nova* da Lucy de novo? — perguntei.

252

Catherine fez voz de culpada:

— Bom, li sim. Ela deixou uma revista no banheiro.

Rolei de novo e fiquei olhando para o teto. Era meio difícil dizer o que eu devia estar pensando sobre tudo que tinha acontecido naquela noite se a única pessoa com que eu podia conversar a respeito, em segurança, ficava dando conselhos tirados de O Astrólogo de Cabeceira.

— E aí, ele deu um beijo de boa-noite em você? — perguntou Catherine, acanhada. — O David, quero dizer.

Dei um ronco de gargalhada. Com certeza, o David deve ter mesmo ficado com vontade de me beijar depois daquela coisa toda com o Jack e a equipe de animadoras de torcida da John Adams. Na verdade, ele mal tinha falado comigo durante todo o resto da noite. Em vez disso, ficou andando pela festa e fazendo amizade com metade das pessoas que estudavam na minha escola. Evidentemente, por não ter a natureza de uma pessoa tímida, o David pareceu não se importar nem um pouquinho em ser o centro das atenções. Na verdade, parecia que tinha se divertido bastante, já que a Kris Parks e seus asseclas ficavam escutando com atenção tudo o que ele dizia e riam igual a hienas cada vez que ele fazia uma piada.

Foi só por volta das onze e meia que o David afinal resolveu me procurar (a Theresa, que estava cuidando de nós enquanto meus pais estavam em um jantar, para o qual só saíram de casa depois de o David me buscar, tinha mandado a gente voltar à meia-noite). Eu estava sentada sozinha em um canto, folheando as revistas de decoração da mãe da Kris

253

(quem foi que disse que eu não sei me divertir?) e tentando ignorar as pessoas que não paravam de vir pedir o meu autógrafo (ou, ao contrário, perguntavam se podiam assinar o meu gesso).

— Você está pronta? — perguntou.

Eu disse que estava. Fui procurar a Catherine para dizer que estávamos indo embora, encontrei a Kris (o que não foi muito difícil, porque ela estava acompanhando cada movimento do David), agradeci e me despedi. Daí o David, o John e eu entramos no carro de novo.

Cleveland Park, onde eu moro, não fica muito longe de Chevy Chase, que é onde a Kris mora; mas juro que o trajeto até a minha casa foi um dos mais longos da minha vida. Ninguém disse nada. Nadinha! Ainda bem que a Gwen estava cantando, do fundo do coração, nos alto-falantes.

Mas eu percebi que, pela primeira vez, a voz da Gwen Stefani não fez exatamente com que eu me sentisse melhor. O pior de tudo era que eu nem sabia por que estava me sentindo tão mal. Tipo assim, tudo bem, o David sabia que eu gostava do Jack. Grande coisa. Tipo assim, existe alguma lei federal proibindo as garotas de gostarem do namorado da irmã? Acho que não.

Mas quando o carro parou na frente da minha casa, o silêncio (a não ser pela voz da Gwen) era opressivo. Virei-me para o David (Deus sabe muito bem que eu não achava que ele fosse me acompanhar até a porta de casa nem nada) e mandei:

— Bom, obrigada por me trazer.

Para minha enorme surpresa, ele saiu do carro e declarou:

— Eu vou com você até a porta.

E isso não me deixou exatamente emocionada, nem nada. Porque eu estava sentindo que ele ia me pegar.

E, na metade da escada da varanda, ele me pegou.

— Sabe, Sam, você me enganou direitinho.

Olhei para ele, imaginando o que viria a seguir, sabendo que provavelmente seria algo de que eu não ia gostar.

— É mesmo? Como assim?

— Eu achei que você era diferente — explicou ele. — Sabe como é, com a bota, a roupa preta e tudo o mais. Eu achei que você era mesmo... não sei. Material autêntico. Não achei que você estivesse fazendo tudo isso para conseguir um cara.

Parei no meio dos degraus e fiquei olhando para ele, o que foi meio difícil, porque a luz da varanda estava acesa e ofuscava os meus olhos.

— Como assim?

— Bom, não é por isso? — David perguntou. — Tipo assim, não foi por isso também que você me convidou para a festa? Não tinha nada a ver com ajudar a sua amiga a se encaixar. Você estava me usando para deixar aquele tal de Jack com ciúme.

— Não estava nada! — gritei, torcendo para que a visão dele também estivesse ofuscada pela luz da varanda. Assim ele não ia conseguir ver que as minhas bochechas estavam pegando fogo, de tão vermelha que eu estava. — David, isso é... tipo assim, é muito ridículo.

— É mesmo? Acho que não é.

Tínhamos chegado à porta da frente. O David ficou lá olhando para mim, com uma expressão ininteligível... e já não era mais porque minha visão estava ofuscada pela luz da varanda, mas porque não tinha mesmo nenhuma expressão, nenhuminha mesmo, no rosto dele.

— Que pena. Eu tinha pensado de verdade que você era diferente de todas as outras garotas que eu conheço.

E com um boa-noite muito educado (isso mesmo, só "Boa-noite") ele deu meia-volta e foi em direção ao carro. Ele nem olhou para trás. Nem uma vez.

Acho que também não posso culpá-lo. Apesar da afirmação da Catherine que os garotos devem saber que as garotas da nossa idade estão fazendo "reconhecimento de terreno" (o que também soa muito engraçado vindo dela, Saí-Com-Um-Garoto-Pela-Primeira-Vez-Na-Vida-Hoje), imagino que deva ser um saco descobrir que a pessoa que convidou você para ir a uma festa está a fim de outra pessoa e, portanto, preferiria estar com aquela pessoa em vez de você).

Não sei. Mas acho que eu entendia por que o David estava meio chateado comigo.

Mas fala sério. Eu só o tinha convidado para ir a uma festa comigo, não tinha pedido para casar com ele nem nada. Era só uma *festa*. Qual é o problema?

E o que foi toda aquela porcaria de falar que estava errado a respeito de eu ser diferente de todas as outras garotas que ele conhecia? Quantas outras garotas ele conhecia que tinham salvado a vida do pai dele nos últimos tempos? Hum, acho que não muitas, posso apostar.

Ainda assim, aquela noite não foi um desperdício total. Um pouco da minha fama deve ter passado para a Catherine, porque outras pessoas da festa finalmente começaram a falar com ela. Ela ficou lá, radiante, ao lado do Paul, e concretizou todas as fantasias que tinha a respeito da popularidade. Alguém até mesmo a convidou para outra festa, no fim de semana seguinte.

— Sabe, eu achei mesmo que o Jack ficou com ciúme — disse a nova estrela da John Adams, de lá do sofá-cama.

Fiquei olhando fixamente para o teto ao ouvir tal informação.

— É mesmo?

— Ah, é. Eu ouvi ele dizer para a Lucy que acha o David o maior exibido e que você podia se dar melhor.

Exibido? David era a pessoa menos exibida que eu conhecia na vida. Do que é que o Jack estava *falando?*

Quando falei isso em voz alta, no entanto, a Catherine só disse:

— Mas, Sam, eu achei que era isso que você queria. Fazer com que o Jack percebesse que você é uma mulher atraente e cheia de vitalidade, desejada por muitos homens.

Reconheci que era verdade. Mas, ao mesmo tempo, eu não gostava da ideia de alguém (nem mesmo minha alma gêmea) falando mal do David. Porque o David era uma pessoa muito legal.

Só que eu não queria pensar em nada daquilo. Sabe como é, sobre o David ser tão legal, e sobre eu o ter tratado daquele jeito. Tipo assim, aquele tipo de comportamento é muito adequado para leitoras de *Nova*, mas eu sou mais do tipo que lê revista de arte.

Ciente de que o sono ia demorar muito a vir, mas percebendo que a Catherine já não estava mais disponível (fato comprovado pela respiração cadenciada), peguei minha lanterna e abri o livro que o secretário de imprensa da Casa Branca tinha me dado, sobre a vida das primeiras-damas.

Os dez principais fatos pouco conhecidos a respeito de Dolley Payne Todd Madison, mulher do quarto presidente dos Estados Unidos da América:

10. O nome dela se escreve Dolley, não Dolly, como é bem mais comum.

9. Nascida em 1768, foi criada em uma comunidade *quaker*, evitando portar toucas e roupas coloridas, como dita a tradição desse povo.

8. Casou-se, anteriormente, com um advogado *quaker*, que morreu durante uma epidemia de febre amarela.

7. Depois de casar-se com James Madison, em 1794, Dolley atuou como "primeira-dama não oficial" durante a presidência de Thomas Jefferson, que era viúvo.

6. Ficou óbvio para todos, por volta dessa época, que Dolley resolveu que Deus não ligava se ela usasse roupas coloridas, porque teria usado um turbante dourado com uma pena de avestruz espetada no baile de posse do marido.

5. O fato de Dolley ter abandonado as tradições dos *quaker* é ainda ilustrado pelo fato de, durante a presidência do marido, ela ter se transformado em figura proeminente da sociedade de Washington. Era mais conhecida pelas recepções que organizava às quartas-feiras, em que políticos, diplomatas e representantes do público se reuniam. Esses encontros ajudaram a amenizar a tensão entre os federalistas, que eram tipo os republicanos de hoje em dia, e os republicanos, que eram tipo os democratas atuais, em uma época de grande rivalidade entre os partidos.

4. Durante a guerra de 1812, Dolley salvou não só o retrato de George Washington como também toneladas de documentos importantes do governo, ao guardá-los nas laterais de baús. No dia anterior ao ataque britânico, ela encheu uma carroça com pratarias e outros objetos de valor e os enviou ao Banco de Maryland para que ficassem em segurança — o que mostra que, além de corajosa, ela também era proativa.

3. Mas, em 1814, quando tudo isso aconteceu, o povo americano não apreciava muito as atitudes de Dolley, já que todo mundo odiava o marido dela por ter dado início à guerra, para começo de conversa. Na verdade, enquanto a Casa Branca queimava, Dolley saiu pela vizinhança batendo na porta das casas em busca de refúgio, e as pessoas a mandavam embora. Ela só encontrou lugar para ficar quando mentiu a respeito de quem era.

2. Como se isso não fosse o bastante, um dos filhos dela revelou-se um degenerado — o que significa: um doido —, cujos gastos descontrolados quase levaram a família à falência.

E o fato pouco conhecido número um a respeito de Dolley Madison:

1. Ela não era lá muito bonita.

★ 20 ★

Na semana seguinte, era Dia de Ação de Graças. Tinha aula da Susan Boone na terça-feira, mas a de quinta-feira tinha sido cancelada por causa do feriado.

Achei que, quando me encontrasse com o David no ateliê, na terça, eu pediria desculpa pelo que tinha acontecido na casa da Kris. Tipo assim, apesar de a Catherine ficar repetindo que eu não tinha feito nada de errado, uma outra parte de mim (e uma parte bem grande) discordava. Achei que, no mínimo, devia desculpas ao David. Eu ia convidá-lo para ir jogar boliche comigo, a Catherine e o Paul na sexta-feira seguinte. Eu sabia que a Lucy tinha jogo naquela noite, de modo que não havia possibilidade de toparmos com o Jack. Assim, o David saberia que eu o tinha convidado para sair por causa dele mesmo, e não para deixar o Jack com ciúme.

Eu não sabia por que era tão importante para mim, fazer com que o David entendesse que ele estava errado... que eu não era igual às outras garotas que ele conhecia, que eu não estava tentando impressionar ninguém, principalmente nenhum garoto. Principalmente o namorado da minha irmã. Que eu gostava de usar preto. E que as margaridas da minha bota tinham sido ideia minha.

Eu só queria que as coisas entre nós ficassem bem de novo.

Só que o David não foi à aula na terça-feira.

O David não foi à aula, e não dava para eu perguntar para alguém que estava lá por que não tinha ido. Sabe como é, tipo se ele estivesse doente. Tipo assim, a Gertie e a Lynn não eram amigas do David. Eu era. E eu não sabia por que ele não estava lá. Será que ele estava doente? Será que ele tinha ido para Camp David para passar o Dia de Ação de Graças com a família, como tinha sido divulgado pelos jornais e pelo gabinete de imprensa? Eu não sabia.

Eu só sabia que, enquanto eu estava lá desenhando as cuias que a Susan Boone tinha arrumado em cima da mesinha na nossa frente, com meu capacete de margarida na cabeça para me proteger de ataques aéreos de corvos, eu me senti meio idiota.

Idiota por estar tão decepcionada com o fato de o David não ter aparecido na aula. Idiota por ter de fato acreditado que as coisas seriam assim tão simples — que eu ia pedir desculpas e pronto.

Mas, acima de tudo, eu me senti idiota por ligar para aquilo. Tipo assim, eu nem *gostava* do David. Ah, claro, como amigo eu gostava dele, sim.

Ah, sim, e tinha aquela maluquice de *frisson* que acontecia às vezes quando estávamos juntos.

263

Mas também não era só por causa daquilo que eu ia esquecer o Jack de vez. Está certo, tudo bem, o Jack tinha sido totalmente estúpido na festa da Kris. Mas isso não significava que eu tinha me desapaixonado dele, nem nada assim. Tipo assim, quando você passa tanto tempo amando uma pessoa, como tinha acontecido comigo em relação ao Jack, você consegue enxergar totalmente além de toda a estupidez da pessoa. O modo como eu me sentia em relação ao Jack era mais *profundo* do que aquilo. Tipo assim, eu simplesmente sabia que a maneira como ele se sentia a meu respeito era mais profunda do que o jeito como ele se sentia em relação à Lucy.

Só que ele ainda não tinha conhecimento desse fato.

Bom, mas se o David estava achando que ia se livrar de mim só porque tinha faltado à aula da Susan Boone na terça, ele ia ter que mudar de pensamento, como diz a Theresa. Porque, na posição de embaixadora *teen* na ONU, eu ia à Casa Branca toda quarta-feira. De modo que o meu plano era o seguinte: se o David ainda não tivesse ido viajar, eu iria simplesmente sair *procurando* por ele. Em algum momento na quarta-feira antes do Dia de Ação de Graças, quando o sr. White, o secretário de imprensa, não estivesse prestando atenção.

Só que isso também não deu muito certo, porque naquele dia o sr. White estava totalmente prestando atenção em mim. E isso porque as inscrições para o concurso *Da Minha Janela*, da ONU, não paravam de chegar. Estávamos recebendo

264

quadros de lugares tão longínquos quanto o Havaí e tão próximos quanto Chevy Chase (a inscrição do Jack). O sr. White reclamava muito, porque havia quadros demais e não tinha lugar para guardar todos. E só podíamos escolher um para mandar para o embaixador americano na ONU, em Nova York.

Alguns quadros eram muito ruins. Alguns eram muito bons. Todos eram muito interessantes.

O que mais me interessou tinha sido pintado por uma garota chamada Maria Sanchez, que morava em San Diego. O quadro da Maria mostrava um quintal com lençóis recém-lavados pendurados em um varal. Entre os lençóis, que esvoaçavam por causa de uma brisa invisível, dava para ver uns pedaços de cerca de arame-farpado bem ao longe... mas não tão longe assim, porque dava para ver umas pessoas entrando por um buraco que tinham aberto na cerca. Algumas pessoas já tinham atravessado a cerca, e corriam para fugir de homens com uniformes marrons, que carregavam armas e cassetetes e perseguiam as pessoas. O nome do quadro era *Terra da Liberdade?*, assim mesmo, com ponto de interrogação.

O sr. White, o secretário de imprensa, detestou o quadro. Ficava falando:

— Este concurso não tem nada a ver com militância política.

Mas eu tinha uma ideia meio diferente.

— O concurso é sobre o que você vê pela sua janela — argumentei. — E é isso que a Maria Sanchez, de San Diego, vê da janela dela. Ela não está fazendo nenhuma militância política. Ela só está pintando o que vê.

O sr. White rangeu os dentes. Ele tinha gostado de um quadro feito por Angie Tucker, de Little Deer Isle, no estado do Maine. O quadro da Angie era de um farol e do mar. Era um quadro bacana. Mas, por algum motivo, eu não acreditei nele. Que aquilo era o que a Angie via todos os dias da janela dela. Tipo assim, um farol? Fala sério. Quem ela achava que era? Alguma personagem de livro?

E era por isso que eu não achava o quadro da Angie tão bom quanto o da Maria.

Surpreendentemente, o do Jack também não.

Ah, o do Jack era bom. Não me entenda mal. Como todos os quadros do Jack, o que ele inscreveu no concurso *Da Minha Janela* era genial. Mostrava três jovens com cara de desiludidos parados em um estacionamento do lado de uma loja de conveniência de bairro, com bitucas de cigarro pisadas no chão e garrafas de cervejas quebradas espalhadas por ali; os cacos de vidro brilhavam igual a esmeraldas. Falava eloquentemente a respeito da terrível condição da juventude urbana, da falta de esperança da nossa geração.

Era um quadro bom. Um quadro ótimo, para falar a verdade.

Mas, adivinha só?

Não era o que o Jack via da janela dele.

E eu sei disso com certeza. Isso porque a loja de conveniência mais próxima da casa do Jack fica a quarteirões de distância. E não dá para ver aquilo da janela dele de jeito nenhum. O Jack mora em uma casa grande cercada de árvores altas e cheias de folhas e com uma entrada circular na frente. E ao mesmo tempo em que eu reconheço que a vista da janela do Jack é meio chata, de jeito nenhum eu poderia dar um prêmio para ele por mentir, basicamente. Por mais que eu o adorasse, não dava, sabe como é, para deixar que aquilo afetasse o meu critério de escolha. Eu tinha que ser justa.

E isso significava que a inscrição do Jack estava efetivamente fora do páreo.

O sr. White e eu tínhamos chegado a um impasse. Dava para ver que ele estava cheio daquela discussão e que só queria sair dali. Era a quarta-feira antes do Dia de Ação de Graças e tudo o mais. Achei que devia dar um tempo para ele e mandei:

— Bom, sr. White, escuta só. O que você acha de a gente abreviar a minha visitinha nesta semana? Eu estava pensando em dar uma passada lá na casa do presidente e dar um oi para o David, sabe como é, antes de ele sair para viajar...

O sr. White lançou um olhar na minha direção.

— Você não vai dar uma passada em lugar nenhum. Ainda temos uma tonelada de trabalho. Tem o Festival Internacional da Criança no próximo sábado. O presidente quer muito que você esteja presente...

Fiquei toda espevitada ao ouvir isso.

— É mesmo? O David vai?

O sr. White olhou para mim com ar exausto. Às vezes eu achava que o sr. White amaldiçoava o dia em que eu impedi que Larry Wayne Rogers matasse o patrão dele. Não que ele quisesse que o presidente morresse. Não mesmo. O sr. White adorava o chão em que o cara pisava. Ele queria mesmo era se livrar de mim.

— Samantha — suspirou ele. — Eu não sei. No entanto, haverá representantes de mais de 80 países presentes, inclusive o presidente, e seria muito bom se, pelo menos dessa vez, você colocasse uma roupa mais arrumada. Tente parecer-se com uma jovem dama, e não com uma apresentadora desses canais de música.

Olhei para a minha bota, minha meia-calça preta grossa, meu kilt que no passado fora xadrezinho vermelho e que eu tinha tingido de preto e minha blusa de gola alta preta preferida.

— Você acha que eu tenho cara de VJ? — perguntei, emocionada com o elogio inesperado.

O sr. White revirou os olhos e perguntou se dava para eu fazer alguma coisa a respeito do gesso. Estava meio feio porque estava ficando velho. Como eu tinha dito a David que faria, decorei o gesso com motivos patrióticos, com águias e o Sino da Liberdade e até mesmo um retrato de celebridade pequenininho (da Dolley Madison). Catorze garotas já tinham pedido para ficar com o gesso quando fosse tirado. A Theresa sugeriu que eu fizesse um leilão na internet.

— Porque daí — explicou ela — você poderia com certeza conseguir milhares de dólares por ele. Depois da queda do Muro de Berlim, fizeram leilão dos pedacinhos. Por que não o gesso da garota que transformou o mundo em um lugar seguro para a democracia?

Eu não sabia o que ia fazer com o meu gesso quando tirasse, mas achei que ainda tinha muito tempo para resolver. Ainda ia ficar com ele mais uma semana.

Mas dava para entender a posição do sr. White. O gesso tinha ficado meio sujo, e tinha umas partes que estavam esfarelando, nos lugares em que tinha molhado (era difícil lavar uma mão sem a ajuda da outra).

— Talvez a sua mãe possa dar um jeito — sugeriu, com a cara franzida. — Tipo uma tipoia bacana para, hum, esconder o braço?

Se eu já não soubesse, por causa da atitude dele sobre o concurso de pintura e tal, eu ia ter percebido pela maneira como ele olhava para o meu gesso: o sr. White não gostava de arte.

Quando ele parou de tagarelar a respeito de todas as pessoas que estariam no Festival Internacional da Criança, já eram cinco horas, e hora de ir para casa. Não tinha mais jeito de eu escapulir para procurar o David. Mais uma vez, tinha perdido a minha oportunidade.

E isso não me deixou exatamente em clima festivo de feriado, sabe como é? Eu nem estava mais ligando por ficar quatro dias sem ir à escola. Normalmente, quatro dias livre das aulas de alemão me deixariam nas nuvens. Mas, por alguma razão, dessa vez não era tão legal assim. Tipo assim, tecnicamente, significava que, se o David não aparecesse no Festival Internacional da Criança, ia demorar cinco dias inteiros para a gente se ver de novo. Eu poderia ter ligado para ele, acho, mas não era a mesma coisa. E eu nem tinha o e-mail dele.

Nem mesmo o fato de a Theresa estar na cozinha assando torta serviu para me animar. Ela estava fazendo torta de abóbora (eca!) para o dia seguinte. E nem era para nós. Era para os filhos, e também para os netos, da Theresa. Como ela passava a semana inteira na nossa casa, só podia organizar a festa de Ação de Graças dela quando estava lá. Minha mãe não ligava. Nós sempre passávamos o Dia de Ação de Graças na casa da minha avó, em Baltimore, então ela não usava o forno nem nada.

— Qual é o seu problema? — a Theresa quis saber quando eu entrei na cozinha, larguei meu casaco e minha mochila e ataquei direto as bolachas integrais sem nem mesmo reclamar que ela só dava coisas gostosas para a gente quando o Jack ia lá.

— Nada — respondi. Sentei-me à mesa da cozinha e fiquei olhando para a capa do romance que a Rebecca estava lendo. Aparentemente, ela havia abandonado as histórias de amor em nome da ficção científica de novo, já que tinha nas mãos o último capítulo da saga da Academia Jedi. Levando todos os aspectos em consideração, achei que tinha tomado uma decisão sábia.

— Então vê se para de suspirar — a Theresa estava tensa. A Theresa sempre ficava tensa antes de feriados. Ela falava que era porque nunca sabia com qual das ex-esposas o Tito ia aparecer... ou se ia chegar lá com uma mulher totalmente nova. A Theresa dizia que era mais do que qualquer mãe podia suportar.

Suspirei de novo, e a Rebecca tirou os olhos do livro.

— Se você está chateada porque o Jack não está aqui — disse com voz cheia de tédio —, não fique. Ele e a Lucy devem estar estourando por aí daqui a alguns minutos. Eles só foram até a videolocadora para pegar uma cópia de *Duro de matar*. Você sabe que esse é o filme de feriado preferido do papai.

Funguei.

— Por que é que eu ia estar chateada com o fato de o Jack não estar aqui? — inquiri.

Quando a Rebecca só revirou os olhos, sem dizer nada, eu mandei, provavelmente em tom mais alto do que deveria:

— Eu não gosto do Jack, sabe, Rebecca. Daquele jeito, sabe como é.

— Claro que não — respondeu Rebecca (mas não em tom de quem tinha acreditado) e voltou para o livro dela.

— Não gosto mesmo — reforcei. — Credo. Até parece. Tipo assim, ele é namorado da Lucy.

— E daí? — Rebecca virou uma página.

— E daí que eu não gosto dele desse jeito, tá?

Credo, será que eu ia ter que passar o resto da vida negando meus sentimentos verdadeiros para todas as pessoas que eu conhecia? Tipo assim, na escola ficava todo mundo tipo "a Sam e o David", "a Sam e o David". Até a imprensa, já que o nosso grande "encontro" tinha sido só "a Sam e o David", "a Sam e o David". Até o noticiário da TV tinha mencionado alguma coisa. Em rede *nacional*. Não foi tipo a manchete nem nada, mas sim uma daquelas coisas de interesse geral que passam uns cinco minutos antes de o jornal sério começar. Foi completamente humilhante. Os repórteres ficaram tipo: "O Natal não é a única coisa que está no ar aqui na capital. Não, parece que o amor juvenil também está por aí."

Era totalmente revoltante. Tipo assim, não era para menos que o David não tinha aparecido na aula da Susan Boone. O lugar estivera lotado de repórteres e, quando eu passei por eles, apressada, ouvi: "Você e o David se divertiram na festa, Sam?"

O que me lembrou de uma coisa. Olhei para Rebecca e mandei, com a voz mais arrogante que consegui:

— Além disso, se eu gosto tanto assim do Jack, que papo era aquele de *frisson* que você disse ter sentido entre mim e o David? Hein? Como é que eu posso ter *frisson* com um cara se estou supostamente apaixonada por outro?

A Rebecca simplesmente olhou para mim e fuzilou:

— Porque você está totalmente cega em relação ao que está bem na sua frente — e voltou a ler o livro dela.

Cega? Do que é que ela estava falando, cega? Graças à Susan Boone, eu nunca tinha enxergado tão bem na vida, muito obrigada. Não era eu quem desenhava os melhores ovos do ateliê? E aquelas cuias que eu tinha feito no dia anterior? As minhas cuias tinham ficado melhores do que as de qualquer outra pessoa. Até mesmo a Susan Boone ficou impressionada. Durante a hora da crítica, no final da aula, ela até disse: "Sam, você está fazendo um progresso tremendo."

Um progresso tremendo. Como é que uma pessoa cega poderia estar fazendo um progresso tremendo na aula de ARTE?

Comentei o fato com a Rebecca, mas ela só comentou:

— Ah é? Bom, pode até ser que você seja boa para enxergar ovos e cuias, mas não enxerga nada além disso.

E daí eu disse a única coisa que uma irmã mais velha pode dizer à mais nova quando ela está agindo como se fosse a tal. Deus sabe que a Lucy já disse isso para mim um montão de vezes.

Depois que eu falei, a Theresa me mandou para o quarto.

Mas eu nem liguei. Aliás, eu preferia ficar no meu quarto. Na verdade, se eu pudesse fazer as coisas do meu jeito, nunca mais sairia do quarto, a não ser para comer e para assistir a *Buffy, a caça-vampiros*. Mas só. Porque, cada vez que eu saio do quarto, parece que eu me meto em uma encrenca diferente. Ou eu salvo alguém de ser assassinado ou me meto em discussões a respeito do Picasso ou então alguém vem me dizer que eu sou cega.

Bom, é isso aí. Vou ficar no meu quarto para sempre. E ninguém vai me deter.

★ 21 ★

Fui obrigada a sair do quarto para ir à casa da minha avó para o jantar de Ação de Graças.

Tentei me trancar lá dentro de novo no minuto em que voltamos, mas infelizmente tinha um recado do sr. White na secretária eletrônica, lembrando meus pais a respeito do Festival Internacional da Criança, ao qual minha presença era exigida. Aparentemente, se eu não fosse, algum tipo de crise de proporções mundiais iria se iniciar, de modo que a minha mãe disse que eu tinha que ir.

Mas isso não quer dizer que eu tinha que gostar daquilo.

Tipo assim, vamos encarar, esse negócio de embaixadora *teen* já tinha dado o que tinha que dar. Era praticamente pior do que alemão. Cada vez que o Jack me via, ficava todo:

— E aí, cadê a minha passagem para Nova York? — porque esse era, obviamente, o prêmio para o vencedor do concurso *Da Minha Janela*, uma viagem a Nova York com todas as despesas pagas. Além de, sabe como é, fama e celebridade internacionais.

E eu precisava fingir e ficar toda:

— Hahaha! Ainda precisam anunciar o vencedor, Jack.

Ao que ele respondia:

— Claro. Mas sou eu, certo?

E daí eu ficava toda:

— Vamos ver.

Vamos ver. Apesar de eu saber muito bem que o vencedor não seria ele. Mas o que é que eu podia falar? Tipo assim, eu não queria ser obrigada a dar a notícia para ele. Eu sabia que aquele concurso significava muito para ele.

Então, eu não falava nada. Sorria e não falava nada. Enquanto isso, por dentro, eu chorava.

Bom, está certo, não chorava literalmente, mas deu para entender o que eu quis dizer.

Bom, mas o negócio é que eu fui àquela bobagem do Festival Internacional da Criança, que era na Casa Branca, e que, até onde dava para eu ver, não passava de uma apresentação artificial e de um jantar. Nem tinha criança nenhuma lá à vista. Eu era a única!

E a música, como era de se esperar, não era nada animadora. O Trio Beaux Arts. Foi isso que contrataram. Acho que o Alien Ant Farm não estava podendo.

Mas até que o Trio Beaux Arts não era tão ruim assim. Só tocaram música erudita, do tipo que se ouve no rádio do ateliê da Susan Boone. E, ao mesmo tempo em que não era exatamente o No Doubt, até que era legal, no estilo deles.

Mas nada mais naquela noite foi. Legal, quero dizer. Para começar, eu tive que me arrumar toda. O sr. White tinha pedido à minha mãe, especificamente, que se assegurasse de

276

que eu não colocaria nenhuma das minhas próprias roupas. Em vez disso, tive que usar um vestido que a minha mãe comprou na Nordstrom, outra loja caretinha.

Pelo lado positivo, pelo menos era preto. Pelo lado negativo, era de veludo e muito piniquento, e ficava ridículo com o meu gesso caindo aos pedaços. A minha mãe tentou fazer uma tipoia com um xale grandão que ela tem, mas ele desamarrava toda hora e eu acabei deixando o pano em cima da cadeira.

Além disso, eu tive que colocar meia-calça fina. Preta, mas mesmo assim era uma meia-calça fina.

É de se pensar que seja algo bem animador ir a uma apresentação fechada na Casa Branca, no Salão da Prataria Dourada, que é todo dourado, com o presidente e a primeira-dama, o primeiro-ministro da França e a mulher e algumas outras pessoas estrangeiras importantes que apoiam os direitos das crianças. É de se pensar, mas não é nada disso. Tudo era extremamente chato. Os empregados da Casa Branca iam de um lado para o outro, servindo taças de champanhe (7-Up para os menores de 21 anos; e parecia que só eu me encaixava nessa definição) e uns petiscos nojentos.

Fiz uma piada a respeito de a 7-Up ser de uma safra muito boa, mas ninguém entendeu, já que aquele pessoal lá não tinha nenhum senso de humor...

A não ser o David, lógico. Mas só fui reparar que ele estava lá quando contei minha piadinha. E quando isso aconteceu (quando eu reparei que o David estava lá, claro), eu praticamente cuspi um golão de 7-Up em cima do embaixador do Sri Lanka.

Ele (o embaixador) ficou olhando para mim como se eu fosse louca. Mas isso era melhor do que o jeito como o David estava olhando para mim, que era como se eu fosse alguma coisa peluda passeando pelo prato de salada dele. Percebi que a mãe dele também o obrigou a se arrumar. Mas como ele não tinha um gesso idiota em um braço, estava bonito. Bonito mesmo. Na verdade, com aquele terno escuro e aquela gravata, ele estava o maior gostoso.

No entanto, quando eu percebi que estava pensando isso, quase engasguei de novo. *David? Gostoso?* Desde quando eu pensava no *David* assim? Tipo assim, com certeza, eu sempre achei que ele era fofo. Mas gostoso?

E daí, de repente, senti meu rosto arder — mas não sei se foi porque eu me liguei que achava o David gostoso ou se foi porque eu estava simplesmente sentindo a vergonha absoluta que as garotas sentem quando encontram com um cara que usaram para fazer ciúme a outro. Só sei que o meu rosto ficou tão vermelho quanto o meu cabelo. Sei disso porque vi a minha imagem refletida em um dos espelhos com moldura dourada da parede.

Fiquei pensando se aquilo fazia parte do pacote do *frisson*. Porque, se fazia, eu não queria mais saber daquele negócio. A Rebecca podia pegar a porcaria do *frisson* dela de volta. Era tão péssimo quanto os petiscos.

O David, claro, era maduro demais, e educado demais, para me desprezar. Ele veio até onde eu estava e disse, com um daqueles sorrisos que só era educado, nada mais:

278

— Oi, Sam. Tudo bem com você?

Precisei engolir o que eu tinha vontade de dizer, que era: "Péssima, obrigada. E você?" Em vez disso, fui educada:

— Estou bem, obrigada — eu não sabia se seria legal tocar naquele assunto (minhas desculpas, sabe como é) na frente de todos os convivas do Festival Internacional da Criança. — E você? Sentimos a sua falta na aula da Susan, na terça.

Os olhos verdes do David estavam frios.

— Ah — explicou. — Não deu para ir. Tinha um compromisso mais importante.

— Ah — respondi. E não era nada disso que eu queria dizer. O que eu queria dizer era: *David, desculpa! Desculpa, tá? Tipo assim, eu sei que o que eu fiz foi um horror. Eu sei que sou uma pessoa péssima. Mas será que dava, por favor, por favor, por favor para você me perdoar?*

Só que não consegui falar nada disso. Para começar, porque ia soar (só um pouquinho) rastejante. Em segundo, porque o pai do David dirigiu-se para a frente da sala e pediu que cada de um de nós tomasse o seu lugar, porque a apresentação ia começar.

Então todo mundo foi para o salão onde seria a apresentação e sentou. Eu acabei me sentando atrás e um pouco para o lado de onde o David estava. De modo que fiquei olhando meio que direto para ele durante aquele negócio todo. Bom, eu enxergava bem a orelha esquerda dele, basicamente, mas mesmo assim...

E juro que não ouvi uma única nota que aqueles músicos tão famosos tocaram. Olhando para a parte de trás da orelha

279

esquerda do David, a única coisa em que eu conseguia pensar era: *Como é que eu vou consertar esta situação?* E até fiquei surpresa ao perceber como eu desejava isso. Consertar a situação, tipo assim. Mas eu queria mesmo conseguir fazer isso.

Depois da apresentação, todo mundo se levantou e foi cumprimentar o Trio Beaux Arts. O presidente me apresentou para eles como a garota que salvara a vida dele e embaixadora *teen* dos EUA na ONU. O violoncelista levou a minha mão até os lábios e deu um beijo. Foi a primeira vez que uma pessoa que não faz parte da minha família beijou alguma parte do meu corpo. Foi esquisito. Mas provavelmente só porque ele era velho demais.

— E o que a embaixadora *teen* na ONU faz? — quis saber o pianista.

O presidente explicou a ele o concurso *Da Minha Janela*. Daí, acrescentou, com uma risada:

— E ela está fazendo o Andy trabalhar pelo salário que ganha!

Andy era o primeiro nome do sr. White, o secretário de imprensa. E eu sabia muito bem que não estava fazendo com que ele trabalhasse pelo salário que ganha. Na verdade, eu tinha entregado todas as minhas bolinhas de borracha para ele, e até tinha parado de implorar para que ele me deixasse ver as cartas dos tarados.

— Acho — o presidente disse em voz de gracejo — que existe uma certa discordância a respeito de qual quadro do concurso de arte representa melhor os interesses americanos.

Isso me surpreendeu. Antes, eu não tinha noção de que o pai do David estava a par do que rolava no gabinete de imprensa.

— Não tem discordância nenhuma — respondi, apesar de o presidente não estar exatamente falando comigo, e também, porque de fato existia uma discordância sim. — O quadro da Maria Sanchez é o melhor. É a minha escolha para o vencedor.

Sabe como é, eu não estava tentando dar início a um incidente internacional nem nada assim. Para falar a verdade, eu nem estava pensando no que estava fazendo. Sabe como é, discutindo com o presidente dos Estados Unidos. Aquele negócio sobre a Maria Sanchez simplesmente saiu da minha boca antes de eu ter tempo de parar para pensar.

O presidente disse:

— Se a pintura da Maria Sanchez é a que tem os imigrantes ilegais, ela não vai para Nova York.

Daí ele se virou e disse alguma coisa em francês para o primeiro-ministro, e ele começou a rir.

E esqueci toda aquela história de o David estar o maior gostoso com aquele terno escuro. Esqueci como eu queria pedir desculpas para ele e como eu me sentia mal por tê-lo tratado daquele jeito. Esqueci tudo a respeito do meu vestido desconfortável e da meia-calça fina. Só conseguia pensar no fato de que o presidente tinha me dado uma única coisa para fazer (esse negócio de embaixadora *teen*) supostamente como prêmio por ter salvado a vida dele...

E eu estava feliz em trabalhar naquilo, apesar de, sabe como é, eu estar meio que começando a achar que estava sendo subutilizada. Tipo assim, tem mais um monte de questões importantes para os adolescentes que eu poderia estar levando à atenção internacional do que o que os jovens veem de suas janelas. Tipo assim, em vez de ficar sentada lá no gabinete de imprensa da Casa Branca durante três horas, toda quarta-feira depois da escola, ou ir à apresentação musical do Festival Internacional da Criança, eu poderia estar lá alertando o público sobre, por exemplo, o fato de que, em alguns países, ainda é totalmente legal que homens feitos obriguem adolescentes a casar com eles, e alguns deles tinham até bem mais do que uma mulher! Que porcaria era *aquela*?

E o que você acha de lugares como Serra Leoa, onde adolescentes e até mesmo crianças pequenas sofrem mutilações de membros, rotineiramente, como "aviso" para que ninguém se meta com os grupos de guerrilheiros que controlam os bandos de traficantes de diamantes? E, se liga, tem também aquele monte de crianças em países com minas terrestres ativas, enterradas bem nos lugares em que elas gostariam de jogar futebol, mas não podem porque é perigoso demais.

E os problemas que estão um pouco mais perto de nós? O que você acha de todos os adolescentes aqui nos Estados Unidos que levam armas para a escola e atiram em um monte de gente? Onde é que eles arrumam essas armas? E de onde eles tiraram a ideia de que atirar nos outros é uma solução viável para os problemas deles? E por que é que ninguém faz nada para aliviar as pressões que podem levar algumas pessoas a pensar que levar uma arma para a escola é algo positivo? Como é que ninguém ensina a pessoas como a Kris Parks que devemos ser mais tolerantes, que não devemos torturar as colegas cujas mães as obrigam a usar saias compridas para ir à escola?

Esses são problemas importantes de que eu, como embaixadora *teen* dos EUA na ONU, deveria estar tratando. Mas o que é que eles me obrigam a fazer em vez disso? Isso mesmo, mandam que eu fique contando quadros.

E, sabe como é, comecei a achar que essa história de embaixadora *teen* só tinha sido inventada, que era um jeito de o presidente ficar bonito na foto (ele, eu começava a pensar, ligava mais para a imagem dele do que para os adolescentes do país). Sabe como é, aí ele deu um serviço importante para a garota que salvou a vida dele e tal.

Mas eu não disse nada disso. Deveria ter dito. Deveria mesmo.

Mas eu estava bem ligada que tinha todo aquele monte de gente lá escutando (o Trio Beaux Arts, o primeiro-ministro da França e o embaixador do Sri Lanka, sem falar no David). Não dava para fazer um discurso desses na frente de toda essa gente. Tipo assim, eu nem podia falar com os repórteres que ficavam me perseguindo todo dia, e olha que eles só queriam saber uma coisa: se eu gostava mais de Coca-Cola ou de Pepsi.

Eu era cheia de opiniões a respeito das coisas, com certeza. O que eu não tinha era muita segurança para expressá-las para alguém que não fosse da minha família nem meu amigo.

Mas uma coisa eu sabia que precisava fazer. Eu tinha que colocar o quadro da Maria na exposição *Da Minha Janela* em Nova York. Eu *tinha que* fazer isso.

De modo que coloquei a mão no braço do presidente e disse:

— Com licença, mas aquele quadro precisa ir para Nova York. É o melhor quadro. Talvez não mostre o lado mais positivo dos Estados Unidos, mas é o melhor quadro. E também o quadro mais honesto. Precisa fazer parte da exposição.

Depois que eu disse isso, rolou um tipo de silêncio. Não acho que *todas* as pessoas da sala estavam olhando para mim. Mas foi assim que eu me senti.

O presidente respondeu, com cara de surpresa:

— Samantha, sinto muito, mas isso não vai acontecer. Você vai ter que escolher outro quadro. O que você acha daquele do farol? Representa bem o espírito do país.

E daí ele voltou a conversar com o primeiro-ministro.

Não dava para acreditar. Eu tinha sido dispensada. Assim, na cara dura!

Bom, você já sabe o que dizem por aí a respeito das ruivas. Não pude evitar o que aconteceu a seguir. Eu me ouvi proferir as palavras, mas era como se fosse outra garota que estivesse falando. Talvez fosse a Gwen Stefani. Porque eu, com certeza não era.

— Se o senhor não queria que o trabalho fosse feito direito, não deveria ter pedido que eu o fizesse — disse ao presidente, alto o bastante, pareceu a mim, para fazer com que vários dos empregados e boa parte dos convidados, inclusive o Trio Beaux Arts, voltassem a atenção para mim. — Porque eu não vou escolher outro quadro. Todos os outros quadros são de coisas que as pessoas conhecem. Aquele quadro, o quadro da Maria, fala do que uma pessoa vê, todos os dias, da janela dela. O senhor pode até não gostar do que a Maria vê, mas privar todas as outras pessoas de ver não vai fazer com que a coisa seja menos real, nem fazer com que o problema desapareça.

O presidente olhou para mim com desdém, como se eu tivesse problemas mentais. Talvez eu tivesse mesmo. Não sei. Só sei que estava tão louca da vida que estava até tremendo. E imagino que meu rosto estivesse com um tom muito bonito de escarlate.

— Você tem algum tipo de relação pessoal com a artista ou qualquer coisa assim? — perguntou ele.

— Não. Eu não a conheço — respondi. — Mas sei que o quadro dela é o melhor.

— Na sua opinião — disse o presidente.

— É, na minha opinião.

— Bom, então você simplesmente vai ter que mudar de opinião. Porque aquele quadro não vai representar este país em nenhuma exposição de arte internacional.

Daí o pai do David virou as costas para mim e começou a conversar com os outros convidados.

Eu não falei mais nada. O que mais eu poderia dizer? Além disso, eu tinha sido dispensada.

O David, que chegou pelas minhas costas sem que eu percebesse, chamou:

— Sam.

Olhei para ele. Tinha até esquecido a existência dele.

— Vem aqui — pediu.

Acho que se eu já não estivesse chocada com o que tinha acontecido (entre mim e o presidente, tipo assim) eu ia ter ficado ainda mais chocada com o fato de o David vir falar comigo. E, além de falar comigo, ele também parecia estar tentando, pelo menos, fazer com que eu me sentisse melhor com aquilo que acabara de acontecer. Pelo menos foi a conclusão que eu precisei tirar quando ele me levou para fora do Salão da Prataria Dourada e para dentro daquela sala onde estivéramos naquela primeira noite em que eu fui jantar lá, onde ele tinha gravado meu nome no parapeito da janela.

— Sam — começou ele. — Não é tão importante assim. Tipo assim, eu sei que é importante para você. Mas não é, sabe, questão de vida ou morte.

Está certo. A gente não morava em Serra Leoa nem em nenhum lugar esquisito. Não iam cortar as mãos de ninguém nem forçar ninguém a casar, aos 14 anos, com um cara que já tinha três mulheres.

— Eu sei disso — respondi. — Mas continua sendo errado.

— Provavelmente sim — disse David. — Mas você precisa entender. Tem um monte de coisas que talvez a gente não saiba que eles precisam levar em consideração.

— Tipo o quê? — quis saber. — A minha escolha daquele quadro vai ameaçar a segurança nacional? Acho que não.

David tirou a gravata, como se aquilo o estivesse incomodando fazia muito tempo.

— Talvez eles queiram um quadro alegre — ponderou. — Sabe como é, que mostre os Estados Unidos de um ponto de vista positivo.

— O concurso não tem nada a ver com isso — respondi. — O tema é mostrar o que um representante de cada país vê através da janela. O regulamento não fala nada a respeito de o que a pessoa vê ter que mostrar um lado positivo do país em que vive. Tipo assim, daria para entender se alguém na China ou qualquer lugar assim não tivesse permissão para mostrar um lado negativo do país, mas aqui é os Estados Unidos, caramba. Eu achei que a liberdade de expressão fosse garantida para nós.

David se sentou no braço da minha poltrona. E disse:

— E é.

— Certo — respondi, cheia de sarcasmo. — É garantida para todo mundo, menos para a embaixadora *teen* na ONU.

— Você tem liberdade de expressão — insistiu David. E disse com um tipo de ênfase meio esquisito mas, na hora, eu estava agitada demais para perceber o que ele queria dizer.

— Será que você podia falar com ele, David? — pedi, erguendo a cabeça para olhar para ele. Ele não tinha acendido nenhuma luz na sala, de novo. A única luz ali vinha de fora da janela, era a luz azulada da Rotunda. Assim, quase sem claridade, era difícil perceber o que os olhos verdes do David queriam dizer. Mas eu não desisti. — Quer dizer, com o seu pai. Ele deve ouvir você.

Mas ele respondeu:

— Sam, é horrível decepcioná-la, mas o único assunto em que eu nunca toco com o meu pai, mesmo, é política.

Apesar de o David dizer que era horrível me decepcionar, foi exatamente isso que ele fez. Tipo assim, ele me decepcionou.

— Mas isso não é justo! — gritei. — Tipo assim, aquele quadro é o melhor! Merece estar na exposição! Você poderia pelo menos tentar, David? Promete para mim que você vai *tentar* falar com ele. Você é filho dele. Ele vai ouvir você.

— Não vai — respondeu David. — Pode acreditar.

— Claro que não, se você não tentar.

Mas o David se recusava a dizer que faria uma tentativa. Era tipo como se ele nem quisesse se envolver. O que só me deixou mais louca da vida. Ele obviamente não entendia como aquilo era importante. Eu achei que ele entenderia, por ser artista e tudo o mais. Mas não entendeu. Não entendeu mesmo.

Fiquei tão decepcionada que não pude evitar dizer:

— O *Jack* tentaria.

E apesar de eu estar falando aquilo mais para mim mesma, o David escutou.

— Ah, é claro — retorquiu, de forma maldosa. — O Jack é perfeito.

— Pelo menos o Jack está a fim de tomar posição — disse, brava. — Sabia que o Jack atirou nas janelas do consultório do pai dele com um espingarda de chumbinho para protestar contra o uso de medicamentos testados em animais?

David continuou inabalável.

— É mesmo? — exclamou. — Nossa, que coisa mais besta de se fazer!

Não dava para entender como é que o David podia dizer uma coisa dessas. Como é que ele podia *pensar* uma coisa dessas.

— Ah, tá — ironizei, com uma risada amarga. — É mesmo uma besteira ele tomar posição contra a crueldade com os animais.

— Não — corrigiu David, friamente. — É besteira ele ficar protestando contra algo que salva a vida das pessoas. Se os pesquisadores não testarem medicamentos em animais, Sam, antes de usarem nas pessoas, pode ser que elas fiquem ainda mais doentes, ou até mesmo morram. É isso que o Jack quer?

Fiquei ali, olhando para ele. Nunca tinha pensado naquilo daquele jeito.

— Mas, bom — continuou David, dando de ombros. — O Jack é um... como foi mesmo que você disse? Ah, é. Radical. Talvez seja contra esse tipo de coisa que os radicais de hoje em dia estão se rebelando. Contra curar gente doente. Eu não imaginava. Porque é claro que eu não tenho a mínima consciência moral.

E daí o David, como se não aguentasse ficar nem mais um segundo perto de mim (como se eu fosse um daqueles aperitivos nojentos), deu meia-volta e me deixou lá. No escuro. Igualzinho à pessoa cega que a Rebecca tinha me acusado de ser.

E a parte mais triste de tudo aquilo era que eu estava começando a achar que talvez ela estivesse certa. Porque, apesar do que a Susan Boone tinha dito, eu tinha o pressentimento de que não estava enxergando nada. Nadinha mesmo.

★ 22 ★

Quando voltei da Casa Branca naquela noite, tomei o maior susto quando vi a Lucy na sala, folheando um exemplar de *Elle*.

— O que é que *você* está fazendo aqui? — disparei, antes de conseguir me conter. Não deu para evitar. Desde o aniversário de 12 anos da Lucy que eu não a via em casa em um sábado à noite. — Cadê o Jack?

Pensei: será que eles, finalmente, terminaram? Será que me ver com outro cara na casa da Kris Parks finalmente fez o Jack perceber os sentimentos verdadeiros que tinha por mim?

Mas a questão era: se isso tinha mesmo acontecido, por que é que eu não me sentia mais feliz? Tipo assim, por que é que aquilo tudo me revirava o estômago, de verdade? A não ser que fosse por causa dos aperitivos que eu engoli antes de perceber como eram horríveis...

— Ah, o Jack está na sala de TV — Lucy disse com voz entediada. Vi que ela estava fazendo a numerologia dela. — Ele precisa ler um livro aí para a aula de inglês... *O morro dos ventos uivantes*. Ele tem que entregar um trabalho na segunda-feira, mas ainda não leu. E disseram que, se ele repetir em inglês, não vai poder se formar no fim do ano.

Tirei o casaco e a tipoia rendada e me joguei no sofá ao lado dela.

— Então, ele está lendo o livro agora? Na nossa casa?

— Credo, claro que não — respondeu Lucy. — Está passando na TV. Ele está lá em cima assistindo. Eu tentei ver mas, apesar de ter o Ralph Fiennes, não aguentei. O que você acha desta saia? — e me mostrou uma página no meio da revista.

— É legal, acho — minha mente parecia estar funcionando igual a uma lesma, apesar de eu só ter bebido 7-Up no Festival Internacional da Criança. — Cadê a mamãe e o papai?

— Eles estão naquele troço — Lucy virou uma página. — Você sabe. Aquela festa beneficente para os órfãos do norte da África ou qualquer coisa do tipo. Sei lá. Só sei que a Theresa disse que não podia vir porque o Tito quebrou o pé quando foi tentar carregar uma geladeira, então eu estou aqui para assegurar que a senhorita ET-phone-home não vá mandar o quarto dela pelos ares. Ah, meu Deus — Lucy abaixou a revista. — Você precisa ver. A Rebecca convidou uma amiguinha para dormir aqui. Lembra quando você convidava a Kris Parks e vocês ficavam brincando de Barbie até de madrugada, ou qualquer coisa assim? Bom, adivinha o que a Rebecca e a amiga dela estão fazendo? Ah, estão construindo uma fita de DNA com aquelas peças de montar de madeira. Ei, o que você acha desse terninho? — Lucy me mostrou o terninho. — Achei que podíamos comprar um desses para você ir à cerimônia de entrega da medalha — explicou. — Sabe como é, a gente só tem umas duas semanas para arrumar uma roupa supertransada para você. Eu falei para a mamãe que a gente deveria ter parado nos outlets quando voltou da casa da vovó...

— Lucy — comecei.

Não sei o que me fez tomar aquela iniciativa. Conversar com a minha irmã Lucy, e não uma outra pessoa qualquer, sobre os meus problemas.

Mas aconteceu, e tudo começou a jorrar. Parecia lava, ou qualquer coisa assim, saindo de um vulcão. E quando o negócio todo começou a escorrer, não tinha mais jeito de colocar para dentro de novo.

E a coisa mais estranha que aconteceu é que a Lucy pousou a revista e me escutou de verdade. Olhou bem nos meus olhos e escutou, sem falar nenhuma palavra durante, sei lá, uns cinco minutos.

Normalmente, é claro, eu não divido os detalhes da minha vida pessoal com a minha irmã mais velha. Mas já que a Lucy é especialista em todas as coisas sociais, achei que ela talvez pudesse lançar uma luz sobre o comportamento esquisito do David (e, possivelmente, o meu próprio). Eu não falei nada a respeito de o Jack, sabe como é, ser minha alma gêmea e tudo o mais. Só falei do negócio da festa e de como o David tinha agido comigo no Festival Internacional da Criança, aquela esquisitice do *frisson* e essas coisas.

Quando terminei, a Lucy revirou os olhos.

— Pombas — exclamou. — Da próxima vez, vê se me conta alguma coisa complicada de verdade, tá?

Fiquei olhando para ela.

— O quê? — tipo assim, eu tinha acabado de abrir a minha alma para ela (bom, pelo menos a maior parte da minha alma) e ela parecia decepcionada porque os meus problemas não eram mais apetitosos. — Como assim?

— Estou falando que o que está acontecendo entre você e o David é totalmente óbvio — e colocou os pés com chinelos em cima da mesinha de centro.

— É? — de um modo estranho, meu coração tinha começado a acelerar de novo. — O que é, então? O que está acontecendo entre a gente?

— Dãh — fez Lucy. — Até a Rebecca sacou tudo. E até a escola dela reconhece que ela é nula em traquejo social.

— Lucy — eu estava tentando, com todas as minhas forças, não berrar de tanta frustração. — Fala logo. Fala o que está acontecendo entre mim e o David, ou juro por Deus que vou...

— Credo, calma aí — interrompeu ela. — Vou falar. Mas você tem que prometer que não vai ficar brava.

— Não vou — respondi. — Juro.

— Certo — Lucy olhou para as unhas das mãos. Dava para ver que ela tinha acabado de fazer manicure. Cada uma das unhas estava perfeitamente ovalada, com a pontinha branca. As minhas unhas, obviamente, nunca tinham ficado com aparência tão limpa quanto as dela, já que sempre estavam sujas com poeira de lápis, de tanto desenhar.

294

Lucy deu uma respirada profunda. Então soltou o ar e disse:

— Você está apaixonada por ele.

Fiquei olhando para ela, atônita:

— *O quê? Como assim?*

— Você prometeu que não ia ficar brava — cobrou Lucy, em tom de advertência.

— Não estou brava — reclamei. Apesar de, obviamente, estar. Eu tinha aberto meu coraçãozinho para ela, e era isso que ela tinha a dizer? Que eu estava apaixonada pelo David? Será que existia alguma coisa que estava mais longe da verdade? — Mas eu não gosto do David.

— Pombas, Sam — comentou, deixando a cabeça cair sobre o sofá, com um resmungo. — Claro que gosta. Você disse que, quando ele sorri para você, parece que seu coração vai sair do peito. E, quando você está perto dele, sempre fica com o rosto vermelho. E que ele ficou tão bravo com você, porque ficou desfilando com ele como se fosse um troféu que você ganhou em algum concurso quando estava se sentindo péssima. O que é que você acha que isso tudo é, Sam, se não for amor?

— *Frisson*? — sugeri, cheia de esperança.

A Lucy pegou uma das almofadas de cetim do sofá e jogou em cima de mim.

— Isso é amor, sua boba! — gritou. — Tudo isso que você sente quando olha para o David? É isso que eu sinto quando olho para o Jack. Você não percebe que ama o David? E se não estou enganada, acho que dá para apostar que ele sente a mesma coisa em relação a você. Ou pelo menos sentia, antes de você, sabe como é, ferrar com tudo.

Não dava para dizer a ela que estava errada, claro. Não dava para dizer a ela que era impossível eu estar apaixonada pelo David porque eu tinha ficado apaixonada pelo namorado dela praticamente desde a primeira vez que ela o levou em casa.

Mas era preciso reconhecer, parecia um pouco... possível. Tipo assim, considerando aquela coisa toda do *frisson*. Por mais que eu amasse o Jack, era preciso admitir que o meu coração não disparava quando eu o via. Não como acontecia com o David. E eu nunca tive problema nenhum em olhar nos olhos do Jack (apesar de os olhos azul-claros dele serem exatamente tão lindos quanto os olhos verdes do David). E ao passo que eu ficava vermelha perto do Jack, é preciso reconhecer a verdade: eu sou ruiva; fico vermelha perto de qualquer pessoa.

Mas a pessoa perto de quem fico mais vermelha é o David.

E também tinha que pensar naquela coisa que o David falou. Sobre a rebelião urbana do Jack, que era meio... bom, falsa? Porque *era mesmo* falso, agora que eu tinha parado para pensar, atirar nas janelas do consultório do pai dele para protestar contra algo que, tudo bem, pode até machucar os animais, mas ajuda a curar pessoas doentes.

E aquela vez que ele nadou pelado no Clube de Campo de Chevy Chase? Contra o que ele estava protestando? Contra a regra do clube que obrigava todo mundo a usar roupa de banho? Sabe como é, aposto que tem um monte de gente no

Clube de Campo de Chevy Chase que não seria muito legal ver nadando pelada. Então, será que a regra da roupa de banho não era uma coisa boa?

Então, o que tudo aquilo queria dizer? Será que existia a possibilidade de a Lucy estar certa? Será que aquilo era remotamente possível? Que de algum modo eu tinha me desapaixonado do Jack e me apaixonado pelo David, sem nem mesmo ter percebido... até agora?

E como é que eu, Samantha Madison, que durante tanto tempo achava que sabia tudo, passei a saber tão, tão pouquinho?

Ainda estava tentando entender quando, cinco minutos mais tarde, deixei a Lucy na sala (toda feliz por ter resolvido todos os meus problemas) e fui para a cozinha comer alguma coisa, porque a comida da festa não tinha me deixado nem um pouco satisfeita.

Dá para imaginar meu incômodo quando eu estava dando uma mordida em um sanduíche de peru que tinha acabado de fazer (só com maionese, no pão branco) e o Jack apareceu.

— Ah, oi, Sam — exclamou, dirigindo-se para a geladeira. — Não sabia que você tinha chegado. Como foi a festa?

Engoli o pedaço de sanduíche que estava mastigando quando ele entrou.

— Hum — respondi. — Legal. Já acabou *O Morro dos Ventos Uivantes*?

— Hã? — ele estava examinando o interior da geladeira. — Não, ainda não. Está no intervalo. Então, qual é a parada,

Sam? — tirou uma cenoura da gaveta de legumes e deu uma mordida que fez o maior barulho. — O meu quadro vai para Nova York ou não?

Eu sabia que essa conversa ia rolar cedo ou tarde. Mas torcia para que fosse tarde.

Então achei que fosse melhor acabar com aquela história de uma vez.

— Jack — comecei, pousando o sanduíche em cima da mesa. — Escuta.

Mas, antes de eu conseguir falar alguma coisa, o Jack já estava se adiantando, com um olhar de descrença total no rosto:

— Espera um minuto. Espera aí. Nem fala nada. Dá para ver pela sua cara. Eu não ganhei, não é mesmo?

Tomei fôlego, para me equilibrar, preparando-me para a dor que eu sabia que me invadiria quando eu dissesse a palavra que o decepcionaria tanto:

— Não.

O Jack, que tinha deixado a porta da geladeira escancarada, deu um único passo atrás. Claramente, eu o havia decepcionado. E, por isso, eu me arrependeria por toda a eternidade.

Mas, incrivelmente, não rolou nenhuma dor. Não mesmo. E olha que eu estava preparada. Eu estava totalmente pronta para receber a inundação de dor que se abateria sobre mim, o arrependimento intenso por tê-lo decepcionado.

Mas não rolou. Nada. Nadinha. Nadica de nada. Eu sentia muito por ter ferido os sentimentos dele, mas fazer isso não causou nenhuma dor em *mim*.

O que era esquisito. Muito esquisito. Porque, como é que eu podia decepcionar o homem que eu amava (minha alma gêmea, o homem com quem eu estava destinada a viver para sempre) e não sentir a dor dele se espalhando por cada terminação nervosa do meu corpo?

— Não dá para acreditar — Jack finalmente reencontrou a voz. — Não dá para acreditar, caramba. Eu não ganhei? Você está falando sério que eu não ganhei?

— Jack — exclamei, ainda abalada pelo fato de não ter sentido nem um tremor pela dor dele. — Sinto muito, muito mesmo. É que tinha tantas inscrições boas e...

— Isso é inacreditável — disse Jack. Mas ele não disse, exatamente. Ele meio que berrou. O Manet, que tinha entrado na cozinha assim que ouviu a porta se abrir, como era o costume dele, levantou as duas orelhas quando o Jack ergueu a voz. — Caramba, totalmente inacreditável.

— Jack... — Tentei contornar a situação: — Se tiver alguma coisa que eu possa fazer para ajudar...

— Por quê? — perguntou Jack com os olhos muito arregalados e muito indignado. — Só me diga por quê, Sam. Será que você pode fazer isso? Você pode me dizer por que o meu quadro não foi escolhido?

Eu respondi lentamente:

— Bom, Jack. Recebemos muitas inscrições. Tipo assim, um *montão* mesmo.

Jack, até onde dava para perceber, não estava nem ouvindo. Ele mandou:

— Meu quadro era controverso demais. É isso. Tem que ser isso. Fala a verdade, Samantha. A razão por que eu não ganhei é que todo mundo achou que era controverso demais, não foi? Eles não querem que os outros países vejam como a juventude americana de hoje em dia é apática, não é?

Eu respondi, sacudindo a cabeça:

— Não, não foi bem isso...

Mas claro que eu deveria ter dito sim, foi por isso mesmo. Porque isso seria muito mais aceitável para o Jack do que a razão real, que eu revelei, como uma babaca, um segundo depois, quando ele perguntou:

— Bom, então por quê, hein?

— É que você não pintou o que você viu — revelei, com a intenção de fazer com que ele se sentisse melhor, mas ao mesmo tempo querendo fazer com que ele entendesse.

No começo, o Jack não disse nada. Só ficou olhando para mim. Era como se ele meio que não conseguisse processar o que tinha acabado de escutar.

— O quê? — exclamou, em um tom de descrença total.

Eu devia ter percebido. Eu devia ter captado a dica. Mas não percebi, claro.

— Bom — expliquei. — Tipo assim, Jack, fala sério. Você precisa reconhecer. Você não retratou o que vê. Você fica aí fazendo quadros desses garotos perdidos... e eles são ótimos, não me leve a mal. Mas eles não são reais, Jack. As pessoas que você retrata não são reais. Você nem conhece ninguém assim. É tipo... bom, é tipo quando eu desenhei aquele abacaxi. É legal e tal, mas não é honesto. Não é real. Tipo assim, você não consegue ver nenhuma loja de conveniência da janela do seu quarto. Eu duvido muito que você consiga ver uma lata de lixo.

É claro que eu não sabia o que dava mesmo para ver da janela do quarto do Jack. Eu só estava chutando a história da lata de lixo.

Mas eu devia estar bem próxima da verdade, porque consegui fazê-lo ficar fulo da vida.

— *Não retratei o que eu vejo?* — urrou ele. — *Não retratei o que eu vejo?* Do que é que você está *falando*?

—B-bom... — estremeci, pega de surpresa pela reação dele. — Sabe como é. Aquilo que a Susan Boone disse. Pintar o que você vê, não o que você conhece...

— Sam! — gritou Jack. — Isso aqui não é nenhuma porcaria de aula de arte. É a chance de o meu trabalho ir para Nova York! E você desclassificou o meu quadro porque eu não retratei o que eu *vi*? Qual é o seu *problema*?

— Ei! — uma voz conhecida quebrou o silêncio entre o Jack e eu. Olhei e vi a Lucy parada na porta, com um ar aborrecido. — O que é que está acontecendo? — ela quis saber. — Dava para ouvir vocês dois gritando lá do outro lado da casa. O que é que está pegando?

Jack apontou para mim. Aparentemente, estava tão desconcentrado por minha causa que nem conseguia explicar para a namorada dele o que eu tinha feito.

— Ela... ela... — gaguejou. — E-ela disse q-que eu n-não pinto o que eu vejo.

301

A Lucy olhou do Jack para mim e para ele de novo. Daí ela revirou os olhos e mandou:

— Ah, credo, Jack, será que dá para você dar um tempo, por favor?

Daí, veio até nós batendo os pés no chão, pegou o Jack pelo braço e o levou para longe da cozinha. Ele deixou que ela fizesse tudo isso, era um homem em transe.

Mas o Jack não era o único que estava tonto. Eu também estava.

E não era por causa do jeito como ele tinha gritado comigo. Nem por quê, como supostamente éramos almas gêmeas, eu não senti, nem por um segundo, a dor do Jack enquanto ele ouvia a má notícia.

Não. A razão por que eu estava tonta era pelo que tinha acontecido quando o Jack entrou sorrateiro na cozinha e eu estava mastigando aquele sanduíche, sem esperar nem um pouco que ele aparecesse. E daí ele entrou na cozinha e preencheu a porta com aqueles ombros enormes...

E o meu coração não quis sair do peito.

E não bateu nem um pouquinho mais rápido.

Não tive problema nenhum para respirar e nem uma sombra de vermelho subiu às minhas bochechas.

Nada das coisas que aconteciam comigo quando eu via o David aconteceram quando o Jack irrompeu na cozinha. Não existiu *frisson* nenhum. Nem o menor sinal de *frisson*.

O que só podia significar uma coisa:

A Lucy estava certa. Eu estava apaixonada pelo David.

O David, cujo pai não me suportava, por causa do modo como eu discordei dele sobre toda aquela coisa do quadro.

O David, que me deu um capacete de margaridas e disse que gostava da minha bota e gravou meu nome no parapeito de uma janela da Casa Branca.

O David, que com quase toda a certeza nunca mais quer olhar na minha cara por causa do jeito como eu o usei para fazer ciúme no Jack.

O David, que sempre foi o cara perfeito para mim, e que eu fui muito idiota (muito cega) para enxergar.

De repente, o sanduíche de peru que eu estava mastigando não ficou com o gosto tão bom assim. Na verdade, parecia vencido. E os pedaços que eu tinha engolido pareciam que iam voltar todos.

O que é que eu tinha feito?

O que é que eu tinha feito?

E, mais importante... *o que é que eu ia fazer?*

As dez principais razões por que é bem provável que eu morra jovem (não que isso seja uma tragédia tão grande assim, sob as atuais circunstâncias):

10. Eu sou canhota. Estudos mostram que os canhotos morrem de dez a 15 anos antes do que os destros, já que o mundo inteiro — carros, carteiras de colégio, caixas automáticos —, tudo é feito para quem escreve com a mão direita. No final, depois de um tempo, nós, canhotos, simplesmente desistimos de lutar e nos entregamos, em vez de tentar, pela última vez, escrever alguma coisa em um caderno espiral, com aquele monte de arame espetando o nosso pulso.

9. Eu sou ruiva. As ruivas têm 85% mais chance de desenvolver um câncer de pele fatal do que qualquer outra pessoa no planeta.

8. Sou baixinha. As pessoas baixas morrem antes das altas. Esse é um fato amplamente conhecido. Ninguém sabe por quê, mas eu pressuponho que tenha algo a ver com o fato de que os baixinhos como eu não conseguem alcançar potes de antioxidantes vitais no Centro de Nutrição Geral, porque eles sempre estão nas prateleiras mais altas.

7. Não tenho ninguém para chamar de meu. É sério. As pessoas que têm relações românticas simplesmente vivem mais do que as solteiras.

6. Moro em área urbana. Estudos mostram que pessoas que moram em áreas de alta densidade populacional, como Washington D.C., têm a tendência de perecer antes do que as pessoas que moram no interior, tipo no Nebraska, graças à maior emissão de substâncias cancerígenas, como fumaça de ônibus, e balas perdidas, vindas de guerras entre gangues urbanas.

5. Como muita carne vermelha. Você sabe qual é o grupo de pessoas que vive mais, entre todos? Isso mesmo, é esse pessoal meio tribal que vive em lugares tipo a Sibéria, ou qualquer lugar assim, que só come iogurte e gérmen de trigo. Sério. Nem acho que sejam vegetarianos; só acho que não conseguem encontrar nenhuma vaca porque todas morreram congeladas. Mas sei lá, todos vivem até, tipo, uns 120 anos.

Eu não suporto iogurte. E nem vou falar de gérmen de trigo. E como hambúrguer pelo menos uma vez por dia. E comeria ainda mais, se tivesse alguém para fazer para mim. Já morri, então.

4. Sou a filha do meio. Os filhos do meio morrem antes do que os irmãos mais velhos e do que os mais novos porque são rotineiramente ignorados. Eu nunca vi nenhuma comprovação documentada disso, mas tenho certeza de que é verdade. É uma reportagem que está aí, só esperando ganhar destaque em um programa jornalístico desses.

3. Não tenho filiação religiosa. Meus pais ignoraram completamente a nossa educação religiosa, graças à escolha egoísta deles de ser agnósticos. Tipo, só porque eles não têm certeza a respeito da existência

de Deus, nós não podemos ir à igreja. E existem estatísticas comprovando que quem vai à igreja vive mais do que quem não vai.

E onde é que vão fazer a minha missa de sétimo dia quando eu morrer? Eu gostaria que os meus pais pensassem nessas coisas antes de vir com essa de "é melhor deixar as crianças escolherem sozinhas no que elas querem acreditar". Eu posso muito bem morrer antes de ter a oportunidade de explorar todas as minhas opções religiosas. Apesar de no momento eu estar muito inclinada ao hinduísmo, porque me ligo bastante em reencarnação. Por outro lado, duvido que consiga parar de comer carne, e isso pode ser um problema.

2. Tenho um cachorro. Mas, se as pessoas que têm animais de estimação geralmente vivem mais do que quem não tem, são os donos de gatos que vivem mais. É totalmente possível que, graças ao Manet ser cachorro, eu morra de cinco a dez anos antes do que se ele fosse gato.

E a razão número um por que é bem provável que eu morra jovem:

1. Meu coração está despedaçado.

Está mesmo. Todos os sinais estão aí. Não consigo dormir, não consigo comer... nem hambúrguer. Toda vez que o telefone toca, meu coração dispara... mas nunca é para mim. Nunca é *ele*.

Sei que a culpa é toda minha... fui eu quem estraguei tudo. Mas isso não torna as coisas menos piores. Se a ferida foi feita por mim mesma ou não, ela está lá do mesmo jeito.

E a verdade é que os seres humanos não funcionam direito de coração partido. Tipo assim, claro que dá para viver sem o David. Mas que tipo de vida seria essa? Tipo uma vida vazia. Tipo assim, o amor me apresentou uma oportunidade perfeita, e eu estraguei tudo. ESTRAGUEI TUDO! Apesar de os meus olhos estarem abertos, eu não estava enxergando. Foi por isso. Eu não estava enxergando absolutamente nada.

Acho que tenho umas duas semanas de vida.

★ 23 ★

Fiquei lá parada na porta da Susan Boone, me sentindo a maior babaca. Mas como eu passei a vida inteira me sentindo a maior babaca, não era nenhuma novidade.

Por outro lado, eu geralmente me sinto babaca sem nenhuma razão específica. Dessa vez eu tinha uma boa razão para me sentir babaca.

E a razão tinha a ver com o fato de eu estar parada na porta da Susan Boone, sem ter sido convidada, e provavelmente indesejada, em uma tarde de domingo, esperando alguém atender à campainha, só que não aparecia ninguém.

E parecia que, se alguém surgisse, ficaria tipo: "Hum, você não sabe que, antes de ir à casa dos outros, precisa ligar para avisar?"

E a pessoa teria todo o direito de dizer isso, porque era claro que eu não tinha ligado antes. Mas daí eu tinha medo que, se ligasse antes, a Susan Boone poderia ter ficado tipo: "Não dá para esperar até terça, para a gente conversar na aula, Sam?"

Mas não dava para esperar até terça. Eu precisava falar com a Susan naquele dia. Porque meu coração estava partido, e eu precisava que alguém me dissesse o que fazer. Minha mãe e meu pai eram inúteis. Aquela coisa toda apenas parecia confundi-los. E a Lucy também não prestava. Ela só mandou: "Coloca uma sainha justa e vai lá pedir desculpa. Credo, qual é a sua, é retardada?" A Rebecca simplesmente apertou os lábios e disse: "Eu avisei." E a Theresa ainda estava na casa do Tito. Nem adiantava perguntar para a Catherine. Na cabeça dela só tinha o Paul.

De modo que eu estava lá, parada na porta da frente da Susan Boone sem ter ligado antes. Era muito mais difícil se recusar a receber quando a pessoa já está lá parada na sua porta, do que quando ela liga. Eu sei disso por causa de todos os repórteres que têm tentado falar comigo.

Realmente, não existe sensação pior do que ficar lá parada, esperando alguém atender à campainha, quando você sabe que quem abrir a porta provavelmente vai batê-la de novo na sua cara...

...mas talvez seja pior ainda ficar lá esperando por essa pessoa com cinco pães franceses na mochila. Eu já me sentiria bem mal se não estivesse carregando todo aquele pão, mas isso com certeza piorava o quadro.

Mas eu tinha que levar alguma coisa. Tipo assim, não dá para aparecer na casa de alguém sem ter sido convidada e nem levar um presente. É isso aí, preciso admitir, o pão era meio que um suborno. Porque eu nunca ouvi falar de ninguém que recusasse uma baguete da Mulher do Pão. Eu torcia para que a pessoa que atendesse a porta sentisse o cheirinho e ficasse toda: "Ah, entre, por favor."

E também não foi nada fácil colocar a mão nesses pãezinhos: foi um inferno. Precisei acordar extracedo para arrastar o Manet em seu passeio matinal na direção oposta à que costumávamos ir, e ele não gostou nadinha. Ficou tentando me arrastar na direção do parque, e eu ficava puxando a coleira dele na direção da casa da Mulher do Pão. Meus braços ficaram doendo durante todo o resto do dia. Acho que o Manet pesa quase o mesmo que eu.

Também acontece que a Mulher do Pão não acorda antes das oito aos domingos. Ela atendeu à porta com um penhoar muito decotado (para uma senhora casada).

Mas ela não pareceu achar estranho eu ter ido lá bater na porta da casa dela para encomendar pão para o fim da tarde. Na verdade, pareceu até ficar feliz ao descobrir que alguém gostava tanto assim do pão dela.

E entregou a encomenda na hora, ainda bem. Cinco pães franceses, dourados e fumegantes, do tipo que não se acha em lugar algum em Washington. O cheirinho quase *me* deixou com fome. Mas só quase. Parece que gente de coração partido nunca tem apetite.

Daí, é claro que eu tive que me virar para pegar o metrô com cinco pães quentinhos, recém-saídos do forno, na mochila, que mal fechava. Uma experiência que eu prefiro não ter que repetir. Especialmente porque a National Geographic Society Júnior estava visitando a cidade e os trens estavam lotados com um monte de famílias do Meio-Oeste do país, cada uma com uns dez filhos, todos usando camisetas amarelas onde se lia: "Pergunte-me sobre o campeonato da National Geographic Society Júnior" (algo que eu fiz questão de não perguntar).

Mas todas aquelas criancinhas loiras viravam-se para a mãe e perguntavam: "Mamãe, por que aquela garota está carregando tanto pão?"

E a resposta dos pais era mandar todo mundo ficar quieto. Por sorte, ninguém me reconheceu como a garota que tinha salvado a vida do presidente, porque eu estava usando um boné de beisebol da Lucy, do time da escola, com todo o meu cabelo enfiado para dentro.

Ainda assim, um dos vencedores do concurso da National Geographic Society Júnior ficou me olhando cheio de suspeita durante um bom tempo, depois se virou para a amiga e cochichou alguma coisa no ouvido dela, que também olhou para mim e daí disse algo para a mãe.

Por sorte, quando o trem chegou à estação Adams Morgan, perto de onde a Susan Boone morava, eu saí rapidinho e deixei os membros da National Geographic Society Júnior à sua própria sorte, seja qual fosse.

Era uma boa caminhada da estação de metrô até a casa da Susan Boone, mas aproveitei o tempo para pensar nas minhas desgraças, que eram muitas. Quando cheguei à grande casa azul com as balaustradas da varanda caiadas, com um monte de sinos de vento pendurados, já estava praticamente te chorando.

Bom, e por que não estaria? Nada além do desespero total teria me forçado a pedir conselhos para a Susan Boone. Tipo assim, umas duas semanas antes, eu odiava totalmente a mulher. Ou pelo menos eu não gostava muito dela.

Mas daí senti que ela era a única pessoa que eu conhecia que poderia me dizer o que eu tinha feito para acabar com a minha vida daquele jeito e como eu poderia remediar a situação. Tipo assim, ela tinha me ensinado a enxergar: talvez pudesse me ensinar como lidar com tudo que eu estava enxergando, agora que tinha aberto os olhos.

Mas eu precisava reconhecer que, apesar dessa convicção, quando finalmente ouvi passos (e os grasnados do Joe) vindo na minha direção, de dentro da casa, senti uma certa vontade de sair correndo.

Mas, antes que eu pudesse dar no pé, vi a cortininha de renda na janela ao lado da porta de entrada afastar-se um pouco para o lado, revelando um dos olhos azuis da Susan Boone. Daí ouvi as fechaduras da porta abrindo. Quando dei por mim, a Susan Boone estava parada na porta, olhando para mim, com um avental salpicado de tinta e o cabelo branco e comprido preso em duas tranças que escorriam pelos lados da cabeça.

— Samantha? — exclamou, surpresa. — O que é que você está fazendo aqui?

Tirei a mochila das costas e logo mostrei os pães para ela:

— Eu estava aqui perto, então pensei em dar uma passada para dar um oi. Você quer um pouco de pão? É bom demais. É uma senhora da minha rua que faz.

312

Tudo bem, reconheço: era o maior papo furado. Só que eu não sabia como agir. Tipo assim, eu nem deveria ter ido até lá. No minuto em que a vi, percebi que não deveria ter ido lá. Era insano eu ter ido. Idiota e insano. Tipo assim, o que é que a Susan Boone tinha a ver com os meus problemas? Ela só era minha professora de desenho, tenha dó. O que é que eu estava fazendo, procurando a professora de desenho para pedir conselhos sobre a vida?

Empoleirado no ombro da Susan, Joe grasnou seu cumprimento de praxe, "Oi Joe! Oi Joe!", para mim. Acho que ele não me reconheceu com o cabelo escondido embaixo do boné.

Susan Boone esboçou um sorriso e fez um sinal:

— Então entra, Sam. Muito gentil da sua parte, hum, passar aqui... trazendo pão.

Entrei na casa da Susan e não me surpreendi, ao cruzar a propriedade, que era mobiliada de maneira muito parecida com a do ateliê. Tipo assim, tinha um monte de móveis antigos e com aparência confortável, mas o que mais tinha lá eram telas apoiadas em todas as paredes e mais do que um leve cheiro de terebintina no ar.

— Obrigada — murmurei, entrando e tirando o boné. Assim que tirei, Joe se lançou do ombro da Susan para o meu, gritando "Corvo lindo! Corvo lindo!".

— Joseph — fez Susan, com ar ameaçador. E depois me convidou para ir até a cozinha tomar uma xícara de chá.

313

Fingi que não queria atrapalhar nem nada e disse que sentia muito por estar incomodando e que só ficaria um minuto. Mas a Susan simplesmente olhou para mim com um sorriso e eu não tive outra escolha a não ser ir atrás dela até a cozinha clara como a luz do sol, pintada de azul (da mesma cor dos olhos dela). Ela insistiu em fazer um chá, e nem foi em uma xícara no micro-ondas, mas à moda antiga, com uma chaleira no fogão. Enquanto a água fervia, ela examinou as baguetes que eu tinha levado e pareceu muito satisfeita. Pegou manteiga e um pote de geleia feita em casa e colocou em cima da mesa de açougueiro que ficava no meio da ampla cozinha antiquada. Daí tirou um pedaço da ponta de uma das baguetes, só para experimentar, e pareceu ficar muito surpresa quando a casca, que já estava bem amanteigada mesmo antes de ela passar alguma coisa ali, derreteu na boca.

— Que gostoso — elogiou. — Esse pão é ótimo. Não como pão francês assim, para falar a verdade, desde a última vez que estive em Paris.

Fiquei contente ao ouvir isso. Fiquei olhando enquanto ela pegou mais um pedaço e comeu.

— Então — esbocei —, como foi o seu Dia de Ação de Graças? — parecia uma coisa besta de se perguntar, assunto de gente chata, e não de artistas. Mas o que mais eu poderia ter dito? E, por sorte, ela não pareceu ficar ofendida.

— Foi bom, obrigada — respondeu ela. — E o seu?

— Ah — repeti —, foi bom.

314

Rolou um silêncio. Não muito desconfortável, mas sabe como é. Era um silêncio. Só quebrado pelo som da chaleira que começava a ferver, e Joseph murmurando e passando o bico por entre as penas, tremendo um pouco.

Daí, a Susan declarou:

— Tenho uma ideia para o ateliê no verão.

— É mesmo? — eu disse, aliviada por alguém falar alguma coisa.

— Mesmo. Estou pensando em deixar o ateliê aberto todos os dias, das dez às cinco, para pessoas como você e o David poderem ir lá e ficar desenhando o dia inteiro, se quiserem. Tipo como se fosse um acampamento de arte, ou qualquer coisa do gênero.

Eu não disse nada, mas duvidava que o David iria aparecer... se soubesse que eu estaria lá. Em vez disso, só exclamei:

— Ótimo!

Foi bem aí que a chaleira começou a apitar. A Susan se levantou e preparou o chá. Daí me deu uma caneca azul-escura que tinha escrito "Matisse" e ficou com uma amarela que tinha escrito "van Gogh". Depois de acomodar-se à mesa de açougueiro, segurou a caneca com as duas mãos, de modo que o vapor envolveu o rosto dela em espirais esfumaçadas.

— Então, por que você não me diz o que é que você veio realmente fazer aqui em um domingo à tarde, Samantha?

Considerei a possibilidade de, sabe como é, não contar nada. Pensei em enrolar, dizendo: "É sério, estou indo para a casa da minha avó" ou qualquer outra coisa do tipo.

Mas algo no jeito como ela olhava para mim fez com que eu fosse honesta. Não sei o que foi mas, de repente, sentada lá, mexendo no papelzinho da ponta da cordinha do saquinho de chá, despejei toda a história. Simplesmente saiu, espalhando-se pela mesa de açougueiro, com o Joe empoleirado no meu ombro e uns acordes de música erudita tocando baixinho em algum lugar da casa.

E quando eu acabei de botar tudo para fora (tudo, a respeito do David, do Jack, do concurso *Da Minha Janela*, da Maria Sanchez e do pai do David), concluí:

— E, além de tudo isso, na noite passada eu descobri que o único filho da Dolley Madison que não morreu quando era bebezinho foi do primeiro marido dela. Ela nem teve filhos com o James Madison. De modo que não é minha parente. Nem de muito, muito longe.

Depois de acabar meu longo discurso, fiquei lá sentada olhando para o chá. Não dava para enxergar muito bem, porque meus olhos estavam meio úmidos. Mas eu estava decidida a não chorar. Chorar teria sido completamente ridículo, ainda mais ridículo do que andar de metrô com cinco pães franceses saindo da mochila.

A Susan, que tinha escutado, em silêncio, enquanto eu recitava todos os meus dramas, tomou um gole de chá e murmurou, com a voz muito calma:

— Mas, Samantha. Será que você não percebe? Você sabe exatamente o que precisa fazer. O David já deixou bem claro.

Ergui o olhar da caneca de chá e olhei para ela, do outro lado da mesa. No meu ombro, o Joe pegou uma mecha do meu cabelo e ficou lá fingindo que só estava segurando assim, sem maiores intenções, mas nós dois sabíamos que, quando ele achasse que eu não estava prestando atenção, ele tentaria arrancá-la e fugir.

— Como assim? — perguntei. — O David disse que não ia falar com o pai sobre a Maria Sanchez. Só isso.

— Ele disse isso, sim — explicou Susan. — Mas você não escutou de verdade, Sam. Existe uma diferença entre ouvir e escutar, assim como há uma diferença entre ver e conhecer.

Está vendo? É por isso que eu sabia que eu tinha que ir até lá. Eu não sabia disso. Tipo assim, da diferença entre ouvir e escutar.

— O David — prosseguiu Susan — disse que você tem direito à liberdade de expressão como qualquer outro americano.

— É — respondi. — E daí?

— Daí — e a Susan falou com uma ênfase que eu não entendi — *você tem direito à liberdade de expressão*, Samantha. Como qualquer outro americano.

— Tá — respondi. — Essa parte eu entendi. Mas não sei o que isso tem a ver com...

E daí, de repente, entendi. Não sei como nem por quê. Mas, de repente, caiu a ficha do que eles (a Susan e o David) queriam dizer.

E quando caiu, não dava para acreditar.

— Ah, não — falei, engasgada... e não foi só porque o Joe finalmente deu o bote dele: arrancou um tufo do meu cabelo e depois saiu voando, triunfante, para cima da geladeira. — Uau. Você não acha mesmo que ele quis dizer *isso*, acha?

Susan respondeu, cortando mais um pedaço de pão com as mãos:

— O David geralmente fala o que pensa, Sam. Ele não é político. Não tem a mínima tendência para seguir a carreira do pai. Quer ser arquiteto.

— Quer? — isso era novidade para mim. Estava começando a perceber que, na verdade, eu não sabia absolutamente nada a respeito do David. Tipo assim, eu sabia que ele gostava de desenhar e que ele era bom. E eu sabia da história do garfão e da colherona, claro. Mas também parecia ter um monte de coisas que eu não sabia.

E aquilo fez com que eu me sentisse pior ainda. Porque eu tinha um mau pressentimento de que já era tarde demais para descobrir. As coisas que eu não sabia a respeito do David, tipo assim.

— É — continuou Susan Boone. — Acho que é fácil entender por que ele não quer muito se meter nos assuntos do pai. Com certeza, também não quer que o pai se meta nos dele.

— Uau! — exclamei, porque ainda estava baqueada pela revelação que ela havia me feito. — Tipo assim... uau.

— É mesmo — disse Susan Boone, recostando-se na cadeira. — Uau. Então, percebe, Sam? Estava tudo lá.

Fiz uma careta:

— O que é que estava lá?

— O que você queria — respondeu Susan. — Você só precisava abrir os olhos um pouquinho para ver. E lá estava.

E lá estava.

E lá estava eu dez minutos mais tarde (meio que sem acreditar que eu estava lá de verdade), conversando com a Susan Boone, a mulher que me acusou de conhecer e não ver, quando a porta dos fundos, que saía da cozinha, se escancarou. Entrou um homem enorme, com o cabelo amarrado em um rabo de cavalo e os braços cheios de sacolas de compras. Ele olhou para nós com ar de surpresa. Tinha um bigodão daqueles curvados na ponta.

— Ah — fez ele, olhando para mim de um jeito simpático, mas curioso, com olhos azuis. — Oi.

— Oi — respondi, imaginando se aquele era o filho da Susan Boone. Ele parecia ter uns 20 anos a menos que ela. Mas ela nunca tinha mencionado filho nem marido. Sempre achei que eram só ela e o Joe.

Mas pode ser que eu só estivesse ouvindo, e não escutando de verdade.

— Pete — apresentou Susan. — Esta aqui é a Samantha Madison, uma das minhas alunas. Samantha, este aqui é o Pete.

Pete pousou as sacolas de compras. Ele estava usando jeans, com uma chaparreira de couro por cima, igual à que os caubóis e os Hell's Angels usam. Quando ele esticou o braço para apertar a minha mão, vi que tinha o logotipo da Harley-Davidson tatuado.

— Muito prazer — ele apertou minha mão esquerda, já que a direita ainda estava engessada. Daí o olhar dele caiu no pão francês. — Ei, isso aí parece gostoso.

Pete puxou uma cadeira e se juntou a nós. E daí eu descobri que ele não era filho da Susan Boone coisa nenhuma. Era namorado dela.

O que só demonstra que a Susan Boone estava certa a respeito de uma coisa, pelo menos: às vezes, o que você quer está bem na sua frente. Só é preciso abrir os olhos e enxergar.

★ 24 ★

Escolhi a Candace Wu.

A Lucy achou que eu deveria ter escolhido alguém mais famoso, tipo algum apresentador de telejornal em rede nacional. Mas eu gostava da Candace por causa daquela vez que eu caí no colo dela depois da entrevista coletiva no hospital.

E a Candace se revelou um moça bem durona. Ela não aceitava desaforo de ninguém. Quando o Andy, secretário de imprensa da Casa Branca, disse que ela não podia, sob nenhuma circunstância, levar a equipe de filmagem ao gabinete dele para filmar o quadro da Maria Sanchez, ela respondeu que a Casa Branca não era residência particular. Pertencia ao povo dos Estados Unidos da América e, na posição de cidadãos americanos, ela e a equipe de filmagem tinham tanto direito de estar lá quanto ele.

A não ser, é claro, que ele tivesse algo a esconder.

Finalmente, o sr. White cedeu e eu mostrei todos os quadros para a Candace Wu, inclusive o da Angie Tucker. Eu disse que o trabalho dela era legal e tal, mas que a minha escolha tinha sido o da Maria Sanchez.

— E é verdade, Samantha, que o presidente disse que você teria que escolher outro quadro, algum que tivesse um ângulo menos político? — Candace perguntou na frente das câmeras, igualzinho como tínhamos ensaiado um pouco antes, quando nos encontramos depois de eu ligar para a produção do programa dela.

Eu falei o que tinha ensaiado a manhã toda:

— A verdade é que eu acho que o presidente pode não estar ciente de que os adolescentes americanos não estão só interessados em saber qual é o videoclipe no primeiro lugar das paradas. Nós temos preocupações. Queremos que nossa voz seja ouvida. A exposição de arte internacional *Da Minha Janela*, patrocinada pela ONU, é o fórum perfeito para que adolescentes do mundo inteiro possam expressar suas preocupações. Acredito que seria errado tentar abafar esta voz.

Ao que Candace respondeu, como disse que faria, em troca de eu ter dado ao programa dela os direitos mundiais e exclusivos da minha única entrevista:

— Quer dizer que o homem cuja vida você salvou de maneira tão heroica nem mesmo permite que você tome suas próprias decisões na posição de embaixadora *teen* dos EUA na ONU?

Respondi, cheia de tato:

— Bom, talvez existam preocupações nacionais das quais não estamos cientes, ou qualquer outra coisa do tipo.

Depois disso, a Candace fez um sinal de corte embaixo do queixo e mandou:

— Bom, pessoal, foi isso. Vamos guardar todo o equipamento e ir para o hospital — que era para onde todos nós iríamos em seguida, porque meu gesso seria retirado naquele dia.

— Esperem um pouco — gritou o secretário de imprensa da Casa Branca, correndo para nos alcançar. — Esperem um pouco. Tenho certeza de que não há motivo para a senhora exibir esse último segmento. Tenho certeza de que podemos arranjar algo com o presidente...

Mas a Candace não tinha se tornado uma das apresentadoras de telejornal mais audazes do país por causa de arranjos. Ela fez o Marty e os outros câmeras guardarem o equipamento e já estávamos saindo de lá antes que se pudesse dizer: "Voltamos depois dos comerciais."

Em casa, depois de eu tirar o gesso, a Candace estava fazendo algumas cenas de "preenchimento" comigo e o Manet pulando na minha cama quando o telefone tocou e Theresa apareceu, toda animada, e falou bem baixinho:

— Samantha. É o presidente.

Todo mundo congelou. A Candace, que estava dividindo dicas de beleza com a Lucy, que parecia totalmente alucinada com aquela coisa de ter uma apresentadora de TV em casa, já que era um trabalho que exigia boa aparência e você ainda podia expressar sua opinião a respeito das coisas; a Rebecca, que estava tomando notas das dicas de um dos caras da iluminação sobre como se comportar igual a uma pessoa normal; os câmeras, que, na minha opinião, estavam demonstrando interesse excessivo no meu pôster da Gwen Stefani... parecia que todo mundo prendeu a respiração quando eu desci da cama e peguei o telefone da mão da Theresa.

— Alô?

— Samantha — o presidente urrou. A voz simpática dele estava tão alta que eu precisei afastar o fone do rosto. — Que história foi essa que eu ouvi, sobre eu não apoiar a sua escolha para a exposição de arte da ONU?

— Bom, senhor — respondi. — A verdade é que, na minha opinião, o melhor quadro que recebemos é o da Maria Sanchez, de San Diego, mas, até onde pude entender, o senhor...

— Mas foi desse que eu gostei — interrompeu o presidente. — Aquele dos lençóis.

— É mesmo, senhor? — respondi. — Porque o senhor disse que...

— Não se preocupe com isso agora — respondeu o presidente. — Você gostou do quadro dos lençóis, mande empacotar e envie para Nova York agora mesmo. E, da próxima vez que você tiver algum problema com uma coisa desse tipo, procure-me primeiro, antes de chamar a imprensa, certo?

Eu não mencionei o fato de que eu tinha tentado antes. Em vez disso, respondi:

— Sim, senhor. Farei isso, senhor.

— Muito bem. Até logo, então — concluiu o presidente. E desligou.

E quando a minha entrevista exclusiva com a Candace Wu foi ao ar na noite seguinte (quarta-feira), toda a parte do quadro da Maria Sanchez foi cortada. Em vez disso, a emissora afiliada de San Diego foi até a casa da Maria Sanchez e disse que ela era a vencedora. Descobri que a Maria era uma garota de cabelo escuro, mais ou menos da minha idade, que morava em uma casinha com mais seis irmãos. Como eu, ela estava encalhada bem no meio de todos eles.

Eu sabia que devia ter alguma razão para eu ter gostado mais do quadro dela.

Só que, quando disseram à Maria que ela tinha vencido, ela começou a chorar. Daí, eles pediram e ela mostrou a vista da janela dela. Era igualzinha à do quadro, com a roupa lavada pendurada no varal e a cerca de arame farpado à distância. A Maria tinha mesmo pintado o que via, bem como eu pensei, e não só o que ela conhecia.

E agora ela e a família iam poder ir a Nova York e ver o quadro exposto na ONU, junto com todos os outros ganhadores do mundo inteiro. E parecia que eu iria conhecê-la, porque o Andy disse que a Casa Branca mandaria a minha família inteira a Nova York, para a abertura da exposição. Eu já tinha pedido para a minha mãe e o meu pai me levarem ao Metropolitan Museum enquanto estivéssemos lá, para eu ver os impressionistas, e eles disseram que sim.

Aposto que a Maria também vai querer ir.

Na noite em que a minha entrevista com a Candace foi ao ar, todo mundo ficou na sala assistindo, junto... eu, a Lucy, a Rebecca, o Manet, a minha mãe e o meu pai. Meus pais não sabiam direito o que tinha rolado, porque a maior parte da entrevista tinha acontecido depois da escola, quando a minha mãe estava no tribunal e o meu pai, no escritório. Eu precisei faltar à aula da Susan Boone na terça por isso. Mas eu teria que faltar mesmo, porque a Theresa ia ter que me levar para tirar o gesso, de qualquer jeito.

Portanto, a minha mãe e o meu pai ficaram meio surpresos quando mostraram as partes gravadas em casa (especialmente o segmento do meu quarto, que estava meio bagunçado na hora). Minha mãe grunhiu, com voz de terror, ao olhar para a tela da TV, como se estivesse petrificada:

— Ai, meu Deus, Samantha.

Mas eu expliquei que a Candace tinha pedido para eu deixar meu quarto do jeito que era, para ficar mais autêntico. A Candace adorava autenticidade. O objetivo dela ao fazer aquela reportagem era mostrar uma "heroína americana autêntica", coisa que eu era pelos seguintes motivos:

a) Eu tinha arriscado a minha vida, de maneira altruísta, para salvar a de outra pessoa.

b) Aquela outra pessoa por acaso era o líder do mundo livre.

c) Eu sou americana.

O ponto de vista da Candace a respeito do assunto, felizmente, era compartilhado por outras pessoas. Por exemplo, o médico que serrou o meu gesso. Ele tomou bastante cuidado para não cortar nenhum dos desenhos que eu tinha feito nele. Antes de tirá-lo, ele avisou que, durante um tempo, meu braço ia parecer muito leve e esquisito, e ele estava certo. Assim que ele tirou o gesso, meu braço subiu uns dez centímetros, sozinho. A Theresa, a Candace, todos os câmeras e eu rimos.

Outras pessoas que achavam que eu era uma heroína americana autêntica eram as que trabalhavam no museu Smithsonian, para onde fomos assim que eu tirei o gesso. Eu resolvi que, em vez de vender meu gesso na internet, eu o doaria para um museu, e o Smithsonian era o maior museu em que eu consegui pensar. Por sorte, eles aceitaram. Fiquei preocupada de que eles achassem meio nojento eu doar para eles um gesso com desenhos do Sino da Liberdade e da Dolley Madison.

Mas já que era, sabe como é, um tipo de relíquia que denotava um pedaço importante da história americana, disseram que ficariam contentes de tê-lo no acervo.

A reportagem que falava de mim terminava com um segmento que eu e a Candace havíamos discutido com muita atenção anteriormente. Uma das condições para eu deixar ela fazer a entrevista era que ela me fizesse uma pergunta específica. E era a respeito da minha vida amorosa.

— Então, Samantha — Candace inclinou-se para a frente na cadeira, com um sorrisinho no rosto. — Ouvi uns rumores...

A câmera me mostrou com cara de inocente, sentada no mesmo sofá em que estava acomodada naquele momento, assistindo à transmissão da entrevista.

— Rumores, Candace? — o meu eu da TV perguntou, com olhos bem arregalados.

— É — respondeu ela —, sobre você e uma certa pessoa...

E daí começaram a mostrar umas imagens do David (sabe como é, acenando dos degraus do avião presidencial, entrando e saindo do ateliê da Susan Boone, usando terno no Festival Internacional da Criança). Daí a câmera voltou para a Candace e ela disparou:

— É verdade que você e o primeiro-filho estão juntos?

O eu da TV, ficando vermelho (ficando vermelho bem ali na televisão, apesar de saber qual era exatamente a pergunta que ela faria), mandou:

— Bom, Candace, vamos colocar assim. Eu gostaria que fosse verdade. Mas se ele sente ou não a mesma coisa, eu não faço ideia. Acho que eu estraguei tudo.

— Estragou? — a Candace parecia desorientada (apesar de ela também saber qual seria exatamente a minha resposta). — Como foi que você estragou tudo, Samantha?

— Eu só... — o eu da TV deu de ombros. — Eu não enxerguei uma coisa que estava bem na minha frente. E agora acho que é tarde demais. Espero que não... mas sinto que é, provavelmente.

Foi aí que o meu eu de verdade (o que estava assistindo à TV) puxou a almofada em que o Manet estava sentado, enfiou a cabeça ali e começou a gritar. Tipo assim, eu tinha que falar aquilo... não conseguia pensar em nenhum outro jeito de dizer aquilo de modo a reparar a coisa horrível que eu tinha feito... sabe como é, toda aquela história de gostar do David o tempo todo sem perceber até que já fosse tarde demais e tal.

Mas isso não queria dizer que eu não estava envergonhada. Nem que eu tinha a mais remota esperança de que fosse funcionar.

E era por isso que eu estava gritando.

Meu pai, que estava assistindo à TV com uma expressão meio atordoada, mandou:

— Espera um pouco. Que história foi essa? Samantha... você e o David brigaram?

Ao que a Theresa respondeu:

— Ah, ela estragou tudo mesmo. Mas, quem sabe, se ele assistir a isso aí, ele dá outra chance para ela. Tipo assim, não é todo dia que alguma garota vai a rede nacional para dizer ao mundo que quer ficar com você.

Até a Rebecca olhou para mim com respeito renovado.

— Que coragem, Sam — exclamou ela. — Foi mais corajoso do que o que você fez outro dia na frente da confeitaria. Não que vá dar certo, claro.

— Ah, Rebecca — pediu Lucy, tirando todo o som da TV, já que a entrevista tinha acabado. — Cala a boca.

Não é muito frequente a Lucy sair em minha defesa em batalhas familiares, de modo que eu ergui o olhar da almofada do sofá, totalmente surpresa. Foi só aí que eu percebi o que estava me incomodando a respeito da Lucy naqueles últimos dias. O que *tinha* me incomodado a respeito da Lucy naqueles últimos dois, três dias.

— Ei — perguntei. — Cadê o Jack?

— Ah — respondeu Lucy com um dar de ombros displicente. — Nós terminamos.

Todo mundo na sala (e não só eu) ficou olhando para ela, boquiaberto de tanto espanto.

Meu pai foi o primeiro a se recuperar.

— Aleluia — que era um sentimento estranho partindo de um agnóstico, mas sei lá.

— Eu sabia — comentou Theresa, sacudindo a cabeça. — Ele voltou para aquela namorada dele, não foi? Homens. Eles são uns... — e daí disse um monte de palavrões em espanhol.

— Ah, credo — murmurou Lucy, revirando os olhos. — Dá um tempo. Ele não me traiu nem nada. Só que ele foi um grosso com a Sam.

Achei que não era possível meu queixo cair ainda mais, mas foi o que aconteceu, não sei como.

— *Eu?* — a voz saiu esganiçada. — Do que é que você está *falando*?

A Lucy parecia siderada.

— Ah, você sabe — explicou, soando impaciente. — Aquela história toda do quadro. Ele estava sendo muito idiota. Eu falei para ele... como é que foi mesmo, Rebecca?

— Para nunca mais escurecer a sua porta? — Rebecca arriscou.

— Foi — respondeu Lucy. — Isso aí.

Daí a Lucy, que tinha ficado trocando de canal o tempo todo enquanto falava, deu um gritinho:

— Aaaah, olha. É o David Boreanaz — e aumentou o volume.

Não dava para acreditar. *Não dava para acreditar.* A Lucy e o Jack, brigados? Por *minha* causa? Tipo assim, preciso reconhecer que eu fantasiava o acontecimento havia meses. Mas, nas minhas fantasias, a Lucy e o Jack sempre terminavam porque o Jack finalmente caía na real e percebia que eu era a garota certa para ele. Nunca brigavam porque, por acaso, a Lucy tinha visto o Jack ser grosso comigo.

E com certeza eles nunca brigavam depois de eu perceber que não amava mais o Jack... e talvez, para começo de conversa, eu nunca tivesse amado. Não da maneira como *se deve* amar alguém.

Não era assim que as coisas deveriam ser. Não era assim que as coisas deveriam ser. *Não mesmo.*

— Lucy — comecei, inclinando o corpo para a frente. — Como é que você... tipo assim, depois de todo o tempo que vocês ficaram juntos, como é que você pode simplesmente *dispensar* o Jack desse jeito? Tipo assim, e o baile de formatura? A sua formatura está chegando. Com quem é que você vai, se não for o Jack?

— Bom — respondeu ela, com o olhar grudado no bíceps do David Boreanaz. — Eu já consegui chegar a uma lista de uns cinco caras. Mas acho que vou convidar meu parceiro da aula de química.

— O *Greg Gardner?* — dei um grito histérico. — Você vai ao baile de formatura com o *Greg Gardner?* Lucy, ele é, tipo, o cara mais CDF da escola inteira!

A Lucy parecia chateada, mas só porque meus berros estavam encobrindo o canto suave do sr. Boreanaz.

331

— Dãh, cara — explicou. — Mas os CDFs estão super na moda agora. Tipo assim, você deveria saber. Foi você quem começou a tendência.

— Tendência? Que *tendência*? — questionei.

— Você sabe — tinha começado um intervalo, então a Lucy tirou o som da TV de novo, largou-se no sofá e olhou para mim. — Essa história de sair com CDFs. Foi você quem começou, quando levou o David àquela festa. Agora todo mundo está fazendo igual. A Kris Parks está saindo com o Tim Haywood.

— *O cara que ficou em primeiro lugar na feira de ciências?* — gaguejei.

— Só. E a Debbie Kinley deu um pé no Rodd Muckinfuss para ficar com algum CDF da Horizon.

— É mesmo? — irrompeu na conversa minha mãe, que ainda estava na sala, ouvindo tudo, cada vez mais irritada, até que não aguentou mais. — Veja só o que vocês estão dizendo, garotas! CDFs! Vocês não percebem que estão falando de *pessoas*? Pessoas com *sentimentos*?

Assim como a minha mãe, eu também estava ficando cada vez mais irritada. Mas não pelo mesmo motivo.

— Espera aí — exclamei. — Espera só um pouquinho. Lucy, você não pode terminar. Você ama o Jack.

— Bom, é verdade — respondeu ela, simplesmente. — Mas você é minha irmã. Não posso sair com um cara que é grosso com a minha irmã. Tipo assim, que tipo de pessoa você acha que eu sou?

Só fiquei olhando para ela. Não dava mesmo para acreditar. A Lucy (a minha irmã Lucy, a garota mais bonita e mais fútil do ensino médio da John Adams) tinha dado o pé no namorado, e não por ele a estar traindo, nem porque tinha se cansado dele. Tinha dado o fora nele por causa de mim, a irmãzinha rejeitada dela. Eu, Samantha Madison. Não a Samantha Madison que tinha salvado a vida do presidente dos Estados Unidos. Não a Samantha Madison embaixadora *teen* na ONU.

Não, a Samantha Madison irmãzinha da Lucy Madison.

Foi aí que a culpa tomou conta de mim. Tipo assim, a Lucy tinha feito um sacrifício enorme (tudo bem, talvez não fosse tão enorme assim para ela mas, mesmo assim, era um sacrifício) e que tipo de irmã eu tenho sido para ela? Hein? Tipo assim, durante muito e muito tempo, tudo que eu fiz foi desejar (não, *rezar*) para que a Lucy e o Jack terminassem para que eu pudesse ficar com ele. Daí, a coisa finalmente acontece, e bem por minha causa...

Porque, de acordo com a Lucy, ela me ama mais do que jamais poderia amar qualquer cara.

Eu era a pior irmã do mundo. A mais baixa das baixas. Era uma escória.

— Lucy — fiz um esforço. — Fala sério. O Jack só estava chateado aquele dia. Eu entendi total. Eu não acho mesmo que você deveria terminar com ele só por causa... só por causa de mim.

A Lucy parecia entediada com aquela conversa. O programa dela tinha recomeçado.

— Sei lá — respondeu. — Vou pensar.

— Pensa mesmo, Lucy — reforcei. — Acho que você deve pensar bem mesmo. Tipo assim, o Jack é ótimo. Ele é um cara maravilhoso. Tipo assim, para você.

— Tudo bem — Lucy pareceu irritada. — Eu falei que vou pensar. Agora, vê se fica quieta. Estou vendo o programa.

A minha mãe, um pouco estupefata por se dar conta do que estava acontecendo, resolveu interferir:

— Hum, Lucy, se você quiser sair com esse outro garoto... seu parceiro de química... eu e seu pai achamos bom. Não é mesmo, Richard?

Meu pai apressou-se em garantir que achava.

— Na verdade — continuou ele — por que você não traz o rapaz aqui em casa amanhã, depois da escola? A Theresa não vai se incomodar, não é mesmo, Theresa?

Mas o estrago já estava feito. Eu sabia que a Lucy e o Jack estariam juntos de novo antes do almoço do dia seguinte.

E eu estava feliz. Feliz de verdade.

Porque eu não amava o Jack. E provavelmente nunca tinha amado o Jack. Não de verdade.

Claro que o único problema era que eu tinha bastante certeza de que a pessoa que eu de fato amava não se sentia da mesma maneira em relação a mim.

Mas eu tinha a sensação de que descobriria rapidinho, de um jeito ou de outro, na aula da Susan Boone, no dia seguinte.

★ 25 ★

— *Vocês estão* vendo esta ossada — Susan Boone segurava a caveira de uma vaca, esbranquiçada pelo sol e pela areia. — Todas as cores do arco-íris estão nesta ossada. E quero ver estas cores na folha que está aí na frente de vocês.

Pousou a caveira na mesinha à nossa frente. Daí foi dar uma bronca no Joe, o corvo, que já tinha roubado um chumaço do meu cabelo, antes que eu tivesse a oportunidade de colocar meu capacete de margaridas.

Sentei no banco com uma perna de cada lado, mantendo meu olhar cuidadosamente desviado da pessoa que estava ao meu lado. Eu não tinha noção se o David estava feliz ou triste em me ver ou se ele simplesmente não ligava a mínima. Nós não tínhamos nos encontrado nem nos falado (eu só o vira na TV) desde a noite do Trio Beaux Arts e da nossa discussão sobre o Jack. Eu não fazia a mínima ideia se ele tinha assistido à minha entrevista ou se sabia que eu, de fato, tinha exercido meu direito à liberdade de expressão, como ele tinha sugerido. Ou que eu basicamente tinha confessado, ali na frente de vinte milhões de telespectadores, que eu gostava dele.

335

Interroguei a Rebecca longamente sobre tudo isso, já que ela frequentava a mesma escola que ele. Mas, por ter 11 anos, a Rebecca não tinha nenhuma aula junto com o David. Até o horário de almoço dela era diferente do dele. Ela não sabia se ele tinha assistido ao programa ou não.

— Não se preocupe — a Lucy ficava repetindo. — Ele assistiu.

E a Lucy, claro, sabia do que estava falando. A Lucy sabia tudo que se pode saber a respeito dos garotos. Ela não tinha pegado o Jack de volta, da mesma maneira desencanada como o tinha dispensado? Um dia, estavam brigados e, no dia seguinte, estavam sentados na lanchonete da escola como se nunca tivessem se separado.

— Ah, oi, Sam — fez o Jack quando eu passei ao lado, indo em direção à minha mesa. — Olha, desculpa por aquele negócio da exposição. Espero que você não esteja, sabe como é, brava comigo, nem nada assim. Foi só que eu fiquei meio decepcionado.

— Hum — murmurei, totalmente confusa. Onde é que estava o Greg Gardner? Mas acho que me dei bem quando mandei: — Sem problema.

E não era problema nenhum mesmo. Que diferença o Jack fazia para mim? Eu tinha coisas mais importantes em que pensar. Tipo no David. Como é que eu ia fazer com que o David acreditasse que eu gostava dele, e não do Jack? Tipo assim, e se ele não tivesse visto a entrevista? Não dava para imaginar que ele pudesse ter perdido o programa, porque tinha sido considerado o principal do horário, e, além disso, tinham anunciado sua exibição sem parar, desde o domingo, quando eu armei a coisa toda.

Ainda assim, existia a possibilidade de ele não saber. Havia a possibilidade de eu ser obrigada a falar tudo pessoalmente.

O que, de certo modo, era pior do que falar na frente de vinte milhões de estranhos.

E lá estava eu, sentada bem ao lado dele, e não conseguia pensar em uma única coisa para dizer. Tipo assim, trocamos sorrisos quando entramos, e o David ficou tipo "E aí?" e eu respondi "E aí?".

Mas foi só isso.

E, como se o destino já não tivesse me aprontado umas poucas e boas ultimamente, o David estava usando uma camiseta do No Doubt. A minha banda preferida, de todas, com a Gwen Stefani, apenas a melhor cantora do universo, e o cara por quem eu estava totalmente apaixonada estava usando uma camiseta de show da banda.

A vida pode ser mesmo injusta.

E agora as minhas mãos suavam tanto que eu mal conseguia segurar os lápis de cor, e o meu coração estava fazendo um solo de bateria esquisito dentro do meu peito, e minha boca estava toda seca. *Fala alguma coisa*, fiquei repetindo para mim mesma.

Só que eu não conseguia pensar em nada para dizer.

E daí chegou a hora de desenhar, e o ateliê todo ficou em silêncio, a não ser pela música erudita que tocava no rádio, e todo mundo começou a trabalhar, e já era tarde demais para dizer algo.

Ou, pelo menos, eu pensava que era.

Estava muito ocupada procurando as cores na ossada branca de vaca à minha frente, totalmente absorvida, como de costume, pelo desenho... porque, apesar de estar desesperadamente apaixonada pelo David como eu estava, mesmo assim o desenho ainda tinha a capacidade de me envolver...

...tanto que, quando ele por acaso jogou um pedacinho de papel no meu colo, eu dei um pulo de um quilômetro de altura.

Olhei para o pedacinho de papel. E daí olhei para ele.

Mas ele estava debruçado em cima do próprio desenho. Na verdade, se não fosse o sorrisinho que mal dava para notar nos cantinhos da boca dele, nem daria para saber que o papel tinha vindo dele.

Pelo menos até o momento em que o abri.

Ali, com a caligrafia miúda e precisa de um futuro arquiteto, estava escrita uma única palavra:

Amigos?

Não dava para acreditar. O David queria amizade. *Comigo. Eu.*

Com o coração disparado, me inclinei para a frente e escrevi:

Claro que sim.

Mas algo fez com que eu parasse. Não sei o que foi. Não sei se foi só porque eu finalmente tinha aprendido uma ou duas coisas com tudo que tinha acontecido, ou se foi a mão invisível do meu anjo da guarda, a srta. Gwen Stefani, que se esticou na minha direção e me deteve.

Seja lá o que tenha sido, eu rasguei um outro pedacinho do canto do meu bloco de desenho. E, nele, escrevi, com o coração na garganta, mas com a plena certeza (eu simplesmente sabia) de que era agora ou nunca, e que eu tinha que falar a verdade:

Não. Quero mais do que amizade.

Apesar de eu fingir estar totalmente concentrada no desenho, dessa vez eu estava mesmo observando o David com o canto do olho. Vi quando ele abriu o papel dobrado que eu tinha jogado na direção dele e fiquei olhando enquanto ele lia o que estava escrito. Daí vi as sobrancelhas dele se erguerem.

Elas se ergueram muito.

E quando um outro pedacinho de papel apareceu no meu colo, alguns segundos mais tarde, eu sabia que tinha sido ele que tinha jogado, porque também tinha visto.

Parecia que eu nem conseguia respirar. Abri o bilhete novo. Ali, estava escrito:

E o Jack?

Essa era fácil. Na verdade, foi quase um alívio escrever:

Que Jack?

Porque era assim mesmo que eu me sentia.

Ainda assim, a última coisa que eu esperava era receber de volta um bilhete do David dizendo como *ele* de fato se sentia.

Mas foi exatamente isso que recebi.

E se é que algum dia eu já tinha me sentido feliz (se algum dia já tinha acontecido alguma coisa que fez eu me sentir como se a alegria borbulhasse dentro de mim), aquilo não tinha sido nada em comparação com a maneira como eu me senti ao abrir o pedaço de papel dobrado que ele jogou em seguida no meu colo e ver que ele tinha desenhado um coração.

Só isso. Só um coraçãozinho.

E, para isso, só tinha uma explicação. Tipo assim, fala sério. E era que o David gostava de mim. Ele me amava.

Ele gostava de mim.

Ele gostava de mim.

★ **26** ★

Uma semana depois, foi a cerimônia de premiação. Aquela em que eu recebi minha medalha presidencial. Sabe como é, de honra, e tudo o mais.

Eu não fui vestida de preto. Eu nem tive vontade de me vestir de preto. Eu não estava dando a mínima para a minha roupa. Quando a gente está apaixonada, as coisas são assim. Você nem liga para coisas como roupas, porque só consegue pensar no objeto da sua afeição.

Bom, a não ser que você seja a Lucy.

Mas apesar de eu não dar a mínima para a minha roupa, minha mãe, a Theresa e a Lucy se asseguraram de que eu ficasse bonita. Vestiram em mim um outro terninho (dessa vez, azul-claro). Mais tarde, depois da cerimônia de premiação, quando estávamos todos comendo bolo no Salão da Prataria Dourada, o David disse que a cor combinava com os meus olhos.

Mas, bom, a cerimônia de premiação, como prometido, foi em frente à árvore de Natal oficial da Casa Branca, no Salão Azul. Foi superbonita, com toda aquela decoração, aquelas luzes e tudo o mais.

E também foi muito séria. Todo mundo importante estava lá, inclusive um monte de coronéis de uniforme, senadores de terno, a minha família, a Theresa, a Catherine e a família dela, a Candace Wu, o Jack, o Pete e a Susan Boone, a quem eu tinha feito um convite especial.

O presidente fez um discurso falando de mim, e eu me senti superpatriótica. Foi assim: "Samantha Madison, eu lhe concedo esta medalha por sua coragem extrema frente ao perigo pessoal..." blá-blá-blá. Na verdade, foi meio difícil prestar atenção naquilo, porque o David estava bem ali, do lado do pai, totalmente fofo.

Não dá para acreditar que houve um tempo em que eu achava que o David ficava com cara de CDF quando colocava gravata. Agora, quando o vejo com essa peça de roupa, o *frisson* toma conta de mim. Bom, mas isso acontece quando eu o vejo vestindo qualquer coisa, para falar a verdade.

Mas, bom, depois que recebi minha medalha (que era de ouro puro e maciço, pendurada em uma fita de veludo vermelho), todo mundo aplaudiu, e precisamos posar para mais ou menos um milhão de fotos, enquanto todas as outras pessoas já iam se servindo de bolo. O David, em vez de ir lá pegar o bolo dele, esperou por mim e, quando as fotos terminaram, ele se aproximou e me deu um beijo na bochecha. Um fotógrafo tirou uma foto daquilo também, mas não ficamos envergonhados nem nada. Isso porquê, na semana anterior, nós tínhamos nos beijado muito... e não só na bochecha, além do mais.

E deixa eu falar uma coisa: beijar é *legal*... e nem preciso dizer que isso era algo com que, até àquela altura, eu não tinha tido muita experiência.

Mas bom, quando nos juntamos ao resto das pessoas para comer bolo, eu dei uma circulada, tentando fazer com que os núcleos diferentes de pessoas que eu tinha convidado se sentissem à vontade uns com os outros. Tipo, eu apresentei a Susan Boone e o namorado dela aos pais da Catherine, e o David apresentou o Jack e a Lucy ao procurador-geral da República e à mulher dele e assim por diante.

E daí, enquanto todo mundo estava lá, trocando apertos de mão e dizendo como estavam se divertindo e tudo o mais, o David veio até mim com um daqueles sorrisinhos secretos dele e cochichou no meu ouvido:

— *Quero mostrar uma coisa.*

Cochichei de volta:

— *Tá.*

Segui o David até a sala no fim do corredor onde tínhamos comido hambúrguer juntos a primeira vez, que dava para o gramado de trás da Casa Branca.

E lá, no parapeito da janela onde ele tinha escrito meu nome, vi que tinha colocado mais uma coisa.

Um sinal de mais.

Então, tinha ficado assim:

David

+

Sam

Que, se você pensar bem, não é assim um jeito tão mau de deixar sua marca na história.

As dez principais razões por que eu fico contente por não ser, na verdade, a Gwen Stefani:

10. Eu não preciso fazer turnê. Posso ficar em casa com o meu cachorro. Além disso, também posso ver meu namorado sempre que quiser... bom, até o limite de 11 da noite no fim de semana, dez da noite nos dias de semana e enquanto as minhas notas de alemão forem boas.

9. Entre a escola, as aulas de desenho, minhas funções como embaixadora *teen* na ONU e a minha vida social, não tenho muito tempo para ficar pensando no meu guarda-roupa. Vestir-se de maneira singular, na verdade, é algo que exige muita responsabilidade.

8. Não acho que cantar e compor músicas possa ser, nem de perto, tão criativamente gratificante quanto desenhar um ovo excelente mesmo.

7. A Gwen precisa dar um monte de entrevistas, uma coisa com a qual eu me identifico muito em minha posição de embaixadora *teen* na ONU. Mas a Gwen é entrevistada por umas revistas de adolescentes bobas, que tipo ficam falando da roupa que você estava usando

durante a entrevista. Eu sou entrevistada por publicações sérias como a revista do jornal *The New York Times*, que não dão a mínima para esse tipo de coisa.

6. A Gwen usa um monte de roupas que deixam a barriga de fora. A minha barriga não é o meu ponto forte. Ainda bem que meu pai disse que, se algum dia me pegasse com a barriga de fora, ele me forçaria a trabalhar no escritório dele durante as férias, em vez de me deixar desenhar ovos e ossadas de vaca o verão todo no ateliê da Susan Boone.

5. De acordo com a Theresa, cuja irmã é esteticista licenciada, se eu tingisse meu cabelo tanto quanto a Gwen, ia ficar careca.

4. A Gwen precisa ficar o dia inteiro, todos os dias, com aqueles caras bagunceiros da banda dela. Os únicos caras com quem eu passo meu tempo são meu namorado, o namorado da minha irmã e o namorado da minha melhor amiga... e nenhum deles, até hoje, demonstrou qualquer interesse em tocar bateria sem roupa nenhuma, que, se você quer saber a minha opinião, me deixaria completamente envergonhada.

Mas também, acho que todo mundo precisa se sacrificar pela arte.

3. A Gwen pode não estar ciente deste pequeno fato, pouco conhecido: os CDFs são os melhores namorados. Parece surpreendente, mas é verdade. Sabe aqueles sorrisinhos do David, aqueles secretos, que ele sempre parecia dar? Ele diz que aqueles sorrisos são por causa de mim. Porque, ele completou, nunca achou que fosse conhecer uma garota tão legal quanto eu.

Além disso, existem muitas vantagens quando os seus pais gostam mesmo do cara com quem você está saindo.

2. A irmã da Gwen, apesar de provavelmente ser legal e tal, não é, com certeza, tão bacana quanto a Lucy que, apesar de às vezes ser um pé, na verdade é bem boazinha todo o resto do tempo. Tipo assim, ela estava a fim de terminar com o namorado por causa de mim. E isso *significa* alguma coisa.

E a razão número um por que eu fico contente por não ser a Gwen Stefani:

1. Porque daí eu não ia ser eu.

Este livro foi composto na tipologia Filosofia
Regular, em corpo 12,5/17, e impresso em papel
off-set 90g/m² no Sistema Digital Instant Duplex
da Divisão Gráfica da Distribuidora Record.